Campo
dos
Milagres

Campo dos Milagres

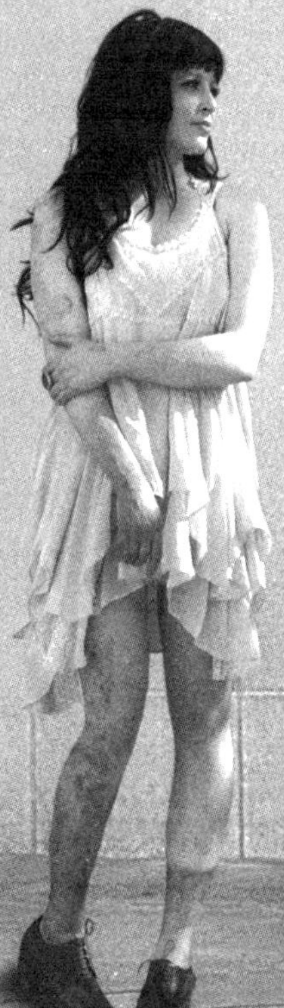

HANNAH LUCE
com ROBIN GABY FISHER

Título original: *Fields of Grace*

Copyright © 2013 por The Hope Project
Copyright da tradução © 2015 por GMT Editores Ltda.

Todos os direitos reservados. Nenhuma parte deste livro pode ser utilizada ou reproduzida sob quaisquer meios existentes sem autorização por escrito dos editores.
Venda permitida no mundo todo exceto Portugal, Angola e Moçambique.

tradução: Paulo Polzonoff Jr.
preparo de originais: Juliana Souza
revisão: Clarissa Peixoto e Cristhiane Ruiz
diagramação: Natali Nabekura
capa: Min Choi
imagens de capa: Nick Horton
adaptação de capa: Miriam Lerner
impressão e acabamento: Cromosete Gráfica e Editora Ltda.

CIP-BRASIL. CATALOGAÇÃO NA PUBLICAÇÃO
SINDICATO NACIONAL DOS EDITORES DE LIVROS, RJ

L968c Luce, Hannah
    Campo dos milagres / Hannah Luce, Robin Gaby Fisher; tradução de Paulo Polzonoff Jr. Rio de Janeiro: Sextante, 2015.
    240 p.: il.; 14 x 21 cm.

    Tradução de: Fields of grace
    ISBN 978-85-431-0181-1

    1. Autobiografia. 2. Sobrevivente de acidente de avião. 3. Fé. I. Fisher, Robin Gaby. II. Título.

14-18891   CDD: 248.4
                                                                      CDU: 27-584

Todos os direitos reservados, no Brasil,
por GMT Editores Ltda.
Rua Voluntários da Pátria, 45 – Gr. 1.404 –
Botafogo – 22270-000 – Rio de Janeiro – RJ
Tel.: (21) 2538-4100 – Fax: (21) 2286-9244
E-mail: atendimento@esextante.com.br
www.sextante.com.br

Para Austin, Garrett, Luke e Stephen

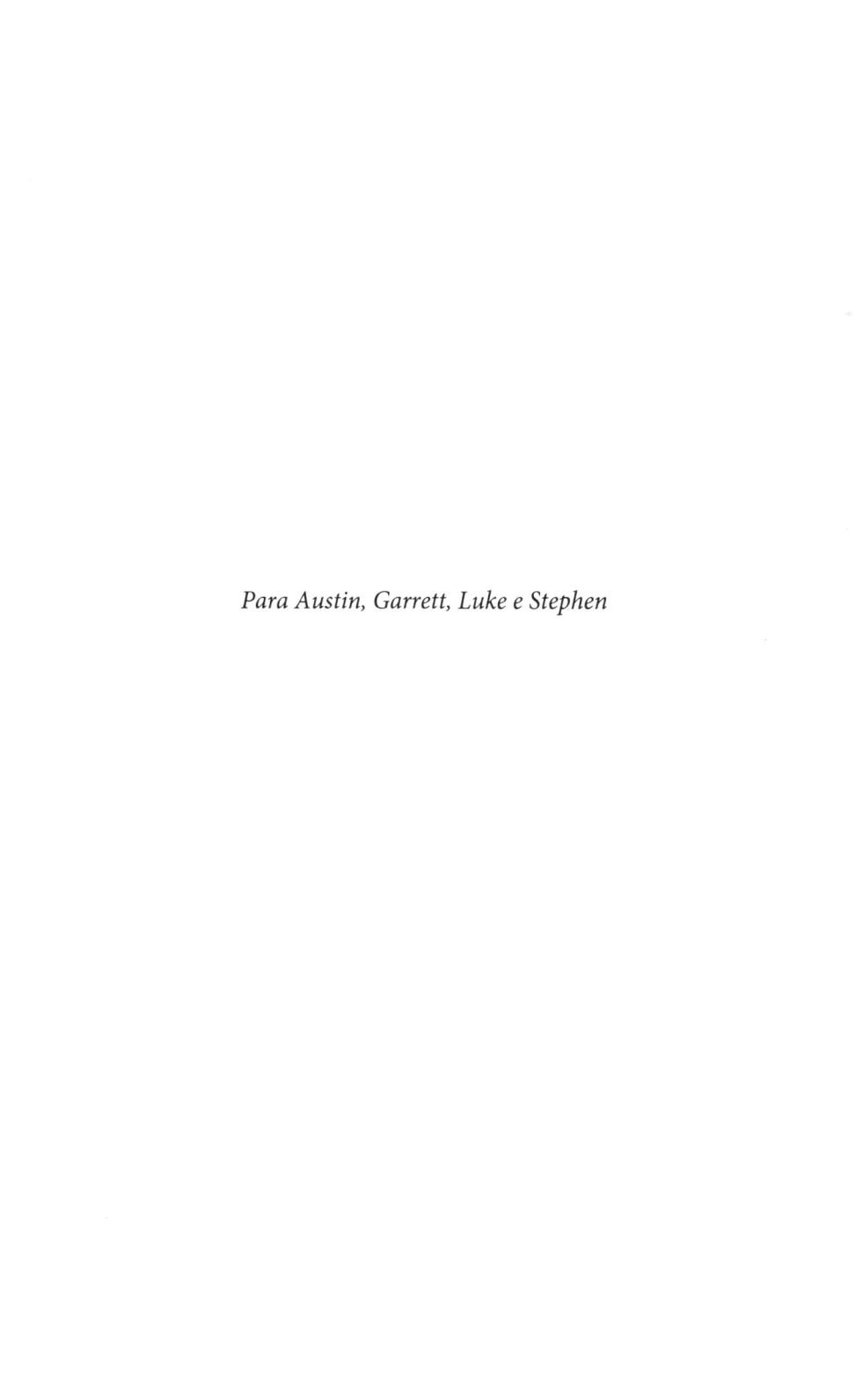

Sumário

Prefácio — 9
1: O caminho para a redenção — 11
2: Crescendo como evangélica — 21
3: Jovem evangelista — 32
4: África — 38
5: Livros proibidos — 48
6: Acampamento bíblico — 55
7: Falando em línguas — 63
8: São Francisco — 70
9: ORU — 78
10: Adequando-se — 85
11: Conhecendo Austin — 90
12: Melhores amigos — 96
13: Conhecendo Garrett — 101
14: A amizade se fortalece — 106

15: O dia do julgamento	111
16: De volta para o futuro	115
17: De volta à Teen Mania	119
18: O noivado de Garrett	123
19: De volta ao Texas	129
20: Destino	134
21: O acidente	142
22: Resgate	161
23: Única sobrevivente	167
24: A mídia	172
25: Primeiras palavras	175
26: Quer saber o que aconteceu?	184
27: Quatro funerais	188
28: Pesadelos, lembranças e uma realidade assustadora	193
29: A cura	198
30: O ponto da virada	203
31: O banho	210
32: A paciente do ambulatório	214
33: Um Deus que não é o do meu pai	217
34: Estou de volta	224
Epílogo	229
Posfácio	232
Agradecimentos	234

Prefácio

Esta é a minha história. A história de alguém que cresceu como filha de um dos líderes evangélicos mais influentes da atualidade; perdeu as convicções religiosas em algum momento; e finalmente, depois daquele fatídico voo, reencontrou a fé – a mesma que, segundo duas pessoas de alma extremamente bela, estava comigo o tempo todo.

– Hannah Luce

1
O caminho para a redenção

Quanto mais se chega perto do sonho, mais a Lenda Pessoal vai se tornando a verdadeira razão de viver.

— PAULO COELHO, *O alquimista*

O sol do fim de novembro se põe no horizonte enquanto eu sigo para um milharal no sudoeste de Kansas, onde passei o pior dia da minha vida. Em minha mochila há um cobertor quentinho, uma vela aromática de lavanda e palitos de fósforo. Planejo permanecer algum tempo por lá. Ainda estou me recuperando dos ferimentos, por isso meus movimentos são lentos e incertos, mas não estou com pressa de superar o que aconteceu. Preciso passar por esse processo.

A primeira vez que estive nessa região rural do Meio-Oeste norte-americano foi há seis meses, em meados de maio. Era época de plantio, e o terreno estava tomado de majestosas plantações. Eu me lembro da paisagem ampla e verdejante que vi enquanto nosso avião descia sadicamente lento, mas com obstinação e ferocidade, rumo à terra abaixo. Qualquer coisa que eu esperasse ver estava perdida naquelas plantações. Não conseguia distinguir uma casa, um celeiro, um rio, um lago, um trator ou um carro. Nem mesmo uma estrada que parecesse movimentada o suficiente para levar a algum lugar. Sei de tudo isso porque, enquanto o avião caía do céu, eu já estava planejando minha sobrevivência, apesar de estar preparada para morrer.

Por mais que tente esquecer, lembro-me de todos os detalhes daquele dia infernal. Dos primeiros sinais de que o avião estava com problemas. Dos esforços desesperados dos meninos para tentar nos salvar. Da resignação que percebi nos olhos deles quando o que viria a seguir se tornou óbvio. (Era resignação? Ou fé?) Da análise que fiz das expressões de meus queridos amigos enquanto avançávamos para uma morte certa e horrível. Das últimas palavras. *Senhor, tenha piedade. Cristo, tenha piedade. Em nome do Pai, do Filho e do Espírito Santo.*

O milharal fica no meio do nada, à margem de uma estradinha de terra que só é conhecida por quem vive na região ou foi parar nela por algum motivo, como foi o meu caso. Acho que vim até aqui em busca de perdão por ter sido a única sobrevivente do acidente. Sei que tenho de ser misericordiosa comigo mesma antes que eu comece a tentar viver aquele tipo de vida com um propósito que meus amigos aprovariam. Até aqui, tudo o que senti foi a implacável culpa por estar viva enquanto meus amigos estão mortos, e o tormento ácido das minhas reflexões.

Às vezes, quando estou no banho, passo a mão sobre minhas cicatrizes, esperando apagar as lembranças daquele dia trágico. Mas isso nunca vai acontecer. As cicatrizes funcionam como um lembrete diário. Não dormi uma noite inteira desde o acidente. Todas as vezes em que fecho os olhos, acordo gritando pouco antes de o avião atingir o solo. É aí que a tortura de verdade começa, enquanto me remexo na cama com todas as luzes do quarto acesas, com medo de fechar os olhos de novo, resistindo às memórias assustadoras, ao mesmo tempo em que tento compreender algo que nunca vai fazer sentido.

Cinco pessoas estavam a bordo daquele avião, todos nós da Universidade Oral Roberts (ORU, na sigla em inglês) e ansiosos para ir a um evento organizado pelo meu pai, líder de um dos maiores ministérios cristãos juvenis no mundo. De todas aquelas pessoas, Austin Anderson e Garrett Coble eram meus amigos mais chegados, e eu tinha segundas intenções com Garrett, apesar de nunca ter conseguido lhe dizer isso.

Conheci Austin primeiro, pouco depois do início do segundo semestre na ORU, em 2009. Ele havia retornado recentemente de sua segunda incursão militar ao Iraque e estudava economia. Começamos a conversar um dia e, em pouco tempo, estávamos matando aula para fumar sob a ponte da rua Quarenta e Um, em Tulsa, onde nos sentávamos perto do rio e planejávamos o futuro.

Austin era o representante perfeito dos fuzileiros navais. Era alto e estava em boa forma, com cabelos loiros curtinhos e traços bem marcados de um menino do interior. Ele me contou histórias de quando estava no serviço militar e sobre os conflitos internos que tinha por precisar lutar, e eu o ajudei a enfrentar suas dificuldades com a fé geralmente sentida pelas pessoas que testemunham os efeitos profanos do combate. Ele disse que gostava de mim porque eu não me encaixava no estereótipo da maioria das meninas que estudam na ORU, ou seja, alguém que dirige o Mustang amarelo do papai e está desesperada para arranjar um marido. Eu aspirava a *não* ser esse tipo de pessoa, para desgosto dos meus pais cristãos fundamentalistas. Era meio rebelde, uma "livre-pensadora" presa no que eu entendia como uma cultura de mentes fechadas. Quando não estava estudando história da Igreja na biblioteca da faculdade, caminhava sozinha pelos bairros de vanguarda de Tulsa e parava em livrarias antigas para procurar livros raros sobre assuntos como ervas e feitiços, ou entrando em bares para me sentar em mesas comuns e compartilhar narguilé com estranhos.

– Você é hippie, Hannah – dizia Austin com seu sotaque do interior, balançando a cabeça e rindo. – Tem uma visão artística das coisas. Austin era um conquistador. Ele passeava pelo campus como se fosse "o cara", e quase sempre tinha uma horda de animadoras de torcida em seu encalço. Todas as meninas queriam conquistá-lo, mas minha relação com ele era estritamente platônica de ambos os lados e nós dois gostávamos que fosse assim. Ele estava o tempo todo tentando me empurrar para seu amigo Garrett, que era popular no campus e um pouco mais velho.

– Vamos lá, Hannah! – dizia Austin, cutucando-me alegremente. – Ele é um cara legal e realmente quer conhecer você!

Garrett lecionava marketing na ORU ao mesmo tempo que estudava para seu Ph.D. em administração na Universidade Oklahoma State. Eu sabia que Garrett existia porque ele era conhecido entre os alunos, mas nunca havíamos nos encontrado. Finalmente, um dia ele apareceu para almoçar com Austin no restaurante que serve a nossa costela preferida. Eu o achei fascinante, ainda que um pouco inquieto e impaciente. Garrett era sete anos mais velho do que eu e havia feito várias viagens missionárias ao redor do mundo, a maioria delas com o ministério do meu pai. Eu também fazia essas excursões, mas nunca tinha cruzado com ele. Compartilhávamos o mesmo amor por viagens e tínhamos uma sede inesgotável de conhecimento, mas nossa compatibilidade acabava aí.

Nunca vou me esquecer da primeira vez que abri o armário de Garrett. Ele tinha a mesma camisa polo em todas as cores. Era alinhado e conservador. Eu adorava batom vermelho e Bob Dylan. Acho que Garrett se sentia atraído por mim, pelo menos inicialmente, por causa do meu pai: a estrela do ministério cristão juvenil. Ele participou do acampamento cristão do meu pai mais de doze vezes quando era adolescente, e dizia que esses retiros tinham mudado sua vida. Eu costumava provocá-lo dizendo que ele tinha uma quedinha pelo meu pai.

Nossa relação se alternou entre a amizade e o romance naquele primeiro ano; nós nos sentíamos muito atraídos um pelo outro, não dava para evitar. Foi ele quem deu o primeiro passo para que houvesse qualquer intimidade entre a gente, sempre me convidando para caminhadas pelo parque na Riverside, perto da universidade, ou para banhos de ofurô na casa dele. Garrett tinha uma espécie de charme bobo que me atraía, algo que eu não conseguia admitir nem mesmo para mim mesma. A gente sempre se abraçava, se agarrava e se beijava. Coisas assim. Mas estávamos em momentos diferentes da vida. Ele estava preparado para se estabelecer e formar uma família. Eu era um espírito livre prestes a viver as várias aventuras que tinha planejado para o meu futuro.

Garrett e Austin eram, em essência, meninos do interior. Ambos cresceram em pequenas cidades de Oklahoma, em famílias com sólidos valores cristãos. Enquanto eu fazia de tudo para me distanciar do que entendia como minha opressiva origem religiosa, eles buscavam maneiras de colocar sua fé em prática. Na verdade, era para isso que estávamos indo a Council Bluffs, Iowa, naquele fatídico dia de maio. Eles trabalhavam no ministério do meu pai, ajudando a salvar uma geração de jovens cristãos. Eu estava indo para me aproximar do meu pai e tentar desfazer a decepção que ele sentia por eu ter me afastado de minha fé. Sem rumo, eu estava em busca da minha própria espiritualidade, enquanto eles mal podiam esperar para dar sua contribuição no sentido de mudar o mundo. Vou guardar como um tesouro as fotografias do nosso último dia juntos, tiradas pouco antes de o avião decolar. Eu queria documentar o início da nossa grande aventura. Ali estávamos nós, espremidos na parte de trás do avião, eles com camisas polo e calças cáqui, eu com meus óculos escuros enormes e de armação vermelha. Ergui minha câmera e fiz biquinho como uma supermodelo. *Vamos lá, meninos! Sorriam!* Mas eu não precisava lhes pedir isso. Eles acordavam sorrindo.

Austin e Garrett eram muito promissores e tinham as melhores intenções possíveis. Então por que morreram tão jovens, antes que tivessem a chance de realizar seus sonhos? Por que eu sobrevivi e eles não? Eu me fiz essas perguntas incansavelmente nos últimos meses. Sem conseguir respostas, sinto-me atormentada pela ansiedade e às vezes busco consolo em garrafinhas de rum e gim que mantenho por perto, sem que ninguém saiba, muito menos meus pais. Até mesmo quando tento fazer algo para anestesiar meus pensamentos, o alívio para os sentimentos de culpa e remorso é quase insignificante. Tenho me sentido desesperadamente sozinha em meu luto. Nos momentos mais críticos, recorro à minha mãe e ao meu pai em busca de... o quê? Perdão por ter sobrevivido? Salvação para não ter mais pensamentos sombrios? Todas as vezes que faço isso, eles me olham com aquela expressão de impotência – e, em alguns casos, acho que irritação – e me dizem para "entregar isso para Jesus". Ah, se fosse tão fácil...

O campo onde caímos é vasto, com grandes áreas de carvalhos e freixos. Não sei exatamente em que ponto foi a queda do avião, então há muito espaço a ser percorrido, mas pedi para fazer esta viagem sozinha porque é algo pessoal demais para se compartilhar. Abrindo caminho pelos talos de milho, sou guiada apenas pelos meus instintos e pela luz da lua cheia que se insinua. Sou uma pessoa pequena – 1,58m e 46kg, da última vez que cheguei –, um pontinho em meio ao campo aberto que se estendia à minha frente, mas, em vez de me sentir perdida ou aterrorizada, fiquei estranhamente contente, como quando visto a blusa preta gasta que guardo no fundo do meu armário, naquelas noites frias em que nada além disso consegue me aquecer. Este é o lugar que mudou minha vida e pôs em xeque quem eu era – uma menina rebelde e até cínica que questionava tudo a respeito de sua sólida criação cristã, até mesmo a existência de Deus. Não sou mais aquela pessoa, tenho certeza, mas não sei quem é a Hannah pós-acidente. Tenho esperança de encontrar algumas respostas nesta solitária paisagem agrícola. Só então vou poder recomeçar a viver.

A caminhada pelos campos é mais longa do que me lembrava.

Exceto pelo barulho das pisadas sobre os talos de milho da última colheita do outono, o silêncio é sepulcral. Contra minha vontade, minha memória preenche o silêncio com o som frenético de um avião com problemas, e sou transportada de volta para aquele dia e a queda. Fico paralisada, mas alguma coisa – o quê? Uma mão nas minhas costas? – me empurra para a frente com cuidado. Hesitante mas determinada, sigo adiante. Alguns minutos se passam, e sei que estou perto do local do acidente porque a energia ao meu redor parece ganhar vida. Minha pele pinica de ansiedade. Isso me lembra aquele nervosismo que uma menina sente quando está no aeroporto esperando um garoto de que realmente gosta. Ela sabe que o avião dele já pousou e que ele está ali em algum lugar, no terminal, mas não o vê. Dou mais alguns passos, imaginando o que acontecerá a seguir e quanto ainda tenho de andar. Nesse momento vejo o que parece uma piscina de estrelas reluzentes. Tiro a lanterna da mochila e ilumino o local. Meu coração bate acelerado. A poucos metros de mim, espalhados ao redor de um enorme carvalho, estão milhões de pedaços de metal refletindo a luz do luar. Foi o que restou do nosso avião. Pego um punhado deles e guardo na bolsa. Considero isso um tesouro, os últimos vestígios das minhas preciosas amizades.

O carvalho se ergue sobre mim como dois braços protetores. Seu tronco está queimado e seus galhos, retorcidos. Foi aqui que o avião parou depois de chegar ao chão e seguir deslizando descontrolado. Eu me lembro de ter visto esta árvore quando passei sobre o corpo sem vida de Garrett, metade dentro e metade fora da aeronave, enquanto eu tentava escapar da cabine em chamas. A princípio fico paralisada, mas a música que minha irmã Charity escreveu para mim, numa tentativa de me animar, me vem à mente. Começo a cantar.

Liberdade, venha recitar sua melodia alegre
Para uma plateia ávida
E deixe sua melodia nos levar
Para um lugar que não conhecemos direito,

O lugar que consideramos nosso
E enquanto os galhos das árvores sofrem com o peso
Vou dançar
Ah, vou dançar
Deixe-a vir e tocar
Uma canção de descanso para um coração incansável
E na imobilidade de sua canção
Uma mente cansada é fascinada
E vamos caminhar sobre solo sagrado
Vestindo um som celestial
E quando a dor se abater
Vou chorar lágrimas de alegria
Vou sorrir
Ah, vou sorrir.

Um coro de uivos de coiotes se sobrepõe à minha voz diminuta. A matilha não está muito longe, mas não consigo vê-la por causa da escuridão. Os uivos se transformam no que parece ser uma gargalhada. Cresci nas planícies agrícolas do leste do Texas, então sei que eles me veem como invasora e por isso estão tentando me intimidar e me obrigar a deixar o seu território, mas não me assusto. Também pertenço a este lugar. Preciso estar aqui.

Desdobro meu cobertor aos pés da árvore e pego a vela e a caixa de fósforos na mochila. Ao riscar o fósforo, sinto a presença de Garrett e de Austin. É como se eles estivessem esperando por mim para se acalmarem. Sim, é uma presença física, não um desejo injustificável. Apesar da minha natureza inquisitiva, sei que são eles. Meus queridos amigos estão aqui comigo como estavam quando nos reuníamos sob a ponte, dividindo um cigarro e tomando cerveja juntos. Não consigo deixar de sorrir.

– Esperava que vocês estivessem aqui – digo. – Sabia que estariam. Vocês sempre estiveram presentes quando precisei, e nunca precisei de vocês tanto quanto agora.

Há poucos meses, se eles tivessem sugerido que eu conseguiria me comunicar com eles depois que morressem, eu teria gargalhado e dado início a uma sequência de palavrões. A tal ponto que Garrett, em toda a sua retidão cristã, teria se encolhido horrorizado, e Austin, o sr. Fuzileiro Macho, teria apontado o dedo para mim e me repreendido com seu melhor sotaque do interior de Oklahoma:

– Hannah! Você xinga como um soldado! Precisa aprender os modos de uma dama.

Meu Deus, como senti a falta de vocês dois!

Uma lufada de vento sopra e a chama da vela tremeluz e se apaga. A escuridão é absoluta e tento ouvir os coiotes, mas o silêncio é total agora.

– Sinto vocês – digo. – Sei que estão aqui. Tenho muito a dizer.

A temperatura claramente baixou e eu protejo minhas pernas com o cobertor.

– Austin, desculpe-me por eu não ter conseguido salvá-lo. Obrigada por cuidar de mim. Queria ter ocupado seu lugar no avião e odeio relembrar constantemente seu sofrimento. Me sinto muito fraca. Se ao menos eu tivesse sua coragem, sua determinação... Fico com raiva quando as pessoas me dizem que fui salva por um motivo especial. Que motivo? Por que tive a audácia de sobreviver? Por que eu em vez de você? Você tinha mais fé do que eu... E, Garrett, queria ter retribuído melhor o seu amor. Obrigada por ter me amado. Não tenho sua força nem sua determinação. Você era firme como uma rocha para mim. O que vou fazer agora que você não está aqui? Não sei nem mesmo como viver sem sofrer. Parte de mim não quer parar com essas lamúrias porque tenho medo de que, caso pare, um pouco de você desapareça. Outra parte de mim não consegue mais seguir em frente com esse tipo de dor... Por favor, meninos, por favor, me digam que vocês me perdoam.

As respostas não vêm por meio de vozes, mas ainda assim consigo ouvi-las. É como se os pensamentos deles estivessem sendo colocados na minha mente.

Estamos muito felizes, Hannah, e onde queríamos estar. Sabemos que a encorajamos, lhe demos apoio e enriquecemos sua vida. Mas algumas coisas você precisa descobrir sozinha. Pode ficar de luto, e nós gostamos disso, mas não pode durar para sempre. Você tem que dançar.

Penso na letra da canção da minha irmã:

E enquanto os galhos das árvores sofrem com o peso
Vou dançar
Ah, vou dançar

Vou tentar, digo. *Por vocês. E por mim.*

2
Crescendo como evangélica

A maior função de todo cristão é salvar almas. As pessoas reclamam que não sabem como fazer isso. Mas o motivo para não saberem é bem simples: elas nunca procuraram saber.

— CHARLES GRANDISON FINNEY, evangelista cristão do século XIX, *Lectures on Revivals of Religion*

Quando eu era mais nova, todas as manhãs, logo antes de sair para a escola, meu pai costumava me dar um tapinha nas costas e dizer:
— Hannah, agora vá salvar alguém hoje.

Eu nunca ouvia "Tire um 10!" ou "Você fez sua lição de casa?". O que importava era que todos iríamos para o Inferno se não seguíssemos as ordens de Deus e, principalmente, se não espalhássemos as lições do Evangelho. A primeira coisa que meu pai fazia quando eu chegava da escola era me perguntar quantos colegas de classe estavam "entusiasmados por Jesus" por causa do meu testemunho. Às vezes eu mentia.

– Cinco ou seis – eu dizia, quando a resposta verdadeira era "nenhum".

Nenhum porque eu não era muito popular. Na verdade, eu era um desastre social, e puxar papo falando sobre Jesus não era a melhor forma de fazer amigos, nem mesmo no fanático nordeste do Texas. Só comecei a frequentar a escola quando tinha 13 anos e não me adaptei, nem mesmo em meio às crianças cristãs, pelo menos não no começo. Não sabia como me vestir nem de que forma agir. Antes disso, minha mãe me dava aulas particulares em casa, e a maioria dos meus amigos tinha alguma ligação com o ministério do meu pai. Dizer que eu era superprotegida é um eufemismo.

Cursei o ensino fundamental num ônibus escolar adaptado, viajando pelo país com meus pais, enquanto eles buscavam seguidores para seu incipiente ministério. Depois que nos fixamos em um lugar, eles me mantiveram em casa o máximo possível, a fim de me proteger das maldades do mundo. Papai dizia que até mesmo em nossa fechada comunidade tínhamos cristãos falsos, e cabia a mim aprender a diferenciá-los. O mundo parecia um lugar assustador à parte do meu puritano lar evangélico. Todas as pessoas lá fora estavam brigando, fornicando e se entregando aos pecados capitais. O único lugar seguro era dentro do meu próprio círculo de retidão. Mas, quando cheguei à idade de cursar o ensino médio, meus pais concordaram que já tinham criado uma base sólida o suficiente para que pudessem confiar que eu saberia me defender das influências maléficas que encontraria até mesmo num ambiente escolar cristão. Já era hora de eu ter a experiência de ir ao colégio, e eu estava ao mesmo tempo assustada e empolgada diante dessa perspectiva.

Meu primeiro ano nesse esquema foi na Escola Cristã Comunidade da Graça, cuja missão declarada é "ajudar os pais cristãos na educação, na preparação e no encorajamento de seus filhos para influenciar o mundo em favor de Cristo". A Comunidade da Graça era a maior escola deste tipo em Tyler (no Texas), a cidade mais próxima da minha, Garden Valley. Papai a considerava um terreno fértil para o seu ministério juvenil, então me encorajava a divulgá-lo entre meus colegas de classe. Eu já me sentia excluída por ter começado tão tarde na escola, e o fato de não ter habilidades sociais não me rendeu nenhum ponto no quesito popularidade. Para completar, logo que entrei na instituição, entreguei a lista de telefones dos alunos da escola para o papai, que, por sua vez, instruiu um dos membros da sua equipe a ligar para todas as pessoas, a fim de convocá-las para uma de suas missões. Praticamente a escola inteira sabia que eu era filha de Ron Luce, então todos suspeitaram que eu estaria por trás daqueles telefonemas. Alguns de meus colegas de turma foram corajosos o bastante para me perguntar diretamente: *Você deu meu telefone para algum representante missionário? Não param de ligar para a minha casa! Muito obrigado!* Eu abaixava a cabeça, engolia em seco e cerrava os dentes, por ter sido descoberta. Mas, no semestre seguinte, fiz a mesma coisa. Porque era por Deus.

Tudo era.

Meu pai tinha 15 anos quando fugiu da casa da mãe para viver com o pai dele. Nesse período ele se envolveu com drogas e álcool, até que um amigo o levou à igreja num domingo, e lá as palavras do pastor calaram fundo nele. Três semanas depois, entregou sua vida para Jesus e, ironicamente, ao voltar para a casa do pai, encontrou todos os seus pertences empilhados do lado de fora. Ele não poderia mais morar ali. A madrasta dele dera um ultimato ao meu avô – ou o papai ou ela –, e aparentemente não houve qualquer discussão. Meu pai então se tornou oficialmente um adolescente sem-teto. Ele diz que saiu de casa com o coração em frangalhos, rejeitado, e conversando com Deus. Mas, por mais perdido que se sentisse naquele momento, de alguma forma sabia que estava na direção certa. Claro que, quando o pastor descobriu o que acontecera, convidou meu pai para morar com ele. Papai disse que, pela primeira vez na vida, entendeu o que era uma família de verdade e soube que era isso o que queria para si mesmo algum dia.

Meus pais se conheceram na Universidade Oral Roberts, a faculdade cristã em Tulsa fundada por um famoso evangelista carismático e onde eu estudaria. Lá todas as aulas ainda são introduzidas por uma oração. Minha mãe estudou artes e meu pai, psicologia e teologia, e estava um ano à frente dela. Eles se casaram em 1984, depois que mamãe se formou, e houve uma enorme cerimônia formal com 150 convidados na cidade dela, Denver. Depois disso, meus pais passaram a viver o que ambos consideravam uma vida pouco convencional. Tinham pouco dinheiro e nenhum plano concreto para o futuro, mas estavam comprometidos em fazer algo importante, que fizesse o mundo se tornar um lugar mais devoto.

Depois de viver e trabalhar em Tulsa por um ano, eles embarcaram numa missão de sete meses passando por 25 países do Terceiro Mundo e descobriram o que viria a se tornar a missão de suas vidas. Meu pai disse que eles estavam na Indonésia, a maior nação muçulmana do planeta, quando o Senhor falou a seus corações sobre pregar para os jovens norte-americanos que precisavam conhecer Jesus.

No verão de 1986, sem renda fixa e sem uma ideia clara de como angariar seguidores, meus pais criaram o ministério Teen Mania num quartinho vago no apartamento que ocupavam em Tulsa. Hoje, existem alguns poucos ministérios juvenis e a maioria deles tem dificuldades para arranjar membros porque muitos jovens estão abandonando sua fé cristã. Mas, naquela época, praticamente ninguém pregava apenas para jovens. Meu pai foi precursor do movimento cristão juvenil. Ele e minha mãe viajaram por todo o país recrutando adolescentes para Cristo.

Demorou algum tempo para que o ministério realmente decolasse. Como no começo meus pais ainda não estavam estabelecidos, muitos dos pastores aos quais eles pediam ajuda se recusavam a ajudá-los, enquanto outros cancelavam encontros ou só lembravam que haviam marcado compromissos quando meus pais batiam à sua porta. Meus pais estavam vivendo de favor e orações, e em várias noites nem sequer sabiam onde dormiriam. Quando tinham sorte, ficavam hospedados num lar cristão, mas isso só acontecia de vez em quando. Meu pai se lembra de uma vez em que ficou no porão de alguém com um casal de dogues alemães e seus filhotes. Certa vez, ele e a mamãe viajaram de carro de Tulsa até o norte do estado de Nova York, onde uma tempestade de neve obstruiu as estradas. Quando finalmente chegaram à cidade onde dariam uma palestra, papai encontrou uma cabine de telefone e ligou para o pastor responsável, a fim de avisar que já estavam ali. O pastor disse que sentia muito, mas o evento fora cancelado. Ninguém lhes ofereceu um lugar para dormir e meus pais não tinham dinheiro para pagar um quarto de hotel. Eles se abraçaram, choraram e ficaram sentados a noite toda no carro frio, em meio a uma terrível tempestade de neve.

Gosto de pensar nos meus pais daquela época como um casal de namorados boêmios idealistas numa missão de bondade. Papai gosta dessa descrição, mas diz que não era algo tão romantizado assim. Era desanimador lidar com a rejeição. Houve várias ocasiões em que não lhe ofereceram sequer uma refeição, e eles mal tinham dinheiro para comer. Às vezes conseguiam reunir uma plateia maior numa igreja ou na casa de algum membro da congregação, mas nem sempre isso era garantia de que seriam convidados a voltar. Ele disse que, naquela época, estava longe de ser o palestrante cativante que é hoje. Geralmente ficava nervoso, balbuciava, gaguejava e suava tanto que a sua camisa ficava toda ensopada. Parece que ele falava alto demais também. Minha mãe me disse que eles iam a vários lugares para tentar recrutar seguidores, e papai pregava como se mil pessoas o estivessem ouvindo, quando esse número nunca passava de dez ou 12.

Nasci em 1989, e meu pai já estava bem melhor nessa época. Quanto eu tinha 5 anos, minha irmã, Charity, e meu irmão, Cameron, já tinham nascido, e o ministério crescera tanto que meus pais começaram a procurar um lugar onde pudessem se fixar. O local acabou sendo Garden Valley, no Texas. Meus pais eram amigos de Melody Green, que, com seu marido, Keith Green, fundou o conhecido ministério Last Days Ministries. Melody entrou em contato com meus pais para dizer que estavam planejando se mudar e que ouviram falar que eles estavam à procura de uma sede para o ministério. Keith Green morrera num acidente de avião havia vários anos, junto com dois filhos e uma família de oito pessoas que tinham vindo da Califórnia para visitar meus pais. (Coincidentemente, em 1991, quando eu tinha 2 anos, papai sofreu um acidente de avião quando estava indo para um de seus eventos cristãos. Ele e dois funcionários do Teen Mania ficaram feridos, mas todos se recuperaram. Por um acaso ele não tinha me levado naquele dia, mas 21 anos mais tarde eu não teria tanta sorte.)

De qualquer forma, o acidente foi uma tragédia inimaginável para os Green, e ninguém esperava que Melody fosse manter o ministério na ativa. Mas ela ficou à frente dele por mais de uma década. Durante uma sessão de orações, porém, Deus lhe disse que sua missão no Texas estava cumprida e que era hora de ela e seus outros dois filhos voltarem para a Califórnia. Assim, ela entregaria sua casa em Garden Valley e a propriedade de 160 hectares da igreja para alguém que fosse usá-las para a pregação da palavra de Deus.

O espaço de que meus pais dispunham em Tulsa já não estava mais comportando o crescimento de seu ministério, então a igreja dos Green era tudo de que precisavam para fazer com que a Teen Mania se expandisse. Lá havia um escritório, salas de estudo e dormitórios que lhes permitiriam realizar acampamentos de verão e transformar o espaço em um internato. E dava para ir à pé de lá até a casa de Melody. Papai e mamãe não podiam pagar o que a propriedade valia, mas eles disseram a Melody que orariam para resolver a situação, o que realmente fizeram, dia e noite. Suas preces foram atendidas, pois Melody ligou novamente para dizer que o preço pedido fora reduzido para o valor que meus pais podiam pagar. Pouco depois, fizemos as malas e pegamos cinco horas de estrada, de Tulsa ao nordeste do Texas, para nos estabelecermos numa comunidade agrícola em Garden, conhecida por sua forte cultura cristã e por suas lucrativas plantações de rosas. Eu estava prestes a completar 6 anos quando nos mudamos. Ainda não sabíamos, mas a Teen Mania logo se tornaria uma grande força no mundo evangélico. Papai estava totalmente envolvido no ministério. A cada fim de semana ele ia a uma cidade diferente, atraindo pessoas para Deus. Enquanto ele estava na estrada, minha mãe liderava grupos de orações e aulas de estudos bíblicos na propriedade no Texas. Era esperado que eu e meus irmãos fizéssemos nossa parte, então, apesar de sermos todos muito novos, tínhamos nossas funções. Nossos pais nos ensinaram que tudo o que fazíamos era a serviço de Deus. Éramos Seus guerreiros e a vontade Dele era uma ordem. Papai dizia que tudo que acontecia na vida servia de teste. Se escolhêssemos fazer o que queríamos, e não o que Deus desejava para nós, viveríamos em pecado. Nesse ponto, mesmo que Deus ainda quisesse se comunicar, nós, como pecadores, não seríamos capazes de ouvir a voz Dele.

– Se você não estiver sempre aberto a ouvir o que Deus tem a dizer, então você vai ignorar pessoas que precisam do seu testemunho ou precisam ser salvas – dizia papai.

Não estou querendo dizer que não tínhamos momentos familiares como as outras pessoas, porque tínhamos. Papai adorava estar com a gente e havia momentos em que ele voltava do trabalho e nós nos divertíamos juntos, cantando, lendo ou construindo uma casa na árvore dos fundos da casa. Mas dar o testemunho era nossa prioridade sobre tudo o mais: tarefas de casa, estudos, lições de música e as necessidades de familiares e amigos. Como guerreiros de Cristo, tínhamos de disseminar a palavra Dele para tentar salvar pessoas do fogo do Inferno e da ira que sofreriam na vida após a morte. Ao fazer isso, converteríamos mais guerreiros para a luta. Por fim, o mundo todo teria ouvido falar da Salvação, e o Arrebatamento aconteceria. Se nós, como mensageiros de Deus, não fizéssemos o nosso melhor, os incrédulos estariam fadados ao sofrimento eterno e a nós seriam negadas algumas das recompensas do Paraíso. É um fardo pesado para se colocar sobre uma criança, mas eu acreditava em tudo que papai falava.

Eu levava meu trabalho a sério. Acordava todos os dias às cinco horas da manhã para ler versículos bíblicos e memorizava a Estrada de Romanos, série de versículos da Carta aos Romanos que mostra como alcançar a salvação. Enquanto isso, meu pai rapidamente se transformava em um astro para os adolescentes cristãos, que lotavam arenas de Pontiac, no Michigan, a Denver, Sacramento, Houston e Baton Rouge sempre que ele se apresentava. Alguns de seus seguidores já eram discípulos de Jesus. Outros estavam perdidos e buscando a salvação. Quando ele subia ao palco, a plateia ficava alucinada. Ele sempre fazia apresentações inesquecíveis. Papai andava de um lado a outro do palco com sua Bíblia gasta numa das mãos, fazendo com que a plateia "se entusiasmasse por Jesus". Ele dizia: "Quando você realmente se apaixona por Jesus, você se desapaixona pelo mundo! Oro para que vocês fiquem perdidamente apaixonados pelo Filho de Deus, a ponto de não se preocuparem com o que QUALQUER PESSOA vá pensar! JESUS! Use-nos para que sonhemos Seus sonhos. Use-nos para que mostremos a um mundo sombrio COMO VOCÊ É GRANDIOSO!" Por todo o estádio, jovens choravam ou caíam ajoelhados, dando glórias ao papai e a Deus. Era bastante interessante ver meu próprio pai como alguém que recebia aquele tipo de adoração.

Minha primeira salvação ocorreu durante um desses eventos. Enquanto meu pai estava no palco, fui ao banheiro e encontrei uma menina chorando lá. Ela provavelmente tinha o dobro da minha idade, acho que 15 ou 16 anos, mas não tive vergonha de me dirigir a ela. Aproximei-me e perguntei o que havia de errado, e ela me disse que estava enfrentando um problema familiar. Peguei a mão dela e olhei em seus olhos inchados.

– Se você entregar seu coração a Jesus e confiar Nele, Ele vai ajudá-la – eu disse. – Se quiser, posso orar com você.

Assim ficamos lá, ocupando uma cabine do banheiro, e fiz com que aquela adolescente tivesse uma relação com Deus. Eu mal podia esperar para contar ao papai o que eu havia feito. Ele ficou muito orgulhoso por eu ter ajudado aquela menina. Disse que eu tinha o dom necessário para seguir os passos dele um dia. Durante muito tempo, acreditei nisso também.

Papai sempre levava um dos filhos em suas viagens, mas eu ia com mais frequência, provavelmente porque era a mais velha e a suposta herdeira do ministério. Antes de fazer 10 anos eu já conhecia mais cidades do que a maioria das pessoas consegue conhecer ao longo de toda a vida. Aos 11 ou 12 anos, já viajava sozinha de avião para me encontrar com meu pai nos lugares onde ele estava pregando.

Eu adorava aeroportos e aprendi muito cedo que eles eram ótimos lugares para dar meu testemunho. Eu escolhia as pessoas ao acaso. Às vezes fechava os olhos, escolhia uma cor – geralmente amarelo – e, depois que os abria, pregava para a primeira pessoa que encontrasse usando aquela cor. A maioria era gentil ou pelo menos me tolerava por alguns minutos antes de sair correndo para pegar o avião (pelo menos era o que diziam que iam fazer).

Depois papai me disse que o melhor momento para evangelizar não era *no* aeroporto, mas sim no avião, porque as pessoas não teriam como se esquivar. Eu geralmente tirava proveito daqueles primeiros momentos depois de a aeronave ganhar altitude e todo mundo suspirar de alívio e se acalmar. Eu conhecia a rotina porque papai tinha me ensinado direitinho. Meu discurso se baseava no filósofo grego Aristóteles, que há 2.300 anos disse que há três princípios básicos de persuasão para convencer alguém: o *etos*, ou estabelecer credibilidade com o tema tratado; o *patos*, isto é, criar uma conexão emocional com o tema; e o *logos*, que é defender sua ideia ou estar preparado para dar respaldo ao que está dizendo. Papai treinou meus irmãos e eu nos propondo desafios. Um deles era evangelizar a partir de qualquer objeto que fosse. Quem conseguisse se sair melhor, ganhava a competição.

Eu fiquei tão boa nisso, ou pelo menos era o que eu achava, que podia começar a conversa falando de algo tão inócuo quanto um lápis.

– Caramba – eu dizia, revirando um lápis amarelo entre os dedos –, o lápis é uma invenção incrível, não acha?

A pessoa sentada ao meu lado sempre mordia a isca e respondia com um meneio de cabeça ou um sorriso, o suficiente para me dar uma abertura que me permitisse continuar o discurso:

– Temos dependido tanto da tecnologia ao longo dos anos que parece que esquecemos como colocar nossos pensamentos no papel... E, sabe, sinto que tenho muito o que escrever.

Esperava um ou dois segundos pela inevitável pergunta do meu interlocutor: *Como o quê?* Então eu sabia que havia conseguido sua atenção. Depois, começava a falar sobre alguma experiência espiritual pela qual eu tivesse passado – um Momento Divino. Aí era hora de agir baseada no logos. A definição do dicionário para esse verbete é algo como "a Palavra de Deus que ganhou corpo em Jesus Cristo". Na maioria das vezes, as pessoas ouviam educadamente enquanto eu explicava como encontrar a salvação e recitava alguns versículos bíblicos para reforçar minha posição – a de que ser atraído ao Paraíso ou relegado ao Inferno depende de algo simples como aceitar Cristo como o salvador. Está escrito em Romanos, 10:9-10: "Se você confessar com a sua boca que Jesus é o Senhor e crer em seu coração que Deus o ressuscitou dentre os mortos, será salvo. Pois com o coração se crê para a justiça, e com a boca se confessa para a salvação." Meus esforços eram geralmente recebidos com alguma forma de elogio sobre meu comprometimento, assim como sobre meu conhecimento do Livro de Deus. *Ah, que menina precoce!* Já na adolescência, eu conhecia a Bíblia melhor do que a maioria dos adultos.

Depois de um tempo, dar meu testemunho se transformou num jogo para mim. Por exemplo, certa vez me sentei ao lado de um sujeito, um filósofo. Eu estava no assento do corredor e ele, na janela. O avião ganhou altitude e comecei meu discurso com o lápis. Ele parecia vagamente disposto a me dar abertura para falar. Mas assim que cheguei à parte logos do discurso, mais ou menos na metade do voo de duas horas, o homem se cansou. A julgar pelo riso amarelo em seu rosto, ele estava claramente irritado com a criança inoportuna sentada ao seu lado. Para me ignorar ele olhou pela janela, fingiu ler o jornal e examinou o cartão com instruções de segurança. Eu sabia que ele não queria mais brincar. Se isso me deteve? Até parece. Só me tornou mais determinada. Sem hesitar, continuei com meu discurso. Enquanto falava, eu pensava: *Vou conquistar esse cara.* Tradução: *Vou vencer esse jogo.* Dei o meu melhor. Na verdade, pensando bem, fui absolutamente agressiva na minha busca por vencê-lo. Foi como uma tortura chinesa. Fiquei importunando o homem com todo o meu fervor religioso. Não parava de tentar convertê-lo. Cheguei a tal ponto que ele se encolheu no assento e trincou os dentes, o que eu adorei.

– Bem, aprecio o que você está dizendo, mas não concordo – disse ele.

Ao que eu arrogantemente retruquei:

– Só porque você não concorda não significa que não seja verdade.

Eu era uma criança evangélica e me levava muito a sério.

Quando o avião pousou, o filósofo quase atropelou os demais passageiros para se livrar de mim. Eu não me importei com o fato de ele ter ficado irritado; tinha cumprido meu dever. O meu discurso não o levou a um momento de iluminação, mas fiz o que Deus (e o meu pai) esperava de mim. Se o homem optou por não ser salvo, ele é que queimaria no Inferno, não eu.

3
Jovem evangelista

Que a eloquência seja lançada aos cães em vez de permitir que almas se percam. O que queremos mesmo é conquistar almas. Não se consegue isso com discursos floreados.

— CHARLES SPURGEON, Sermons on Proverbs

Você sabe que é um evangélico ferrenho quando acredita que a Bíblia é a palavra infalível de Deus. (Me esforcei muito para imaginar a esposa de Lot literalmente se transformar num pilar de sal.) Quando ora todos os dias por qualquer motivo porque nada é grande ou pequeno demais para Deus. Quando sabe que o músico mais famoso da Bíblia, o rei Davi, usava canções para adorar a Deus, e evita músicas seculares, destituídas de temática religiosa, pois só escuta as cristãs. Quando não cede aos vícios do diabo, como fumar, usar drogas ou beber. Acima de tudo, quando compartilha sua fé e convoca outras pessoas a buscarem a salvação, porque a vida sem isso é assustadora demais.

Você recebe o título de evangélico superferrenho quando espalhou a palavra de Deus para pessoas em seis continentes, conviveu com os notórios cristãos da Oral Roberts, Joyce Meyer e Jimmy Swaggart, interpretou Jesus numa viagem missionária à Índia e deu seu testemunho para um estádio com dez mil adolescentes histéricos antes de completar 10 anos.

Essa fui eu.

Foi ideia do meu pai me levar para o palco com ele em seus comícios juvenis cristãos, uma combinação de renascimento religioso e show de rock chamada "Acquire the Fire" (Obter a chama), porque a ideia era fazer com que os jovens "se empolgassem" por Jesus. Meu pai é um superastro no mundo cristão carismático. Todos os anos, as apresentações dele lotam estádios e arenas nas principais cidades dos Estados Unidos. Cresci fazendo companhia a ele nessas ocasiões. Eu nunca tinha ido à escola quando, pela primeira vez, ele convidou a mim e minha irmã Charity para que subíssemos ao palco do Mabee Center, em Tulsa, e cantássemos nossa canção cristã preferida. Nossas vozes infantis eram agudas e desafinadas (muito desafinadas), mas sabíamos a letra de cor e eu até fiquei batucando na coxa para marcar o ritmo. A multidão ficou louca. "Meu Deus é grande o bastante; meu Deus é grande o bastante; meu Deus é grande o bastante para qualquer situação."

Certa vez, tive coragem de introduzir nossa música citando uma de minhas passagens bíblicas preferidas, que está em Efésios 4:29-32: "Nenhuma palavra torpe saia da boca de vocês, mas apenas a que for útil para edificar os outros, conforme a necessidade, para que conceda graça aos que a ouvem. Não entristeçam o Espírito Santo de Deus, com o qual vocês foram selados para o dia da redenção. Livrem-se de toda amargura, indignação e ira, gritaria e calúnia, bem como de toda maldade. Sejam bondosos e compassivos uns para com os outros, perdoando-se mutuamente, assim como Deus perdoou vocês em Cristo." Meu pai ficou muito orgulhoso.

– Ela nunca tinha feito isso diante das pessoas – disse ele. – Amém!

Aquelas pequenas apresentações eram assustadoras, sobretudo para uma criança, mas pelo menos Charity segurava a minha mão. E, tenho de admitir, por mais que tivesse pavor do palco, até gostava da atenção que recebia – desde que minha irmã estivesse ao meu lado.

Mas foi bem diferente quando tive de subir ao palco sozinha. Quase vomitei nos bastidores enquanto esperava que papai me apresentasse. Estávamos no Denver Coliseum e o lugar estava lotado, com uma plateia de dez mil adolescentes, todos empolgados por Jesus. Eu ainda era uma criança, mas tinha ótimas mensagens para compartilhar com meus colegas cristãos. Meu pai sempre nos pressionou muito para que começássemos a pensar no que queríamos fazer da vida. Então, aos 12 anos, quando decidi criar um site sobre Deus, ele quis que o mundo inteiro soubesse.

O que eu fiz foi um feito e tanto. Tive essa ideia quando estava em casa, buscando sites religiosos. Não encontrei nada voltado para crianças da minha idade, o que me surpreendeu e me frustrou. Fiquei tão decepcionada que, sozinha, procurei e contratei um webdesigner para me ensinar a criar minha própria homepage. Ele passou a ir à nossa casa uma ou duas vezes por semana, até que eu entendesse os princípios do que estava fazendo. Papai custeou essas aulas, e eu elaborei e lancei o site.

Chamei-o de Girls for God (Meninas por Deus). Ele tinha um fundo rosa com bordas amarelas e havia várias seções sobre bandas e casas noturnas cristãs, missões estrangeiras, saúde e beleza e, claro, meninos. Também havia uma coluna, "Pergunte a Hannah", na qual as jovens eram convidadas a escrever perguntas sobre qualquer coisa, desde religião e a Bíblia até dicas de cabelo e maquiagem. Meu primeiro texto sobre moda foi introduzido pela foto de um batom vermelho e uma frase do papai, que sempre dizia: "Maquiagem é para enfatizar sua beleza natural, não para encobrir sua feiura." Ironicamente, eu sabia menos sobre moda do que a maioria das meninas da minha idade porque, como era muito protegida e vivia isolada, não convivia tanto com meninas da minha geração. Mas com certeza eu sabia muito sobre Deus.

Minha seção "Sobre a Salvação" era bastante visitada. Publiquei a Oração da Salvação ali: "Deus, sou um pecador e preciso de perdão. Acredito que Jesus Cristo morreu por meus pecados. Estou disposto a me afastar do pecado e convidar Jesus a entrar no meu coração como meu Salvador pessoal. Amém." A seção chamada "Mais Sobre Deus" era um canal para que eu desse conselhos, e eu a levava a sério. Uma das primeiras perguntas que recebi foi: "Todos os cachorros vão para o Céu?" Passei horas procurando uma resposta em livros e na Bíblia. Finalmente escrevi: "Na Bíblia está escrito que as pessoas têm espírito e que nossos corpos espirituais vão para o Céu, apesar de nossos corpos físicos permanecerem na Terra. Mas cachorros não têm espírito, ou melhor, isso não está claro na Bíblia, então minha resposta é que, como cachorros são criaturas inofensivas e amorosas, por que não iriam para o Céu?" Anos mais tarde descobri que essa pergunta – e outras do tipo – tinha sido feita por meus amigos cristãos, que depois ririam juntos por causa de minhas respostas frágeis, mas honestas.

Meu pai ficou tão orgulhoso da minha iniciativa que insistiu que eu compartilhasse o site com os seguidores dele. Achei a ideia legal. Ele estava muito feliz comigo e eu adorava ter sua aprovação.

Minha estreia foi em Denver e eu passei horas me preparando para a grande noite. Naquela manhã, no hotel, reparti meu cabelo em zigue-zague, separando as partes com presilhas de borboletas, e coloquei um par de brincos de minha mãe. Vesti minha camiseta de cor laranja preferida e a combinei com um colar da mesma cor. Eu o comprara durante uma viagem missionária à África. Passei pó cintilante nos braços e depois me maquiei com uma sombra branca da mamãe. Fiquei me perguntando quantos meninos na plateia me achariam bonita.

Nos bastidores, andava de um lado para outro enquanto esperava que papai me anunciasse. Eu estava muito nervosa. E se estragasse tudo? E se tropeçasse na minha nova sandália plataforma? E se não conseguisse falar, como se um gato tivesse comido a minha língua? Eu havia preparado algumas anotações, para o caso de esquecer o que pretendia dizer. Aguardando ansiosa, reli as anotações repetidas vezes, até que decorasse tudo. Mas como eu me sairia lá, com o holofote sobre mim e dez mil adolescentes me observando? *Se fizer isso direito,* eu disse para mim mesma, *vou poder mudar o mundo para a minha geração e talvez causar uma boa impressão em Danny Brenner.* Danny era um judeu messiânico cujos pais trabalhavam para o ministério do papai. Era muito magro, tinha cabelos espetados e brincos de diamantes nas orelhas. Eu o achava o máximo. Às vezes jogávamos xadrez juntos e eu sentia uma atração secreta por ele. Saber que ele poderia estar na plateia me deixou ainda mais ansiosa. *E se eu fingir que estou passando mal e desistir?,* pensei, pouco antes de um dos assistentes de palco gesticular para mim que estava quase na hora de entrar.

Ouvi meu pai encerrar uma oração e sabia que ele me chamaria em seguida.

– Vocês precisam ter um plano quando saírem daqui – disse meu pai baixinho ao microfone. – Como vão usar sua força e sua energia para Deus? Deixe-me lhes dar um exemplo esta noite. Uma menina de 12 anos teve uma ideia. Ela acha que recebeu essa ideia de Deus. "O que posso fazer este ano para fazer a diferença?", perguntou ela para si mesma. "Ei! E se eu criar um site que ajude outras jovens a se entusiasmarem por Deus?" Há poucos meses, ela começou a trabalhar, reunindo o material necessário. E esta semana lançou um site para que meninas fiquem entusiasmadas por Deus! Na verdade, essa mocinha é minha filha mais velha, Hannah Luce. Hannah! Que tal vir aqui?

Entrei no palco e um holofote me seguiu até meu lugar, perto do papai. Pude ver o orgulho estampado no rosto dele. Isso era o que mais importava para mim: ter a aprovação do meu pai.

– Diga às pessoas o que você fez – pediu ele, entregando o microfone para mim.

Minha voz era parecida com a da Minnie Mouse, uma espécie de falsete alegre.

– Bem, hummm, a ideia me ocorreu, hummm, eu estava procurando, pesquisando na internet, e não consegui encontrar nenhum site religioso voltado para jovens, e foi aí que tive a ideia. Deus entrou no meu coração! Tive o desejo de criar meu próprio site para Deus. E então segui em frente! Quanto mais eu falava, mais relaxada me sentia. *Há provavelmente muitos meninos bonitos na plateia e todos estão me observando*, eu pensava. Me senti importante demais, muito aceita.

– Era Deus agindo por meio de minhas ações – eu disse. – Se Ele me usou, pode fazer o mesmo com todos vocês!

A plateia me ovacionava. Eles gostavam de mim! Realmente gostavam de mim! Eu não precisava mais de minhas anotações. Estava arrasando.

– E eu os encorajo a abrir seus corações este fim de semana e para o resto da vida, somente para realmente ouvir Deus e o que Ele tem a dizer – continuei.

Falei mais do que pretendia, mas ninguém pareceu estar entediado ou me apressando para sair do palco, e eu me senti bem.

– Então, espero que vocês tenham uma ótima noite e... Deus os abençoe! – concluí abruptamente.

Quando terminei, meu pai me pegou nos braços diante de milhares de adolescentes. Seus olhos brilhavam de orgulho e ele tinha um sorriso enorme no rosto. Ele estufou o peito e me deu um beijo no rosto. Eu girei em minha sandália plataforma e corri o mais rápido que pude para fora do palco. No caminho, ouvi papai dizer:

– Esta é a minha menina! É minha filha mais velha! Hannah Luce!

Os jovens na plateia gritaram extasiados.

Nunca senti meu pai tão orgulhoso de mim.

Eu tinha 12 anos.

4
África

Estes sinais acompanharão os que crerem: em meu nome expulsarão demônios; falarão novas línguas; pegarão em serpentes; e, se beberem algum veneno mortal, não lhes fará mal nenhum; imporão as mãos sobre os doentes, e estes ficarão curados.

— MARCOS, 16:17-18

Eu estava numa selva africana quando aprendi a andar. Aos 10 anos, já havia viajado para todos os estados norte-americanos a fim de disseminar a palavra de Deus. No primeiro ano do ensino médio já tinha falado sobre Deus em seis continentes. Estávamos sempre na estrada procurando pessoas para salvar. Muitas vezes viajávamos para o exterior, para vilarejos remotos nos confins da Terra, onde ninguém tinha sequer ouvido falar de Jesus e da Bíblia, mas o sentido de estarmos lá era justamente levar esse conhecimento às pessoas. Não eram apenas os norte-americanos que precisavam ser salvos e conhecer Jesus, apesar de eles estarem se perdendo para os "promotores da cultura popular, ou terroristas da virtude", como meu pai costumava dizer. O mundo todo tinha essa necessidade e corria o risco de sofrer no Inferno por toda a eternidade. Cabia a gente como nós disseminar a Palavra para o maior número possível de pessoas.

Eu adorava essas viagens para o exterior. Quanto mais longe da civilização fosse o povoado ou mais culturalmente exótico fosse o país, mais eu queria estar lá. Pela experiência, valia a pena enfrentar os problemas que eram comuns a essas viagens.

Eu era apenas uma menininha quando vi minha mãe e um grupo de líderes do ministério orando para expulsar os demônios do corpo de uma mulher de aparência frágil que morava na Índia. Meus pais estavam sempre encontrando pessoas possuídas e eram muito bons em confrontar os espíritos do mal.

Lembro que, numa das nossas viagens a um vilarejo remoto na África, minha irmã olhou para uma mulher e gritou:

– Ela está com os olhos vermelhos! Ela está com os olhos vermelhos!

Minha irmã ficou dizendo que a mulher estava tentando seduzi--la de forma oculta. Não percebi nada vermelho nos olhos da mulher, mas sabia que não precisávamos temer que os demônios nos possuíssem porque tínhamos Jesus em nossos corações.

Voltar à vida normal depois dessas missões era difícil, mas sempre havia uma próxima aventura pela qual ficar na expectativa. Uns dois anos depois da viagem à África oriental, passei quatro horas fazendo um percurso de canoa, em águas tomadas por crocodilos, para chegar até os nativos das selvas do Panamá. Brinquei com macacos na Tanzânia, montei em elefantes na Tailândia, dancei com guerreiros da tribo Massai no Quênia e visitei templos budistas e hindus na Índia. Minha intenção era observar as práticas religiosas deles e orar para que um dia eu tivesse a oportunidade de convencê-los a ver as coisas do nosso jeito – a se tornarem como nós. Um dos pontos altos da viagem à Índia foi encenar uma peça sobre a vida, a morte e a ressurreição de Jesus, na qual interpretei Jesus crucificado.

Mas minha viagem mais memorável foi para um lugar na África do Sul chamado Harrismith, um vilarejo bem simples a cerca de duas horas e meia de Joanesburgo, passando por um caminho cercado por montanhas. Cerca de 35 mil pessoas moravam lá, a maioria delas em situação de extrema pobreza. Falavam o dialeto *sesotho*, e muitos habitantes ainda contavam com curandeiros para tratar suas doenças e livrá-los dos espíritos do mal. A região era predominantemente cristã, mas o islamismo estava ganhando espaço em muitas comunidades negras pobres, principalmente por causa de sua ênfase na caridade e na reforma social, mas também porque a sociedade cristã já havia rejeitado os negros de forma radical, o que culminou na tragédia do apartheid. Não seria fácil doutrinar essas pessoas, mas desafios não impedem que um bom cristão evangelista realize seu trabalho.

Passamos um mês em Harrismith, acampados num terreno de safári, onde gazelas e zebras pastavam. Eu acordava sempre antes do alvorecer para ler versículos bíblicos e assistir ao sol colorindo o céu de vermelho, alaranjado e dourado ao subir no horizonte. Começávamos cedo todos os dias e realizávamos boa parte do nosso trabalho nos limites da cidade, onde não parecia haver nada além de fileiras de pequenas choupanas. Éramos 30 na missão, e havia muitos bairros a serem percorridos, então nos dividimos em equipes de cinco pessoas, cada uma com um intérprete, e íamos batendo às portas das cabanas, levando mensagens do Senhor.

Não havia barreira linguística ou cultural que nos fizesse desistir. Tínhamos um esquema preparado para qualquer situação que surgisse. O primeiro passo era nos oferecermos para trabalhar para o proprietário ou inquilino.

– Oi! Viemos dos Estados Unidos! – eu dizia. – Tem alguma coisa que possamos fazer para ajudá-lo?

A gente executava praticamente qualquer tarefa doméstica, como varrer, cortar lenha, preparar alimentos ou lavar roupa. As pessoas geralmente desconfiavam de nossa prestatividade no começo. Era possível ver a dúvida na expressão delas: *O que há por trás disso?* Mas a maioria nos deixava colaborar.

Um dos nossos primeiros trabalhos foi ajudar uma família a se preparar para um funeral, que na África era um ritual em decadência. As pessoas se vestiam com roupas tradicionais coloridas, e a família anfitriã, os enlutados, organizava um banquete para servir a todos os que comparecessem. Enquanto os cozinheiros elaboravam pratos como *bobotie* (cordeiro assado) e *geel rys* (arroz amarelo) com *blatjang* (chutney de damasco e uva-passa) e *komkomer sambal* (pepino temperado), minha função era ajudar a preparar uma cerveja tradicional chamada *umqombothi*. Para preparar a cerveja era necessário fazer uma mistura de malte, amido fermentado e água num barril de ferro (um *potjie*) e esquentá-la sobre uma fogueira do lado de fora da casa. A bebida resultante fica fermentada e com um cheiro azedo. Depois é coada e colocada num barril comum que eles chamam de *gogogo*. Depois que a bebida esfriava, finalmente estava pronta para ser servida. Eu mal conseguia segurar a gigantesca colher de pau usada para mexer, e o cheiro quase me fazia vomitar, mas ainda assim eu me divertia.

Alguns dos trabalhos que realizávamos eram rápidos e outros levavam horas. Trabalhávamos durante o tempo que fosse necessário e depois passávamos para a fase dois, que era a conversão.

– Agora que fizemos isso, seria possível que você retribuísse o favor ouvindo nossa história?

As pessoas eram muito generosas; quase sempre nos escutavam. Chegamos à conclusão de que valia a pena dar a elas a oportunidade de serem salvas mesmo se fosse necessária uma tática especial.

Nosso discurso era tirado do Evangelism Explosion, um manual com dicas para pregar a Palavra. O objetivo era fazer com que os outros recitassem a Oração da Salvação. Começávamos mostrando um conjunto de cartas coloridas, explicando que aquelas eram as cores do arco-íris que levavam a Jesus. A primeira exibia a imagem de um menino com o coração negro de um pecador. A carta vermelha representava o sangue de Jesus, que morreu por nossos pecados. A azul simbolizava o batismo e a branca mostrava um menino reconhecendo seus pecados e orando por perdão, como Davi fez no Salmo 51: "Lava-me, e ficarei mais branco do que a neve." Havia também duas cartas verdes, simbolizando o crescimento. E, finalmente, a carta dourada, que representava a coroa de Deus entregue no Paraíso à pessoa que tivesse sido fiel às ordens Dele. (Quando criança me ensinaram que, para cada coisa que eu fazia por Deus, recebia uma joia na minha coroa. Por isso, sempre que fazia algo de errado, eu temia acabar com uma coroa mais leve.)

O objetivo era, depois que contávamos a história, conseguir que alguém recitasse a Oração da Salvação: "Senhor, sou um pecador e preciso de perdão. Acredito que Jesus Cristo morreu por meus pecados. Estou disposto a me afastar do pecado e convidar Jesus a entrar no meu coração como meu Salvador pessoal." Eu sempre dizia algo a mais: "Quero que o Senhor transforme meu mundo. Quero que o Senhor me ajude a ser forte contra o inimigo. Que me ajude a ver através de Seus olhos, que fale comigo quando eu mais precisar. Quero que o Senhor seja minha completude. Que seja meu tudo. Por favor, perdoe-me por meus pecados. Preciso do Senhor, Jesus. Preciso que o Senhor me ajude a me manter forte. Amém."

Alguns dias eram melhores do que outros e, todas as noites, quando nosso trabalho se encerrava, voltávamos ao acampamento e cada grupo dizia quantas pessoas tinha salvado naquele dia. Parecia uma competição, e eu adorava ganhar. Papai sempre dizia que, se eu não olhasse com cuidado, alguém deixaria de ser salvo e Deus me consideraria responsável por isso. Eu sabia o que isso significava, então treinei muito meu olhar. Mas um dia, já no final da nossa estadia, quase perdi alguém.

Minha equipe e eu entramos num pátio empoeirado, rumo a um agrupamento de casinhas. Um homem estava na rua sentado sobre uma pedra, segurando um balde. Ele estava se banhando com água suja e um sabonete rosa. O homem não levantou a cabeça e quase passamos direto por ele. Ele parecia indiferente, e tive a impressão de que morava sozinho. Estávamos prestes a seguir em frente quando pedi ao grupo que parasse: precisávamos aumentar nossa contagem de almas salvas. Depois de orar muito todos os dias, eu me sentia em harmonia com o que Deus desejava para a nossa equipe, e Ele queria que conversássemos com aquele homem.

O homem era um tanto robusto, com uma barriga proeminente, provavelmente tinha uns 60 ou 70 anos, apesar de parecer bem mais velho. Tinha traços faciais marcantes e um nariz comprido. Ele estava inclinado, se lavando. Sua bengala estava apoiada contra a pedra. Eu não suportava a ideia de parecer intrometida, mas sabia que era minha obrigação chamar a atenção dele.

Eu tinha 13 anos e todos no meu grupo eram mais velhos, a maioria com idades que variavam de 14 a 15 anos. O líder tinha 18 anos, mas fui eu que guiei o grupo até aquele senhor. Aproximei-me do homem, mas ele não ergueu os olhos.

– Meu nome é Hannah – eu disse. – Qual é o seu nome?

O homem não respondeu, então pedi a todos do nosso grupo que se apresentassem também.

Ele continuou sem falar nada.

– Podemos orar por você? – perguntei.

Ele meneou a cabeça. Não.

– Por favor – insisti. – Deve haver algo em sua vida que necessite de uma oração.

O homem começou a gritar em zulu:

– Ndiyekele! Ndiyekele!

"O que ele está dizendo?", perguntei à intérprete. Ela nos disse que o homem era cego e não ouvia direito. Ele queria que os deixássemos sozinho. Eu quis ir embora. Quis me dirigir para a próxima casa, onde havia mais pessoas a serem salvas. Pessoas que provavelmente nos dariam mais abertura do que o homem que se lavava na pedra. Mas aí me lembrei das palavras de papai: "Se você tiver a oportunidade de orar por alguém e não o fizer, vai ignorar o que Deus está lhe dizendo." Me senti compelida a orar pelos olhos do homem. Em minha mente estava passando a história do Livro de João, na Bíblia, quando Jesus fez com que um cego enxergasse novamente.

Enquanto Jesus caminhava, ele viu um homem que tinha nascido cego.

– Rabi – seus discípulos o chamaram –, por que este homem nasceu assim? Foi por causa dos próprios pecados ou por causa dos pecados dos pais dele?

– Não foi por causa dos pecados de ninguém. Isso aconteceu para que o poder de Deus pudesse ser visto nele. Devemos realizar o trabalho que nos foi designado por aquele que nos enviou. A noite está chegando e então ninguém conseguirá trabalhar. Mas enquanto eu estiver neste plano, serei a luz do mundo.

Então ele cuspiu no chão, fez lama com a saliva e a espalhou nos olhos do cego. Ele disse ao enfermo:

– Lave-se na fonte de Siloam.

O homem foi, se limpou e voltou enxergando!

Os vizinhos e outras pessoas que o conheciam como o mendigo cego se perguntaram:

– Este não é o homem que costumava ficar sentado, mendigando?

Alguns disseram que sim, mas outros se confundiam:

– Não, é só alguém parecido com ele!

Mas o mendigo insistia:

– Sim, sou eu mesmo!

Eles perguntavam:

– Quem o curou? O que aconteceu?

– O homem a quem chamam Jesus fez lama, espalhou sobre meus olhos e disse: "Lave-se na fonte de Siloam." Então eu fui, me limpei e agora enxergo!

Eu sabia o que precisava fazer. Não tinha como fazer lama no momento, mas sabia que Deus nos permitia improvisar em situações como aquela, então decidi usar o sabonete.

– Acho que Deus quer que a gente faça isso – eu disse.
O homem não entendeu, mas assentiu. Retirei seus óculos de lentes grossas. Todos começaram a orar, eu peguei o sabonete e comecei a lavar os olhos do homem. Dizia a mim mesma que tinha de acreditar. A Bíblia me dizia que, se eu acreditasse mesmo – se acreditasse que o homem ficaria curado –, então Deus o faria enxergar.
Continuamos a orar pelo homem e, depois de alguns minutos, ele me fitou. Seus olhos se arregalaram e ele começou a exclamar algo em sua língua materna.
– O que ele está dizendo? – perguntei à intérprete.
– Ele está dizendo "Consigo enxergar! Consigo enxergar!" – disse ela.
Virei-me para o homem e percebi que ele estava surpreso, que me observava. Senti como se ele estudasse cada ângulo do meu rosto. Olhei nos olhos dele. Eram pretos e vazios. Pareciam um poço escuro sem fundo. Será que ele realmente estava conseguindo enxergar? Por que ele fingiria?
Decidi impor um pouco mais de Deus àquele homem.
– Podemos orar por seus ouvidos? – perguntei.
Ele concordou prontamente. Depois de orarmos um pouco, a intérprete se aproximou e sussurrou algo no ouvido do homem, que lhe sussurrou algo em resposta. Então, ela gritou para todos:
– Ele consegue ouvir!
Antes disso, quando o homem tinha dito que não escutava com facilidade, a tradutora berrou no ouvido dele, mas nem assim ele a ouviu direito. Agora ele conseguia escutar até um sussurro. Todos gritamos:
– Aleluia!
Mas não havíamos terminado ainda. Pedimos ao homem que se juntasse a nós no culto na igreja local no domingo. Ele disse que gostaria de ir, mas tinha machucado a perna e estava com problemas para caminhar porque doía demais. Comecei a orar pela perna dele. Fiz isso sem parar, mas nada acontecia. *Como é possível?*, eu

me perguntava. *Por que Deus pararia de responder às nossas orações agora?* A intérprete começou a falar com o homem de forma ríspida. Estava claro que eles estavam discutindo.

– O que está acontecendo? – perguntei.

Ela apontou para o pulso do homem.

– O bracelete! – disse ela. – Ele me disse que é de um curandeiro, então eu estava tentando tirá-lo dele.

O curandeiro afirmara que o bracelete ajudaria a amenizar a dor, e por isso o homem se recusava a tirá-lo.

Os membros da minha equipe e eu tínhamos aprendido que certos espíritos malignos podiam controlar tudo por meio de alguns objetos. Por exemplo, uma boneca vodu tem um espírito maligno dentro dela que pode atacar qualquer pessoa, mas se a boneca for exterminada, o poder do espírito do mal desaparece. Será que Deus não estava respondendo às nossas orações por causa do bracelete? Meus colegas e eu concordamos que este podia ser o problema.

Motivada pela cura que eu tinha promovido naquele dia, afastei a intérprete e coloquei minhas mãos sobre as do homem.

– Por favor – eu disse, gentilmente –, permita que eu remova o bracelete.

O homem hesitou. Mas continuei:

– Por favor, tire-o e acredite em nosso Deus. Acredite que nosso Deus acabará com a sua dor.

Lentamente, com as mãos trêmulas, o homem retirou o objeto. Todos oramos para que a dor dele desaparecesse, até mais do que tínhamos orado por seus olhos e ouvidos.

Em pouco tempo o homem disse que suas pernas não estavam mais doendo. Eu mal conseguia acreditar. Primeiro seus olhos, depois seus ouvidos e agora sua perna. Estava escurecendo e tínhamos de voltar para o acampamento. Não havia tempo para tentar fazê-lo recitar a Oração da Salvação. Prometi ao homem que voltaríamos na manhã seguinte para ver como ele estava se sentindo.

– Por favor, não volte a usar o bracelete – pedi.

Nossa equipe voltou eufórica para o acampamento. Certamente o meu grupo não tinha salvado tantas almas quanto os outros, já que passamos o dia todo com aquele único homem e ficamos sem tempo de dar nosso testemunho. Mas sempre havia o dia de amanhã.

Depois do jantar, contamos às demais equipes o que tinha acontecido.

– Glória a Deus! – disseram todos.

Eu me revirei na cama a noite inteira. Fiquei preocupada porque o homem iria para o Inferno se voltasse a usar o bracelete. Ele morreria antes que voltássemos pela manhã para tentar salvá-lo.

Quando voltamos para encontrá-lo no dia seguinte, um domingo, o homem não estava lá. Fiquei decepcionada porque queria ver se os efeitos do milagre permaneciam, e também estava com medo do poder de Deus. Depois disso, eu nunca mais conseguiria tirar aquele homem da mente. Será que ainda enxergava? Ouvia? Será que ele voltara a usar o bracelete?

Estávamos trabalhando em outros bairros, mas finalmente consegui voltar para a casa do homem um ou dois dias depois. Ele não estava lá. Perguntamos por ele e as pessoas nos disseram que ainda conseguia enxergar e ouvir. Não estava em casa porque fora até uma igreja cristã nas proximidades, *caminhando* até lá.

Uau, pensei. Tínhamos ajudado Deus a realizar um milagre. Foi a primeira vez na vida que me senti digna de ser filha de Ron Luce. Talvez eu tivesse o talento dele.

5
Livros proibidos

Não tenho Fé — não ouso expressar as palavras e os pensamentos que se acumulam em meu coração — e isso me faz sofrer de uma agonia imensurável.

— MADRE TERESA, numa carta sem data, *Madre Teresa — Venha, seja minha luz*

Não foi muito depois da minha grande estreia no "Acquire the Fire", o grande evento do meu pai em Denver, que comecei a questionar minhas crenças. Eu vivia protegida naquele mundo evangélico restrito, mas me ensinaram que eu seria feliz desde que seguisse as ordens de Deus. O único problema é que eu estava com dificuldades para ouvi-Lo, e isso fez com que me sentisse excluída e isolada de tudo e todos que eu conhecia.

Eu não ousava dizer a meus pais que estava com medo de que Deus tivesse me abandonado. Papai dizia que o Senhor tem expectativas em relação a nós e que basta prestar atenção para saber quais são elas. Continuei a orar pedindo sinais para descobrir o que Ele queria de mim, mas não obtive respostas. Comecei a sentir aflição, me perguntando se Ele tinha se irritado com algo que eu havia feito ou dito. A princípio pensei: por que preocupar meus pais com isso? Deus retornaria para mim em algum momento. Mas, por mais que eu orasse para chamar a atenção Dele, nada acontecia. Eu falava muito, mas Ele não conversava comigo, e comecei a ficar com medo de que papai e mamãe descobrissem. Eles não entenderiam se soubessem do meu dilema e, pior, ficariam preocupados, com medo de que, ao perder minha relação com Deus, eu ficasse condenada a passar a eternidade com os amaldiçoados, chorando e rangendo os dentes no fogo do Inferno.

Para o meu próprio bem, eu tinha bastante conhecimento sobre o conteúdo da Bíblia. Eu a estudava desde que tinha aprendido a ler. O Livro de João diz: "Minhas ovelhas ouvem minha voz; eu as conheço, e elas me seguem. Eu lhes dou a vida eterna e elas jamais perecerão." Papai sempre dizia que ouvir a Sua voz e saber quando Ele está falando conosco são a forma de saber se pertencemos a Deus.

Orei pedindo orientação. Durante horas, eu ficava horas sentada no chão do meu quarto, com a porta fechada, e orando para que Ele me ajudasse a entender o que estava acontecendo comigo. E para que explicasse por que eu me sentia tão abandonada e sozinha pelo fato de não conseguir *ouvi-Lo*.

– Ah, Senhor Deus – eu orava. – Sei que o Senhor tem um plano para mim, ou pelo menos isso é o que todo mundo diz. Só preciso descobrir qual é este plano. Estou fazendo tudo o que está a meu alcance para descobrir, mas parece que, quanto mais tento, menos o Senhor fala comigo. Senhor Deus, o Senhor está me testando? Sim, é isso. Deve ser um teste.

Ainda sem obter respostas, comecei a procurá-las em livros que conseguia secretamente com um pessoal do ministério do papai a quem eu chamava de "rebeldes silenciosos". O grupo era pequeno e anônimo dentro da família Teen Mania, formado por adolescentes criativos e artísticos que também liam mais e se vestiam melhor do que a maioria de nós. Os nomes e rostos mudavam, mas sempre havia alguns deles entre as centenas de adolescentes que estavam na propriedade em dado momento, fosse como internos ou apenas nos visitando, apesar de meu pai jamais saber quem eram. Como todos os outros que procuravam a Teen Mania, eles estavam ali para mostrar sua devoção a Deus, mas eram diferentes porque não tinham uma fé cega na palavra do Evangelho. Eu os achava muito descolados e me relacionava mais com eles do que com os outros. Assim, como eles, comecei a buscar a verdade em outros lugares além da Bíblia e das obras indicadas pela Teen Mania.

Reuni vários livros e os escondi no meu quarto. Mal podia esperar que meus pais fossem dormir para poder trancar a porta e começar a lê-los.

Certa noite, muito depois de meus pais terem ido para a cama, eu estava no meu quarto, nos fundos de casa, ouvindo um audiolivro que consegui com um desses amigos. *O grande abismo* é uma fantasia teológica escrita por C. S. Lewis e uma espécie de retrato kafkaniano da vida após a morte. Intelectualmente, estava muito acima de minhas capacidades, mas isso não me impediu de tentar entendê-lo.

Em essência, a história é essa: o narrador se percebe preso a uma cidade triste e cinzenta. Ele e um grupo acabam entrando num ônibus que viaja até as colinas de um lugar idílico. Lá, eles são recebidos por homens e mulheres reluzentes, pessoas que eles já conheciam na Terra. Depois é revelado que os passageiros do ônibus são "fantasmas" do Inferno e os homens e mulheres reluzentes são "espíritos" que vivem no Paraíso e se oferecem para lhes mostrar um meio de entrar em seu lar. Mas, em vez de aceitar a oferta dos espíritos, quase todos os passageiros optam por voltar para a cidade sombria, ou Inferno. O livro passa a mensagem de que decidimos viver no Inferno ao fazer escolhas que nos impedem de descobrir uma vida de felicidade infinita, ou Paraíso, que Deus quer para nós. Eu não conseguia aceitar isso.

Naquela noite, porém, mesmo atenta aos sons que meus pais pudessem emitir, ouvi a parte da história na qual um fantasma pergunta a um espírito: "Queria nunca ter nascido. Por que nascemos?" "Para viver uma felicidade infinita. Você pode abdicar disso a qualquer momento", responde o espírito. Ao escutar isso, algo me tocou e, de repente, fiquei apavorada. Me senti como o fantasma amaldiçoado da história. *Será que alguma vez senti a felicidade infinita?*, me perguntei. Admiti que não, nunca. Já me divertira bastante, mas nunca alcançara uma alegria plena. Sempre me ensinaram que Deus é infinito e que, ao aceitá-Lo, eu sentiria a felicidade eterna. Mas, se Lewis estava certo, eu é que tinha de criar minha própria felicidade ou escolhê-la, mas não tinha ideia de como fazer isso. Será que a definição de Deus dos meus pais – a que eu aprendi assim que consegui entender palavras e pensamentos – estava errada?

De repente fui tomada por uma sensação de pânico. Minha pele se arrepiou toda, como se minhas terminações nervosas estivessem pegando fogo, e meus cabelos grudaram na minha nuca ensopada de suor. Meu coração batia forte. Tentando me acalmar, recitei um versículo da Bíblia que aprendera quando criança: "Sabemos que Deus age em todas as coisas para o bem daqueles que O amam, dos que foram chamados de acordo com Seu propósito." Eu amava Deus. Pelo menos estava tentando amá-Lo, esta misteriosa entidade que fazia tantas pessoas, incluindo meus pais, terem um sentimento duradouro de alegria e completude que eu simplesmente desconhecia.

Comecei a chorar e a tremer.

– Deus! – chamei, encolhendo-me num cantinho do quarto. – Onde está o Senhor? Por que me abandonou? Sou muito nova ainda. Por que me sinto tão sozinha em meio a tudo isso? Por que me sinto presa na cidade cinzenta? Por que não consigo ouvi-Lo? *Estou muito confusa!*

Meu corpo tremia e eu não estava conseguindo respirar direito. Consultei o relógio na mesinha de cabeceira. Eram três e meia da manhã. Meus pais sempre me ensinaram que, a não ser que houvesse sangue, fumaça ou fogo, não deveríamos acordá-los. Se fizesse isso, eu seria punida além de tudo por estar acordada até tão tarde, tendo aula na manhã seguinte. Estava em pânico, perturbada demais para me importar. Achava minha demanda tão grave quanto um incêndio.

— Preciso do meu pai! – gritei. – Pai!

Deixei meu quarto e fui pelo corredor escuro até o outro lado da casa, onde meus pais dormiam. Abri a porta e entrei silenciosamente, esperando não acordar minha mãe. Andei na ponta dos pés até o papai e o cutuquei. A princípio, ele não se mexeu.

— Pai! – chamei, chacoalhando o corpo dele. – Por favor, papai! Ajude-me! Estou com medo! Não sei mais no que acreditar!

Lágrimas escorriam pelo meu rosto, e eu estava ofegante e chorosa. Papai levantou-se imediatamente.

— O que houve, Hannah? – perguntou.

Comecei a gemer.

— Shhhhhhhhh! – sussurrou ele, que se levantou da cama e me acompanhou para fora do quarto. – Princesa, diga-me o que aconteceu! – continuou, já no corredor.

Papai sempre me chamava de princesa.

— Não sei mais o que fazer! – eu disse, chorando descontroladamente. – Estava... lendo... livros... não posso... Deus... como posso? – Mal conseguia falar. – O fantasma... o fantassssmaaaa!

— Do que é que você está falando? – perguntou ele.

Tudo o que eu conseguia fazer era apontar para meu quarto e balbuciar coisas sem coerência.

— É melhor você me mostrar – disse o meu pai.

Eu o levei até meu quarto, onde o audiolivro ainda estava tocando. "Amigo, não estou sugerindo nada. Sabe, vamos ser francos. Nossas opiniões não foram obtidas de forma honesta. Simplesmente nos percebemos em contato com certa corrente de pensamento e agimos de acordo com ela porque parece moderna e bem-sucedida. Na faculdade, escrevemos trabalhos para receber boas notas e dizemos coisas para ganhar aplausos. Quando, em nossa vida, encaramos honestamente, na solidão, a única questão para a qual todas as outras convergem? Será que o Sobrenatural de fato existe? Quando propusemos a resistência real de um instante à perda da nossa fé?"

Papai desligou o aparelho de som. Meus outros livros proibidos estavam espalhados pelo chão perto da cama, todos com o mesmo tema: o estudo do dogma evangélico, a definição de um Deus diferente daquele em que meu pai acredita. Todos estavam abertos. A princesinha estivera obviamente lendo durante algum tempo. Entre os livros estavam *Blue Like Jazz: Nonreligious Thoughts on Christian Spirituality* (Triste como jazz: reflexões não religiosas sobre a espiritualidade cristã) e *Fé em Deus e pé na tábua*, ambos de Donald Miller, e *Lifelines: Holding On (And Letting Go)* (Tábua de salvação: segurando-se [e soltando-se]), de Forrest Church.

Achei que papai ficaria furioso comigo, mas me enganei. Ele respirou fundo e depois me colocou sentada na cama. Seus olhos expressavam gentileza e preocupação.

– O que você está fazendo acordada a essa hora? – perguntou.

Eu estava tremendo tanto que não consegui responder. Apenas chorei.

– Você não precisa ler essas coisas – continuou.

Ele reuniu todos os livros – meus tesouros – e os colocou debaixo do braço.

– Durma – disse ele, baixinho, caminhando em direção à porta. – E vamos conversar sobre isso amanhã pela manhã.

– Espere! – pedi ousadamente, ainda que com inocência.

Papai parou e se virou para mim. Pude perceber que ele estava preocupado. Eu sabia que ele tinha se decepcionado comigo.

– O que você vai fazer com meus livros? – perguntei.

– É só por esta noite – disse o papai, me tranquilizando. – Agora é hora de ir para a cama.

Obedeci. Coloquei minha cabeça no travesseiro e dormi, exausta por causa da minha angústia.

Na manhã seguinte, papai entrou no meu quarto e me acordou

para ir à escola. Ainda estava abrindo os olhos quando ele me entregou um livro.

– Isto é para você – disse ele, sorrindo.

Olhei a capa do livro: *I Am Not But I Know I Am: Welcome to the Story of God* (Não sou mas sei que sou: bem-vindo à história de Deus). Abri o livro e folheei as primeiras páginas.

"... este livro não fala sobre você nem sobre como melhorar sua história, mas sim sobre despertar para a história de Deus, que está acontecendo ao seu redor e é infinitamente superior a todas às outras, e a respeito do convite de Deus para que você se junte a Ele nesta história."

Fechei o livro e olhei para meu pai, que me observava com expectativa. O que ele queria que eu dissesse?

– Você não precisa ler aqueles outros livros – disse ele, olhando para mim e me lançando um sorriso reconfortante. – Eles apenas vão deixar você confusa. Quando tiver perguntas, me procure.

– Sim, pai – concordei, meu coração apertado.

Não perguntei sobre os livros que ele tinha tirado de mim na noite anterior. Sabia que jamais os veria novamente.

2# 6
Acampamento bíblico

> A crença imposta pelo medo não é crença, mas sim obediência cega e forçada.
> — CARLTON D. PEARSON, *God is not a Christian, nor a Jew, Muslim, Hindu...*

Foi naquele verão, quando eu estava prestes a completar 14 anos, que meu pai me enviou para um acampamento bíblico em Chattanooga. Tenho certeza de que ele me mandou para lá porque achava que eu precisava recuperar minha fé, e não fiz objeção alguma à sua decisão. Na verdade, quando ele disse que seria uma boa ideia que eu fosse, concordei. Se eu me esforçasse um pouco e fosse para lá de boa vontade, talvez Deus me recompensasse com Sua voz.

Eu sabia muito bem, melhor do que meu pai, que estava arruinada. Como podia não saber? Ainda pedia livros aos rebeldes silenciosos, mas tomava o dobro do cuidado para papai não descobrir. Além disso, comecei a pegar livros proibidos da biblioteca local. Ficava lendo num canto escondido, mas, se a bibliotecária se aproximava, eu cobria o material com um de meus livros escolares. Quando terminava, devolvia o livro à estante para que ninguém jamais soubesse o que eu tinha feito. Quanto mais eu lia, com mais dúvidas ficava e mais me sentia uma estranha em meu próprio corpo. Havia algo de terrivelmente errado comigo. Tinha de haver.

Orei mais do que nunca para obter algo de Deus, alguma palavra, algum som, o reconhecimento de meus problemas, mas sem sucesso. Eu me esforçava tanto para ouvir que meus ouvidos latejavam e minha cabeça doía. Comecei a temer que o caso não tivesse nada a ver com minha audição; talvez ela fosse perfeita, mas Deus não estivesse conversando comigo. Essa possibilidade era mais do que preocupante: era devastadora. Por que Ele não gostava de mim? Deus claramente não tinha problema nenhum com as outras pessoas que eu conhecia. Mamãe e papai conversavam com Ele o tempo todo, assim como meus irmãos, nossos amigos e milhares de jovens (alguns dos quais eu evangelizara por meio da Teen Mania) – exceto, claro, o grupo de rebeldes silenciosos. Meu pai temeria pelas almas deles se soubesse que buscavam respostas em lugares que não eram as Escrituras. O segredo deles estava seguro comigo. Jamais os entregaria.

Eu tinha muitos segredos. Alguns eram bastante bobos. Por que eu não podia admitir que usava batom quando não estava em casa? Outros já eram mais sérios. O que meu pai diria se soubesse que eu questionava se valia a pena viver? Fui criada de acordo com a filosofia gnóstica que prega que as pessoas só vivem neste mundo materialista e maligno para serem capazes de compartilhar o conhecimento da palavra de Deus com as muitas almas perdidas que existem. Meu trabalho como serva de Deus era salvar o máximo de almas possível do insuportável Inferno, o lugar do sofrimento eterno, onde todos passam os dias em agonia. ("Assim acontecerá no fim desta era. Os anjos virão, separarão os perversos dos justos e lançarão aqueles na fornalha ardente, onde haverá choro e ranger de dentes." Mateus, 13:49-50)

Aprendi que meu corpo não era nada além de um disfarce temporário (e também um obstáculo, porque me expunha a tentações mundanas) enquanto eu estivesse viva, trabalhando como portadora da palavra de Deus. O espírito é divino e bom. O corpo é mundano e mau. Então eu me perguntava: qual o sentido da batalha travada dentro de mim? Valia a pena despender tempo para tentar viver melhor neste mundo? Se eu era estranha a Deus e uma pessoa não terrena, por que não cometer o chamado "suicídio cristão"? Eu mataria meu corpo para libertar minha alma de modo que ela fosse para o Paraíso. Eu já estava salva, então não precisava me preocupar com o fato de ir rápido para o Inferno por ter cometido suicídio. Ou precisava?

Decidi ir ao acampamento bíblico antes de tomar uma decisão tão drástica.

Papai me levou ao Tennessee, o que significa que tive de passar horas sozinha no carro com ele. Viajar com meu pai era uma das coisas de que eu mais gostava. Conversávamos sobre tudo e ele sempre encontrava tempo para fazermos algo especial em cada cidade nova pela qual a gente passava – ir a um parque de diversões, a uma sessão de stand-up comedy ou uma ótima lanchonete. Era sempre divertido. Ouvíamos músicas da época dele e ele imitava os artistas, embora não fosse bom nisso. No intervalo entre as canções, ele me perguntava o que Deus vinha me ensinando ultimamente. Sabia que precisava ter algo preparado para lhe dizer, então eu sempre tinha. Por exemplo, uma vez eu respondi:

– Deus está me ensinando a ter paz e compreensão.

Então meu pai retrucou:

– O que isso significa para você?

– Bem, li um versículo bíblico sobre isso e ele realmente fez sentido para mim porque percebi que estava sendo impaciente com minha irmã, Charity, então preciso ter paz e confiança de que Deus resolverá as coisas para o melhor.

Papai se satisfez com essa resposta e voltou a cantar. Eu nunca queria que nossas viagens terminassem, e dessa vez não foi diferente. Assim que chegamos a Chattanooga, comecei a ficar empolgada com a experiência que se aproximava. Dava para ver que até meu pai estava animado por mim. Para impressionar os outros adolescentes, vesti minhas roupas preferidas, uma calça jeans desbotada e uma blusa com capuz. Prendi meus cabelos num rabo de cavalo meio bagunçado, o que achava que ficava bem legal. Guardei meu batom no bolso para mais tarde, depois que papai fosse embora. Estava pronta para o desafio.

A única coisa que eu esperava fazer quando chegasse lá era conhecer Kay Arthur pessoalmente. Ela é uma superestrela evangélica, e seu ministério organizou o acampamento bíblico. Assim, eu não estava preparada para as outras coisas que encontrei. Ao entrarmos no terreno do acampamento, olhei em volta e senti um nó na garganta e um embrulho no estômago. Parecia um acampamento de verão comum, e não um lugar onde talvez eu ouvisse Deus. Vi cabanas de um lado para as meninas e do outro para meninos, e uma pequena área comum no centro, onde passaríamos a maior parte do tempo. Nós faríamos nossas refeições e teríamos aulas nesse local. Meu pai achou tudo bom, mas odiei a organização. Tentei não demonstrar minha decepção e esperei pelo melhor.

Papai foi embora e me dirigi ao lugar onde iria dormir, para arrumar minhas coisas. Desfiz minha mala e comecei a ler um informativo que estava sobre a minha cama. A primeira página trazia a missão do acampamento. "Treinar líderes cristãos para uma geração", dizia. Pelo que li, era garantido que os alunos fossem embora de lá com "1) conhecimento de como estudar a Bíblia e 2) adoração intensa e mensagens desafiadoras expressando o poder do Evangelho para esta geração e o chamado de Deus pela vida desses jovens". Entre nossas atividades diárias havia "estudo bíblico, cultos, orações, esportes e amizade com adolescentes do mundo todo".

Bem, isso até que foi verdade.

Mas não havia muita coisa além de lições bíblicas e exercícios, cultos e orações. Eu não deixava de pensar que teria acesso às mesmas atividades apenas atravessando a rua da minha casa em Garden Valley e indo até a propriedade da Teen Mania. Na verdade, isso foi o que fiz na maior parte da vida. Se não conseguia ouvir Deus no Texas, minha cidade, isso certamente não aconteceria em um acampamento em Chattanooga. E Kay Arthur estava numa viagem missionária, então eu não a conheceria. Meu otimismo tinha ido por água abaixo.

Havia entre 50 e 100 alunos no acampamento. Aquele primeiro dia ilustrou bem como seriam as duas semanas seguintes: acordamos às oito, tomamos café da manhã bem rápido, num bufê de cereais e sucos, depois nos sentamos à mesa e ouvimos uma hora do que eu chamava de "escrituras efusivas", que são leituras feitas por uma mulher com jeito de homem e que parecia irritada o tempo todo. A função dela era, em tese, nos motivar. Todos ganhamos cópias do mais recente romance bíblico de Kay, *Israel, My Beloved* (Israel, meu adorado), além de um livro de exercícios que era a essência do programa.

Todos os dias, eram reservadas seis horas para leituras bíblicas seguidas por exercícios no livro didático. Cada um deles envolvia ler determinada Escritura e executar uma tarefa que me lembrava palavras cruzadas, embora não fosse tão interessante ou divertida. Por exemplo, tive que ler uma passagem do Livro de João, depois revê-la e circular todas as palavras de João para Jesus e vice-versa, e então relacionar umas às outras. Este foi um dos exercícios mais chatos, e eu fiquei tão entediada que, para não cair de sono, tive de conversar com minha colega, uma menina boazinha que tinha vindo do Japão. Eu cresci lendo a Bíblia. Acordava todos os dias às cinco da manhã para cumprir minhas leituras das Escrituras. Não precisava circular diálogos como se fosse uma cristã novata.

Depois de dois dias de aulas que pareciam intermináveis, comecei a me sentir uma escrava de Deus. "É assim que o restante da minha vida deve ser?", eu me perguntava. No terceiro dia, quando todos estavam grifando o que quer que fosse no livro didático, eu simplesmente fiquei desenhando círculos minúsculos por toda a página. Milhares deles, um encostado no outro. Quando não cabia mais, fazia a mesma coisa na página seguinte. Tenho certeza de que meus desenhos teriam divertido Freud, mas eu sentia que estava sendo mais produtivo fazer aquilo do que realizar as tarefas, tal como os outros participantes estavam fazendo.

Eu me sentia solitária. Durante a "Hora em Equipe", quando todos se reuniam para conversar, eu esperava que os outros me abordassem. Ninguém vinha até mim. Eu me sentia esquisita e não sabia o que falar com as pessoas da minha idade porque sempre tinha interagido com os adolescentes mais velhos que participavam da Teen Mania. Além disso, se meus colegas cristãos eram atraídos apenas pelo Deus em mim, não é de surpreender que me sentisse sozinha, pois Ele não estava comigo.

Eu não entendia. O que mais poderia fazer? Com certeza Ele podia ver como eu estava me esforçando. O acampamento bíblico era o último lugar onde eu queria estar, mas estava ali por Ele. Trabalhando por Ele. O que Ele queria de mim? Assim como minha família, todas as pessoas do acampamento pareciam se dar bem com Ele. Eu era a leprosa. O que tinha feito para merecer este desprezo? Abandonei os preceitos cristãos? Desdenhei da causa d'Ele?

Foi então que comecei a ficar louca.

Depois de duas semanas, voltei para casa, no Texas, mais confusa do que nunca. Meus pais eram fiéis de verdade, então tenho certeza de que eles estavam decepcionados comigo. Mas eu me sentia profundamente decepcionada com Deus. Fiquei relembrando meu passado e voltei aos meus 9 anos. Estava brincando na casa de bonecas que eu tinha construído com papai e minha irmã, Charity, quando comecei a pensar no que acontecia com a gente depois da morte. Deixei minhas bonecas de lado e encontrei meu pai guardando suas camisas no armário.

– O que acontece depois que morremos, papai? – perguntei.
– Bem, nós vamos para o Céu – disse ele.
– Como você sabe? Já esteve lá?

Papai hesitou, mas só por um instante, e respondeu:
– Sei porque é o que a Bíblia diz.

Eu precisava saber mais e continuei:
– Por que a Bíblia diz isso?
– Porque sim.

Papai podia estar pensando em outras coisas ou talvez estivesse com pressa para ir a algum lugar e não tinha tempo de entrar numa discussão tão profunda assim, não sei. Mas entendi pela conversa que era errado fazer perguntas desse tipo. Bastava ter fé. Frustrada, fui para o quarto e voltei a brincar com as bonecas, quando pensei comigo mesma: "É isso que Deus faz, simplesmente brinca com a gente como se fôssemos bonequinhas? É por isso que não podemos fazer perguntas?" De repente senti como se Deus estivesse me menosprezando, brincando comigo, como se as pessoas fossem apenas brinquedos na casa de bonecas Dele. Eu não queria que isso fosse verdade.

Eu havia me esquecido dessa conversa comigo mesma anos antes. Mas agora pensava: "Será que minhas suspeitas eram verdadeiras? Só podiam ser!" Então orei: "Deus, é isso que acontece aqui? O Senhor está me insultando? Brincando comigo, como se eu fosse uma bonequinha? Nós humanos somos apenas brinquedos em Suas mãos? Se não é isso, por que não consigo sentir o Espírito Santo? Por que ainda não tenho as respostas?"

Silêncio.

Depois desse questionamento, comecei a ser duas Hannahs: uma que eu mostrava para minha mãe e meu pai, que era a menina evangélica fiel que demonstrava ter uma fé cega e que vivia para fazer a obra de Deus, como eles tinham sido durante toda a vida, e outra na qual eu estava secretamente me transformando, uma cética solitária que passava por uma séria crise de fé.

Papai sempre disse que nós, crianças, não precisávamos de festas porque todos tínhamos uma festa dentro de nós, que era Jesus.
Agora eu me perguntava: "Por que não me sinto festejando?"

7
Falando em línguas

> Por que todos os fiéis devem receber e exercitar o dom de falar em línguas? (...) Quando falamos em línguas, dizemos coisas num idioma espiritual que nosso inimigo Satã não consegue entender. (...) Quando oramos em línguas, temos certeza de que estamos orando como deveríamos, porque o Espírito Santo está orando através de nós.
>
> — JOYCE MEYER, *Filled with the Spirit*

Quando eu tinha 15 anos, meu pai me encorajou a fazer um estágio na New Life Church, em Colorado Springs. A megaigreja internacionalmente conhecida logo estaria envolvida num escândalo colossal. Seu fundador, Ted Haggard, um amigo da minha família, foi obrigado a renunciar em desgraça depois de admitir ter tido relações homossexuais e feito uso de drogas ilícitas. O pastor, que era casado, foi "denunciado" por um parceiro dele que foi a público após Ted votar contra o casamento gay em um plebiscito no Colorado. Ted estava arruinado, e confessou-se à sua congregação de 14 mil membros:

— Sou um fingidor e um mentiroso. Há muito tempo venho lutando contra uma parte da minha vida que é muito repulsiva e sombria.

Todos ficaram chocadíssimos.

Meu estágio começou poucos meses antes do escândalo, enquanto Ted ainda reinava na New Life Church. Lá eu atuei na Desperate for Jesus (Desesperado por Jesus), uma academia que ensina liderança. Meu pai disse que seria uma ótima oportunidade de continuar a fomentar minha vontade de obter conhecimento religioso. Eram oferecidas cem vagas de estágio por período e ninguém as recusava, então eu não seria a primeira a fazer isso. Nunca ignorei uma oportunidade de aprender mais sobre fé e religião, e sobre o que motiva a crença das pessoas. Além disso, eu aceitava qualquer oportunidade de interagir com os outros, sobretudo se meu pai aprovasse. Durante minha juventude, eu não podia simplesmente curtir a vida ou passar uma noite na casa de uma amiga como qualquer pessoa normal, então nunca deixava passar uma chance de socializar.

Sem surpresa alguma, a academia foi desafiadora e descobri que realmente gostava de aprender as habilidades de um líder. Nós, os estagiários, tínhamos de acordar às cinco da manhã para praticar exercícios, participar de aulas o dia todo e depois ir a um culto exclusivo, à noite. Após cada um desses cultos, o líder convidava os participantes a receberem o Espírito Santo que se aproximava.

Fui criada para acreditar que quem está de bem com Deus é capaz de falar em línguas. Este é supostamente o idioma do Espírito Santo, que soa como ininteligível, único para cada pessoa que vivencia isso. A prática tem raízes no Velho e no Novo Testamento, e acredita-se que foi popularizada por igrejas pentecostais no início do século XIX. São Paulo chamou isso de "falar na língua dos anjos". Para muitos cristãos conservadores, é a penúltima experiência terrena, um dom do Céu dado apenas àqueles imbuídos do Espírito. Pelo menos neste mundo, não há nada melhor do que chegar ao ponto de caminhada com Deus em que Ele fala através de você. A despeito de minhas incontáveis dúvidas sobre a doutrina evangélica, eu queria que minha cristandade fosse real e achava que talvez essa fosse uma maneira de descobrir em que ponto exatamente eu estava na minha relação com Deus. "E, quando você está cheio do Espírito Santo, você fala em línguas", disse São Paulo.

Assim, uma noite, ao fim do culto noturno, enquanto todos oravam e cantavam, sussurrei para meu líder espiritual que eu queria receber uma oração para falar em línguas.

Já tinha ouvido as pessoas falarem em línguas antes, muitas vezes. Para mim, elas sempre soavam como galinhas cacarejando. Ouvi minha mãe e adolescentes que foram salvos por meu pai em seus eventos juvenis. Eu mesma já tentara falar em línguas, mas jamais consegui sem que estivesse fingindo.

Naquela noite, depois do meu pedido, todos começaram a colocar as mãos sobre mim, encostando-as em minha cabeça, meus ombros, costas e braços. Fiquei emocionada e ansiosa, e acho que isso fez minhas axilas suarem e meu coração bater descontroladamente. E se nada acontecesse? E se o Espírito Santo não estivesse dentro de mim e eu não conseguisse obter o dom de falar em línguas? As pessoas se perguntariam se eu estava mesmo salva? Isso seria muito ruim. Todos sabiam que eu era filha de um pregador, e papai sempre era convidado para participar da Desperation Conference, uma conferência do ministério, pois ele era muito popular. A última coisa que eu queria era que a comunidade começasse a fazer fofocas de que Hannah Luce estava perdida. Eu queria muito, muito mesmo, conseguir falar em línguas.

O fiéis chegavam e eu continuava esperando. Minhas mãos começaram a ficar úmidas e trêmulas. Se aquilo não acontecesse logo, se eu não começasse a falar numa língua estranha, as pessoas que oravam se irritariam comigo. Talvez fosse só impressão, mas eu achava que eles já tinham começado a perder a paciência.

A Bíblia diz que, quanto mais você orar, mais Deus falará com você. Ninguém orava mais do que eu. Sempre me ensinaram que a oração resolvia todas as coisas: ansiedade, dor, chaves do carro perdidas, etc. Nada é grande ou pequeno demais para ser levado a

Deus. Eu orava para ser capaz de falar em línguas e falava com Ele: "Se eu não fizer isso certo, Deus, eles vão pensar que sou uma cristã falsa. Por favor, me ajude. Preciso conseguir." Eu sabia como era falar em línguas. Ouvi uma família contar para o pastor deles como tinha sido a experiência: os pais não sabiam administrar dinheiro e faliram, então procuraram o pastor a fim de receberem uma oração para afastarem suas infelicidades. Na igreja, eles sentiram um arrepio (evangélicos geralmente citam um arrepio) e começaram a balbuciar numa língua estranha e angelical. Apesar de a língua ser ininteligível, eles disseram que entenderam que o Senhor estava lhes dizendo para se mudarem para São Francisco. Não importava que não fizesse sentido transferir os filhos de colégio e se mudar para um lugar totalmente desconhecido, sem dinheiro, sem trabalho em vista e sem ter onde morar. Era a vontade de Deus. Ele se manifestou. Eles ouviram. Tudo o que eu queria ali, porém, era uma prova de que o Espírito Santo estava vivo dentro de mim. Só que nada acontecia.

Enquanto orava para que as palavras chegassem até mim, levantei os olhos e vi várias pessoas com rostos se retorcendo, orando para que o Espírito Santo falasse através de mim. Foi assustador. Uma mulher foi particularmente incisiva:

– Comece a acreditar que você O recebeu! – gritava ela. – Tente! Você não está se esforçando! Você precisa se esforçar!

Os outros começaram a gritar também. Todos estavam me tocando. Muitas pessoas descreveram o processo como algo belo, mas para mim estava sendo apenas algo frenético e que causava mais confusão.

Eu me lembrei de uma oração escrita pelo pastor Kenneth Copeland: "Pai Celestial, sou um fiel. Sou Seu filho e o Senhor é meu Pai. Jesus é meu Senhor. Acredito de todo o coração que Sua Palavra é verdadeira. Sua Palavra diz que, se eu pedir, receberei o Espírito Santo. Então, em Nome de Jesus Cristo, estou pedindo para que o Senhor me preencha e me faça transbordar com Seu precioso Espírito Santo. Jesus, batize-me no Espírito Santo. Por causa da Sua Pa-

lavra, acredito que agora recebo e O agradeço por isso. Acredito que o Espírito Santo está dentro de mim e, pela fé, eu O aceito. Agora, Espírito Santo, erga-se dentro de mim enquanto eu glorifico a Deus. Espero falar em línguas, desde que o Senhor me dê a elocução."
Nada aconteceu.

Eu estava ficando com mais frio e mais suada a cada minuto e não gostava de sentir as mãos das pessoas sobre mim. Eu me senti dilacerada ao ficar ali sentada, esperando e orando. Queria que minha experiência fosse real, pela minha fé e também para que todos vissem que a boa obra deles tinha valido a pena, mas eu simplesmente não estava sentindo nada. A Bíblia diz: "De repente veio um som do Céu, como de um vento muito forte, e encheu toda a casa na qual estavam assentados. E viram o que pareciam ser línguas de fogo, que se separaram e pousaram sobre cada um deles. Todos ficaram cheios do Espírito Santo e começaram a falar em outras línguas, conforme o Espírito os capacitava." Eu estava implorando para que Deus me desse clareza naquele momento de incerteza, mas os únicos sons que ouvia eram das vozes do meu líder espiritual e dos meus colegas, e eles pareciam tão desesperados quanto eu.

Naquele mesmo verão, antes de ir para Colorado Springs, pedi a meu pai que me batizasse. Eu já tinha sido batizada quando era criança, mas sentia que precisava de uma purificação espiritual antes de ir para a igreja de Ted. Sempre que papai batizava um adolescente em seus eventos, esse jovem parecia emergir da água totalmente renovado. Era isso que eu procurava. Queria ser purificada dos meus pecados, renascer no sentido espiritual. Fomos até um lago nas proximidades e entramos na água. Papai me segurou enquanto eu me deitava de costas na água, submergindo. Quando voltei à superfície, ele me fez gritar "O demônio jamais ficará comigo!". Consegui alguma paz com isso. Mas agora, sem conseguir evocar o Espírito Santo, eu me perguntava se o batismo realmente tinha servido ao propósito de me purificar de meus pecados.

Por que eu não podia ser como os outros que eu conhecia e simplesmente ter fé, sem fazer perguntas? Eu sempre precisava descobrir as coisas por conta própria e não gostava da maioria das respostas que estava obtendo. O que estava descobrindo era que nunca sentiria aquele arrepio sobre o qual as pessoas falavam, nem falaria em línguas. A não ser que fingisse.

Tive a impressão de que muito tempo havia se passado e percebi que meus colaboradores estavam se cansando de me encorajar. *É agora ou nunca*, disse a mim mesma. *Se eu não fizer o certo, eles vão pensar que não fui salva.* Respirei fundo e orei pelo melhor. *Certo, tenho que fazer isso.*

Fechando os olhos de novo, tentei bloquear as vozes dos outros e comecei a entoar várias vezes a mesma frase. Eu me senti uma boba no começo, mas fiquei surpresa por perceber que era bem fácil simular a linguagem. As palavras soavam como um dialeto tribal. *Ashunda! Badabadoshobadabada!* Assim que comecei, a tensão que tinha tomado o ambiente de repente se dissipou. *Ashunda! Bada. Ashashunda. Babadoshabunda.* As mãos se afastaram de mim e as vozes dos outros se tornaram alegres. À medida que aumentei o volume e a força da minha voz, as pessoas pareceram mais calmas e tranquilas.

Dizem que, quanto mais você fala esta língua especial e sagrada, mais Deus fala com você e o demônio sabe seu nome, o que é bom, porque significa que suas credenciais como apóstolo de Jesus são inegáveis. Balbuciei por mais alguns minutos, até sentir que fora convincente o bastante e que aqueles que se esforçaram tanto para que eu chegasse a esse ponto estavam satisfeitos (e, admito, esperei durante todo o processo que o Espírito Santo eventualmente se apoderasse de mim). Tenho certeza de que saí do transe com um enorme sorriso.

Eu já tinha testemunhado e lido o bastante para saber que as pessoas que falavam em línguas tinham uma sensação de euforia logo depois do transe, então fiz questão de simular esse estado de espírito.

– Senhor Deus! – clamei. – Agradeço por me preencher e me

fazer transbordar com Seu Espírito Santo! O Espírito Santo falou através de mim! Aleluia!

Os demais repetiram minhas palavras. Eles dançaram e saltitaram, entoando:

– Aleluia! Glória a Jesus! Em nome do Pai, do Filho e do Espírito Santo!

Aquele momento era para ser o auge da minha vida cristã. O que podia ser mais importante do que canalizar a voz de Deus? Em vez disso, novamente no meu fracasso ao tentar ser reconhecida por Ele, menti e fingi falar as palavras do Espírito Santo. Eu sabia o que isso significava.

O Livro de Marcos diz: "Eu lhes asseguro que todos os pecados e blasfêmias dos homens lhes serão perdoados, mas quem blasfemar contra o Espírito Santo nunca terá perdão: é culpado de pecado eterno."

E eu cometera um pecado imperdoável.

8
São Francisco

Os homens nunca fazem o mal em sua completude, nem com tanta vontade, quando atuam sem convicção religiosa.

— BLAISE PASCAL, *Pensamentos*

Com Jesus ainda me ignorando, promovi minha própria festa nos dois anos seguintes. Sem meus pais saberem, continuei a ler livros sobre fés e filosofias religiosas diferentes, e comecei a experimentar coisas pecaminosas como cigarro, vinho e até mesmo maconha. Minha aparência mudou drasticamente, pois deixei de lado a menininha com grampos de borboleta no cabelo e purpurina no braço. Eu chamava meu novo estilo de hippie chique. Mamãe detestou esse look e sempre reclamava comigo sobre isso. Amy Winehouse estava surgindo no cenário musical e eu adotei seu visual retrô, com um enorme cabelo armado preto e delineador espesso desenhado sugerindo um olho de gato. Usava muitas joias, vinte braceletes num dos braços, dez no outro, e sempre estava com um colar de contas no pescoço. Minha mãe sempre me dizia que a maquiagem estava pesada demais ou que a saia era muito curta.

Minha visão de mundo mudara tanto quanto minha aparência, mas fui capaz de esconder isso da maioria das pessoas no meu mundo. Sem o conhecimento de meus pais, decidi que não havia qualquer problema em me distrair com coisas terrenas, como música secular, filmes picantes ou livros que estimulam a reflexão e questionamentos. Não queria julgar tudo e todos com base na leitura da Bíblia com um olhar evangélico carismático. Apesar de adorar ler o livro santo pela beleza das palavras e pelas histórias, eu tinha sérias dúvidas quanto à interpretação literal do texto. Meus pais não conheciam esta Hannah, de jeito nenhum, e fiz o meu melhor para escondê-la interpretando o papel da filha evangélica obediente que eles queriam que eu fosse.

Minha curiosidade não significava que eu havia perdido totalmente a fé em Deus nem meus valores religiosos. Quando um menino da escola disse que gostava de mim, sabe, *daquele jeito*, eu lhe disse que ele não se sentia atraído por mim, e sim pelo Deus em mim.

Também mantive laços fortes com a Teen Mania. Ainda ajudava o pessoal de lá e adorava fazer viagens missionárias para vários países e aprender sobre culturas diferentes. Acompanhava papai em suas turnês anuais em vários eventos Acquire the Fire e Battle Cry nos Estados Unidos e no Canadá. A missão da Teen Mania é "motivar uma geração de jovens a buscar Jesus Cristo de forma apaixonada e levar a mensagem divina Dele para os confins da Terra". O show itinerante do meu pai, que descreveram precisamente como "uma mistura de ensaio de torcida organizada, concerto de rock e culto religioso", era a essência do ministério dele. Ele lotava estádios com milhares de pessoas, aonde quer que fosse. Tudo era muito animado e havia muita energia positiva; na verdade, às vezes eu desprezava as coisas que ele pregava, mas adorava a atmosfera eletrizante e as bandas de rock gospel, principalmente Newsboys e Skillet. Eu me achava o máximo por poder interagir com eles nos bastidores. Que menina de 16 anos não gostaria de estar no centro de toda essa empolgação?

A Battle Cry 2006 em São Francisco prometia ser ainda mais empolgante do que a maioria dos "renascimentos" promovidos por meu pai. Mais de 25 mil adolescentes foram passar o fim de semana na cidade, duas vezes mais do que os presentes em outras localidades na turnê daquele ano. Eu estava eufórica. Papai decidiu no último minuto que organizaria um evento prévio na sexta-feira, na escadaria da prefeitura de São Francisco. O propósito era o mesmo de sempre: afirmar Jesus e se posicionar contra o que ele chamava de "terroristas das virtudes", que estavam destruindo a cultura jovem nos Estados Unidos. Como nota de rodapé numa carta a seus seguidores anunciando o evento, ele disse que "casamentos gays foram celebrados há alguns meses nestes mesmos degraus para que todo mundo visse".

Papai nunca escondeu que desaprovava a homossexualidade; ele sempre foi e continua sendo um crítico do casamento gay. Mas estávamos em São Francisco, a cidade da tolerância e o epicentro do orgulho gay. Analisando a situação hoje, fica claro que aquela nota de rodapé foi um convite aos problemas. Meu pai diz que não queria causar controvérsias e não tinha intenção de mencionar o casamento gay. Seu objetivo era apelar para que os jovens se aproximassem de Cristo –, mas acho que ele deveria ter previsto que um desastre seria inevitável.

Mamãe, Charity, Cameron e eu chegamos à prefeitura quando a manifestação estava começando. Assim que saímos do shopping, vi papai diante da escadaria, com um microfone numa das mãos e sua Bíblia na outra. Eu tinha orgulho do meu pai, mesmo que estivesse começando a me opor a alguns de seus ideais cristãos extremistas, e sabia que, no fundo, ele só queria fazer o bem. Ele não viajava o mundo pregando a Palavra em proveito próprio. Meu pai realmente acredita que foi enviado por Deus para ser líder em um movimento de resgate de uma geração e de mudança de uma sociedade cada vez mais corrupta – e sem Deus. Para ele, trata-se de uma batalha entre o bem e o mal – uma "rebelião reversa" ordenada pelo próprio Deus.

Ao me aproximar da prefeitura, percebi que estavam todos muito empolgados. Meu pai consegue envolver uma multidão de jovens religiosos como ninguém. Ele anda de um lado para outro, acena e às vezes grita com uma voz esganiçada que soa como James Brown cantando "I Feel Good". Essa paixão evidente por compartilhar o Evangelho, por aproximar as pessoas de Cristo, é contagiante. Vi milhares de adolescentes emocionados e caídos de joelhos graças às palavras dele. Fomos andando entre a multidão. Centenas de jovens vestiam peças de roupa personalizadas da Battle Cry, nas cores vermelha, branca e preta, e esperavam que papai desse seu grito de guerra para que pudessem começar a "libertar os escravos" (ou melhor, mostrar Jesus aos infiéis).

Quando me aproximei do meu pai, notei barricadas de metal separando o nosso grupo dos manifestantes, com policiais por toda parte. No nosso lado, várias pessoas balançavam bandeiras vermelhas do movimento Battle Cry e exibiam placas com os dizeres "Temos uma escolha". No outro, manifestantes bastante exaltados exibiam cartazes com mensagens de indignação e gritavam obscenidades. Um grupo carregava uma jaula de madeira com um boneco abatido que representava o meu pai. Num cartaz dentro da jaula, lia-se: "Ron Luce é uma bicha." Fiquei ao mesmo tempo curiosa e com medo. Os eventos de Ron Luce não costumavam ser assim.

Estava chovendo, e meu pai se posicionou no alto da escadaria da prefeitura, com resignação mas determinado, cercado por seu exército fiel de jovens recrutas.

– Vocês estão prontos para brigar por sua geração? – gritou ele, sua voz ecoando pela praça.

Seus seguidores responderam:

– Sim!

E balançaram bandeiras vermelhas. Papai continuou:

– Vocês estão no meio de uma batalha e já chegou o momento em que as pessoas que amam a Deus, as decentes do mundo, devem se levantar e erguer a voz para dizer: "Sabe de uma coisa? Não vamos ficar quietos e deixar uma geração inteira ser destruída."

– Battle Cry! Battle Cry! – bradaram os adolescentes. Os manifestantes contra-atacaram socando o ar e gritando palavras agressivas. Pude ver pela expressão do meu pai que ele estava surpreso com a hostilidade. Um homem que liderava os protestos, e que mais tarde descobri ser membro da Assembleia Legislativa da Califórnia, estava especialmente nervoso e dizia:

– Vocês são ofensivos, nojentos, e deveriam ir embora de São Francisco!

Mas eram eles que estavam nos ofendendo. Chamavam meu pai de "fascista" e "bicha", gritavam para ele "parar de ensinar o ódio" e nos mandavam voltar para o Texas. Nada disso me pareceu muito tolerante, então decidi cruzar as barricadas e descobrir por que eles nos odiavam tanto.

Fui andando devagar, o mais devagar possível, rumo ao grupo de homens, alguns vestidos como drag queens, outros fantasiados de freira. Estes se intitulavam "Irmãs da Indulgência Perpétua". O grupo é conhecido por usar símbolos religiosos para chamar a atenção para a intolerância religiosa, algo que eu não sabia na época. Eles costumavam carregar Ron Luce numa jaula, e eu talvez achasse isso divertido se não fosse algo direcionado a meu pai. Eu entendia que eles quisessem defender um ponto de vista.

Papai era um crítico declarado dos "conceitos sociais" que violavam as leis das Escrituras. Mas ele condenava a homossexualidade ("Não se deite com um homem como quem se deita com uma mulher; fazer isso é repugnante." Levítico, 18:22) de forma feroz, e eu achava essa a mais pessoal de suas críticas. Eu tinha amigos gays na época, apesar de a maioria deles ser enrustida. O coração deles era puro, e eu não conseguia imaginar que um Deus amoroso punisse pessoas tão boas. Já testemunhei a tortura que meus colegas evangélicos sofriam quando tinham pensamentos ou inclinações homossexuais. Muitos deles optaram por viver de aparências porque temiam que, se seguissem o próprio coração, despertariam a ira de Deus, dos pais e da Igreja. Isso me parecia uma terrível injustiça.

Mas os manifestantes estavam tão nervosos que foi difícil sentir qualquer tipo de solidariedade por eles.

Mesmo assim, tentei. Estava usando minha jaqueta marrom preferida, com um símbolo da paz nas costas, o que expressava claramente o que eu defendia, mas o grupo não percebeu isso porque estava ocupado demais gritando palavras de ordem:

– Fascistas cristãos, vão embora! Racistas! Sexistas! Homofóbicos!

Por mais aterrorizada que estivesse, decidi me apresentar para um dos manifestantes mais irritados.

– Oi, sou a Hannah – disse, sem mencionar meu sobrenome.

Claro que não queria que eles soubessem que eu era filha do homem que eles achavam que deveria estar preso, mas precisava ouvir o que tinham a dizer.

Eles foram bem amigáveis a princípio, responderam minhas perguntas com afirmações vingativas, em meio a sorrisos educados. Aquilo me lembrou os cristãos linha-dura que, com um sorriso no rosto, empalavam pessoas que haviam cometido o que eles consideravam uma afronta a Jesus.

– De que lado você está? – um deles me perguntou.

Hesitei, bastante insegura quanto à reação que minha resposta causaria.

– Hummm... Não estou de lado algum. Só vim por curiosidade mesmo.

Por que sempre tinha de haver dois lados?, eu me perguntava.

Fiquei lá por alguns minutos, fazendo mais perguntas, e então, de soslaio, vi membros da equipe do meu pai, usando jaquetas e bótons da Battle Cry, olhando na minha direção. Tentei esconder meu rosto para que eles não me reconhecessem, mas não adiantou. Eles perceberam que eu estava nervosa e se aproximaram de mim, me chamando pelo nome.

Isso não vai acabar bem, pensei. Os manifestantes imediatamente se viraram para mim. Tentei explicar que era solidária à causa deles e que só estava no movimento cristão por falta de opção. Naquele momento eu não fingia ser outra pessoa. Não intencionalmente. Eles me ridicularizaram e riram de tudo o que eu disse. Enquanto isso, os membros do Battle Cry ficaram me olhando como se eu fosse uma traidora. Como se eu tivesse traído meu pai da mesma forma que Pedro, quando negou conhecer Jesus. Talvez eu fosse uma traidora. Mas tinha apenas 16 anos. *Não tenho opção*, lamentei comigo mesma. *Quero amar todo mundo. Quero que todos se sintam aceitos. Por que o Senhor está me transformando numa combatente?*

Um dos manifestantes me ofereceu um cartaz, como se aceitá-lo comprovasse minha lealdade. Meus olhos se encheram de lágrimas, e eu estava em conflito. Queria que eles soubessem que eu entendia a manifestação deles, mas também amava meu pai. Desejava que conhecessem o lado gentil e bem-intencionado dele. Ou será que eles estavam certos quando nos chamavam de fascistas cristãos, racistas, sexistas e homofóbicos? Peguei o cartaz, no qual se lia: "A direita cristã está errada"; fiz isso porque queria que os manifestantes soubessem que me solidarizava com a causa deles, apesar de eles terem deixado bem claro que não se importavam comigo. Foi meu jeito de dizer que "minha vida é sofrida também. Quero que vocês conversem comigo. Tenho vontade de ouvir suas histórias e compreender sua dor!". Naquele momento, senti unhas em meu braço. Alguém estava tentando me tirar dali.

Virei-me e deparei com um dos guarda-costas do papai.

– Afaste-se dessas pessoas e solte esse cartaz! – gritou ele.

Com um movimento brusco, me soltei dele. Olhei em volta, primeiro para os manifestantes, depois para o pessoal do ministério. O pânico se espalhou pelo meu corpo. *Preciso sair daqui*, pensei. Eu estava enojada por participar de um movimento que magoava pessoas e decepcionada pela raiva e pela crueldade que percebi em parte dos manifestantes, com os quais eu me solidarizava mais do que com meu próprio povo. Assim, fugi. Corri o mais rápido que pude, sem saber para onde estava indo. Só queria ficar bem longe daquilo tudo. Meu coração doía e me senti profundamente sozinha. Fui tomada por emoções que eu não conseguia identificar. Eu amava e respeitava meu pai, mas, por causa de seus julgamentos cristãos, ele e o ministério atraíam bastante raiva e frustração.

Uma vez li uma frase de Sinclair Lewis, romancista vencedor do Prêmio Nobel: "Quando o fascismo chegar aos Estados Unidos, estará envolto na bandeira e carregará uma cruz." Será que isso se aplicava ao meu pai? Caso se aplicasse, eu não queria fazer parte daquilo. Precisava me afastar do movimento, da Teen Mania, das pessoas que mais amava no mundo e da única vida que eu conhecia.

Mas para onde ir?

Para o único lugar possível: minha casa. Assim que cheguei ao Texas, fiz um acordo com Deus:

– Deus, estou começando a duvidar do Senhor. Várias vezes tentei me comunicar com o Senhor. Orei muito para conseguir ouvir Sua voz. Mesmo assim o Senhor teima em não responder minhas orações. A partir de agora, o Senhor não falará através de mim, a menos que me procure. Amém.

9
ORU

> Não está na moda ensinar universitários a desenvolverem uma vida espiritual. Muitas universidades deixam que os alunos permaneçam praticamente ignorantes quanto a esta que é a parte mais significativa da existência. Na verdade, algumas instituições danificam seriamente as convicções cristãs que os alunos possam ter.
>
> — ORAL ROBERTS em discurso à primeira turma da ORU, em 7 de setembro de 1965

Quando me formei no ensino médio, estava pronta para me libertar da prisão religiosa. Não queria ir para a Universidade Oral Roberts. Meus pais se graduaram lá, mas eu andava revoltada com minha criação fundamentalista cristã. Abandonei os preceitos evangélicos, ao menos em meu coração, e ainda fiquei tentando descobrir alguma outra espécie de fé. Eu tinha certeza de que queria me afastar ao máximo de minhas raízes evangélicas. A ORU é a maior universidade cristã carismática do mundo, então com certeza eu não queria estudar lá.

Até então eu vira o mundo sob um ponto de vista evangélico, mas queria revisitar alguns dos meus lugares preferidos com um olhar novo, então sugeri que eu fosse estudar em alguma universidade da Europa. Meus pais insistiram na ORU, dizendo que achavam importante que eu continuasse cercada de cristãos. Afinal, como eu poderia avaliar minha religiosidade se estivesse em Oxford, na Inglaterra, na Universidade de Amsterdã ou na de Estocolmo? Além disso, a ORU me ofereceu uma bolsa de estudos integral dada a alunos qualificados que "demonstram ter vontade de se desenvolver não apenas intelectualmente, como também emocional, espiritual e fisicamente". Me dei conta de que eles me queriam na instituição mais por causa do meu pai do que por mim; ele era influente por lá. Fui para a faculdade esperneando por dentro. Tentei me concentrar nos pontos positivos: a ORU era uma ótima instituição; sempre apareceu bem-posicionada nos rankings universitários e em publicações respeitadas como a *Princeton Review* e a *U.S. News*; e pelo menos ficava em área urbana, na segunda maior cidade de Oklahoma, e perto de um rio. Eu adorava água. Considerei que havia congregações cheias de boas meninas cristãs loucas para entrar na ORU. Quem era eu para desperdiçar essa oportunidade?

Meu ano de caloura não começou muito bem. No primeiro dia, todos os alunos são obrigados a assinar um juramento de honra, que começa assim: "Ao assinar o juramento de honra, reconheço completamente que a Universidade Oral Roberts foi fundada com o compromisso de ser uma importante instituição acadêmica a serviço de um Corpo de Cristo sem denominação específica, propiciando um estilo de vida que faz o aluno se comprometer com Jesus Cristo de Nazaré como seu Salvador pessoal e Senhor. Reconheço ainda que o ministério da universidade intenciona prover educação ampla, com diferencial carismático. Assim, me comprometo a me comportar como uma pessoa íntegra e a respeitar a condição de universidade cristã da Universidade Oral Roberts."

No juramento, me comprometi a fazer várias coisas, entre elas: me esforçar ao máximo para atingir objetivos intelectuais e usar todo o poder da mente para a glória de Deus (prometi a mim mesma que tentaria); amadurecer meu espírito desenvolvendo uma relação com Deus (vinha tentando fazer isso havia anos); desenvolver meu corpo com hábitos saudáveis participando do programa aeróbico exigido (isso me pareceu bom); e cultivar boas relações sociais e buscar amar os outros como a mim mesma; não mentir, roubar, blasfemar (teria de me esforçar para isso) nem fazer fofocas. Não trapacear nem cometer plágio; fazer os próprios trabalhos acadêmicos e não colaborar de forma ilícita com as tarefas de outros alunos; manter-me sempre afastada de quaisquer atos ou comunicações imorais e ilegais, dentro e fora do campus; não usar drogas ilícitas nem abusar de medicamentos; não me envolver em quaisquer atos sexuais que não estivessem previstos nas Escrituras, o que inclui homossexualidade ou relação com alguém com quem eu não seja casada da forma tradicional; não consumir bebidas alcoólicas de quaisquer tipos; não fumar; não me comportar de forma que contrarie regras e regulações citadas no Manual do Aluno. Uau!

Nas aulas, sempre fui aquele tipo de menina que se senta na fila da frente. Adorava aprender e queria ficar o mais perto possível do professor. Não seria diferente na ORU, e minha primeira aula foi de espanhol.

O professor parecia bem legal e gentil, era alto, magro e tinha a pele branca. Mas, em certo momento, ele parou de falar espanhol e começou a falar em línguas. Suas mãos tremiam, ele girava e gritava palavras ininteligíveis.

Depois que o transe passou, ele apontou para um menino na turma e disse:

– Acho que Deus quer falar com você.

O menino resistiu a ir para a frente da turma, mas o professor insistiu:

– Não devemos ignorar a vontade de Deus porque Ele tem um senso de humor curioso e vai dar o troco.

Quando o menino (com relutância) se levantou, o professor pediu que os alunos das duas primeiras fileiras orassem pelo menino.

Este professor começava todas as aulas perguntando quem precisava de uma oração. Orávamos pela pessoa, depois pela escola e finalmente por qualquer outra coisa direcionada por Deus. *Não deveríamos estar aprendendo espanhol?*, eu me perguntava. A ideia geral era de que Deus era mais importante que a instrução, então o professor achava que não poderia interromper a fala Dele somente porque deveria lecionar. Ele estava mais interessado em fazer parte da linha de frente nas batalhas cristãs para impedir que os alunos ignorassem o chamado.

Uma vez, esse mesmo professor me chamou. Assim que entramos, ele começou a tremer, ranger os dentes e balbuciar. Fiquei apenas sentada, sem prestar muita atenção. *Acho que Deus está vindo*, pensei. Finalmente perguntei:

– O que está acontecendo, professor?

– Isso sempre acontece quando o espírito de Deus está falando comigo – respondeu.

Vou admitir. Eu ficava ressentida por não conseguir falar com Deus, mas sempre queria saber o que Ele tinha a dizer para as pessoas. Então decidi esperar. Ele começou a falar em línguas, depois voltou a falar no nosso idioma algo sobre eu estar destinada a ser uma profetisa para a minha geração. Deus havia me escolhido. Agora, sim, eu prestava atenção. Ele fechou os olhos e depois abriu novamente. Seu rosto estava todo vermelho.

– Isso! – gritou ele.

Fiquei paralisada.

– O quê? – perguntei.

Os olhos dele se arregalaram ainda mais. Ele apontou para o meu pulso.

– Isso! – disse ele, apontando. – Isso tem um espírito! – Ele estava falando do bracelete que eu usava. – Um espírito mau! Tire-o!

Expliquei que tinha comprado o bracelete durante uma viagem à Austrália e que o usara várias vezes e nunca tivera problemas.

– Talvez não tenha tido até agora, mas esse espírito do mal vai impedir sua unção – retrucou.

Fiquei chocada. Fazia tempo que não ouvia uma coisa dessas. Tirei o bracelete. Eu só queria aprender espanhol. Depois disso, passei a me sentar na última fileira.

Tentei permanecer otimista naquele primeiro semestre. Ficava dizendo a mim mesma que precisava ver o lado bom da situação, mas muitas coisas negativas aconteciam. Eu sabia que era parcialmente responsável por isso. Cursava publicidade mesmo sem gostar das aulas, e era uma cristã contrariada numa universidade cristã que era conhecida por não tolerar qualquer tipo de dissidência religiosa.

Minha forma de pensar afetou todo o início da minha experiência universitária, então não fui uma boa aluna. Eu nem mesmo me sentia parte daquele lugar. Cristãos radicais não aceitam bem as pessoas que questionam a própria religião, e até aconteceu de uma professora em particular ficar irritada comigo. Ela também começava cada aula com uma sessão de orações. Os alunos pediam orações pelos mais diversos motivos: para conseguir finalizar um trabalho da faculdade, perder peso, salvar o pai que estava morrendo ou mesmo por algo tão ruim que a pessoa não se dispunha a compartilhar o que era.

Eu não gostava da professora – achava que ela forçava a barra –, então, quando ela me chamou, eu lhe disse que não orava em público, mas só para provocá-la. Claro que eu orava em público! Eu acabara de fazer isso com meu pai num dos eventos dele diante de milhares de pessoas. Quando me neguei, da forma mais respeitosa possível, ela me levou para fora da sala e insistiu em saber por que a estava desafiando.

– Simplesmente não me sinto à vontade fazendo isso – respondi.

A professora me olhou com nojo, mas o que ela poderia fazer?

Na aula seguinte, ela anunciou que as coisas mudariam um pouco. Disse que, em vez de pedir a todos que "orassem em público" (e ela enfatizou as palavras), deveríamos nos virar para o colega ao lado e orar. Eu tinha 17 anos e vinha tentando ser a melhor das cristãs, mas ainda estava desesperada por causa da minha situação difícil com Deus, e aquela mulher ficou tentando me obrigar a orar. Ela observou enquanto eu me virava para Mary, uma menina que eu achava legal.

– Pelo que você quer que eu ore? – perguntei.

Ela citou duas coisas e eu lhe disse que faria uma oração por ela em particular, quando me desse vontade.

A professora se aproximou de Mary e perguntou sobre mim como se eu não estivesse ali ao lado:

– Ela está dificultando as coisas?

– Ah, não – respondeu Mary, timidamente.

– Ela orou por você?

Mary ficou sem saber o que dizer por um instante. A professora se mostrou impaciente e perguntou novamente:

– E então?

– Não – disse Mary, com um suspiro. – Ela não se sente à vontade de orar em sala de aula.

Eu deveria ter abandonado a disciplina, mas não queria que a professora tivesse a satisfação de me reprovar. Depois daquilo, ela esqueceu que eu existia – até que chegou o momento da nossa apresentação final, que teria bastante peso na nota.

Tínhamos de pensar num tema para uma campanha publicitária. O meu foi: "Ilha do Tesouro: onde seus sonhos se realizam". Sabendo que a sorte estava contra mim, dei meu máximo no projeto. Em um cartaz, pintei um lugar com ar misterioso, colorido e belo, que chamei de Ilha do Tesouro, e escrevi um slogan. Minha ideia era vender aquele local fictício. Segundo as especificações do projeto, era obrigatório incluir um número de contato. Na parte de baixo do cartaz, escrevi: "Para mais informações, ligue 1-800-MÉDIUM". Achei sagaz da minha parte. Com as informações daquele cartaz, não dava para saber ao certo o que lhe aconteceria se viajasse para a Ilha do Tesouro, mas ao ligar para o número você descobriria quais dos seus sonhos se tornariam realidade.

A turma adorou. Mas, quando o cartaz foi devolvido, havia um enorme conceito "D" em vermelho. Fui até a professora e perguntei por quê. Ela gaguejou e disse que teria me dado um "A" se eu não tivesse colocado o número de contato daquela forma. Ela disse que todos sabiam que médiuns praticavam magia negra, então isso era contra o código de honra da universidade. Fiquei furiosa e argumentei:

– Isso não é justo! Fiz tudo certo. Você só estava procurando alguma coisa para se vingar de mim.

Ela me surpreendeu ao dizer que, se eu tirasse o número do cartaz, mudaria minha nota para "C". Eu precisava da nota mais do que do orgulho de exibir meus princípios, então alterei o cartaz e ela, a nota.

Ao fim do semestre, eu a procurei e lhe pedi desculpas pela insolência no começo do ano letivo:

– Sinto muito mesmo. Eu estava errada e, para me redimir, gostaria de levá-la para tomar um café.

Ela aceitou meu convite. Fomos até a cidade, e a professora me disse que eu a fazia se lembrar de como ela era quando tinha a minha idade.

– Vejo muito de mim em você – comentou. Achei que aquilo estava indo longe demais. Depois ela continuou: – Sinto que você é uma ungida, mas optou por ignorar isso.

Respirei fundo e pensei que ela fosse pousar as mãos sobre mim e falar em línguas, mas isso não aconteceu.

Ela terminou de beber seu café com leite, pagou a conta e nós fomos embora.

Essa professora personificava tudo o que eu esperava odiar na minha experiência universitária. Ela tinha expectativas a meu respeito por causa de quem eu era e de onde estávamos. Mas eu só queria ser eu mesma.

10
Adequando-se

Eu não entendo Deus.
— ORAL ROBERTS, em entrevista a Larry King

Quase fui reprovada no primeiro semestre. Então, depois disso, desisti de publicidade e pedi transferência de curso para estudos históricos teológicos. Meu principal motivo para fazer isso foi a esperança de entender por que eu era daquele jeito. E, bem no fundo, ainda queria compreender melhor a fé cristã da minha família. Além disso, eu tinha uma mentalidade mais voltada para as artes do que para os negócios, então eu seria uma universitária feliz se nunca mais tivesse de cursar outra matéria que tivesse a ver com contabilidade ou publicidade. Ou melhor, eu seria uma universitária *mais feliz*. O que significa que seria menos deprimida.

Honestamente, eu não estava muito empolgada com o meu novo curso. Mais religião? Às vezes eu me perguntava se era sádica. Quando eu fazia matérias de exatas, pelo menos só tinha de fazer cálculos e apresentações sobre lugares e produtos falsos. Agora precisava estudar os mesmos livros e ouvir as mesmas coisas que me tinham sido empurradas goela abaixo a vida toda. *Ah, pare de reclamar, Hannah,* disse para mim mesma. Então parei e orei pelo melhor.

Era o meu primeiro dia na aula de ética cristã. O dr. Chris Green era o professor. Ele era jovem e bonito, com cabelos loiros meio arrepiados, e seu estilo era mais jovial do que o dos outros professores. Ele se apresentou e pediu que aqueles que tivessem crescido em lar evangélico levantassem a mão, o que quase todos fizeram. E eu jamais esquecerei o que aconteceu em seguida: ele disse que tudo o que tínhamos aprendido até agora sobre o cristianismo estava errado. Esperei pela pegadinha, mas ele prosseguiu:

– Neste curso, todo o conhecimento que vocês têm sobre cristianismo cairá por terra, e vocês se sentirão perdidos por um tempo. Mas, se persistirem, sua fé será reconstruída sobre uma base do que a cristandade realmente significa.

Irrompi em lágrimas.

Ao longo da vida, todas as vezes que questionei a cristandade, me disseram que eu estava sendo rebelde ou que estava redondamente enganada. Com aquela introdução, o dr. Green me deu a dádiva da redenção de toda a minha culpa cristã. Além disso, achei que agora eu teria a oportunidade de obter algumas das respostas que buscava havia muito tempo. Talvez fosse a voz desse professor, e não necessariamente a de Deus, que me ajudaria a reencontrar minha fé. Mal podia esperar para ouvir o que o restante dos professores tinha a dizer.

Eu era a única menina nesse curso, e a maioria dos 15 alunos inscritos, inclusive eu, era formada por rebeldes filho de pastores. Nossa turma era relegada pelo resto do estudantes da faculdade. Na verdade, acho que eles ficavam perplexos com a gente. Não entendiam por que estudávamos coisas como costumes muçulmanos e hindus e analisávamos as origens do movimento carismático do cristianismo e sua relevância na sociedade contemporânea. Às vezes um de nós era abordado por um dos alunos mais radicais que faziam objeções à nossa presença no campus. Quando isso acontecia, nós nos contínhamos, porque tínhamos sido bem instruídos sobre como nos comportarmos em situações como essa.

Meus colegas de classe reafirmaram meus sentimentos de isolamento da igreja. Nós víamos uns aos outros como "livres-pensadores" em meio a uma cultura de mentalidades fechadas. Eu adorava o que estava aprendendo. Os estudos nos levavam a questionar o dogma religioso e os professores nos instigavam a refletir. Cursei disciplinas como cura divina, apologética cristã, teoria carismática e história do cristianismo. Uma das minhas preferidas tratava de todas as grandes religiões do mundo.

Na aula de teologia carismática, analisamos a fundo as origens de símbolos doutrinários como a cura dos doentes, a ressurreição dos mortos e os poderes demoníacos. O professor não falou sobre a interpretação cristã carismática dessas coisas. Ele indicou livros – alguns deles eu já tinha lido, mas meu pai os tirara de mim anos antes – e nos encorajou a questionar as crenças fundamentais da religião de nossos pais e a chegar às nossas próprias conclusões. Também disse que não há nada de mal em fazer perguntas, afirmando que era saudável ter pensamento crítico. Quando não questiona, você se sente bloqueado no começo da jornada espiritual. (Sempre achei que a crença cega na interpretação literal das Escrituras era limitadora e atrapalhava minha caminhada com Deus, e aqui estava o professor provando que eu estava certa.)

Comecei a passar todo o meu tempo com meus amigos de história da igreja e dei início ao que chamei de "Noites Culturais". Toda semana, nós nos reuníamos e compartilhávamos ideias sobre todos os tipos de assuntos provocativos, como livros, artes, política mundial, temas raciais ou dilemas éticos cristãos. Levávamos um engradado de cerveja até a margem do rio, onde acendíamos uma fogueira e conversávamos até as primeiras horas da manhã. Eu mal podia acreditar que tinha encontrado essa liberdade e essa independência na ORU. *Aqui deve ser o Paraíso*, pensei, rindo sozinha.

Pela primeira vez na vida, tive a sensação de pertencer a algum lugar. Eu não era mais uma estranha para mim mesma. Comecei a me sentir à vontade por me conhecer melhor e ser eu mesma, e me esforcei para não julgar tanto os outros ou a mim. Fui percebendo que havia espaço para qualquer pessoa na religião que fosse. Ao estudar a história da fé evangélica e sua evolução, passei a entender que boa parte da retórica do meu pai não era resultado do que ele aprendera com Deus. Assim, parei de ficar paranoica achando que Deus me rejeitava. Finalmente não ia mais esperar que um extraterrestre surgisse de entre as árvores para falar comigo. Não procuraria mais sinais da existência de Deus.

Papai chegara às próprias conclusões sobre Deus e a Igreja, e agora eu estava fazendo o mesmo. Não tínhamos de concordar. Por mais que não tivessem fundamento, eu respeitaria as crenças do meu pai e esperava que ele me respeitasse por me esforçar tanto para encontrar as minhas. Percebi que eu não precisava me ater às diferenças. Eu tinha certeza de que papai era um homem de grande integridade e realmente se importava com as pessoas, e de que sua fé era genuína. Eu podia lidar com isso.

Meu pai foi até a ORU para participar de um evento de renascimento cristão que acontece a cada dois anos no campus. Na mesma época, meus colegas militantes da aula de história da igreja abriram uma conta no Twitter intitulada #Twapel, para tuítes sobre orações. As pessoas postavam anonimamente, então alguns comentários eram bastante maldosos. Nenhum envolvido no evento foi poupado. Eu me lembro que criticaram um casal de palestrantes cristãos evangélicos carismáticos, dizendo que ela tinha o cabelo armado e ele, peitos salientes. O site se tornou um fenômeno no campus e os alunos começaram a frequentar a igreja, tuitando durante os cultos sem ninguém saber. Eu mesma fazia isso. Quando as críticas se voltaram contra o meu pai, isso parou de ser divertido.

Aconteceu durante o culto noturno no primeiro dia da semana de renascimento do outono. Todos no campus tiveram de ir à igreja naquela noite. Papai era o palestrante convidado na ocasião. Enquanto assistia à palestra, dei uma olhada no Twitter da Twapel e vi que estavam postando bastante na página. Havia tuítes como "Péssimo palestrante" e "Chato!". Por um lado, concordava com algumas das coisas que as pessoas estavam dizendo. Papai estava proferindo sua retórica cristã fundamentalista de sempre, e eu me opunha a boa parte do discurso. Por outro, amava meu pai e senti a necessidade de defendê-lo, mesmo que para meus colegas de história da igreja.

Eu estava realmente devastada e não sabia o que fazer. Saí do culto chorando naquela noite, mas ainda tinha de enfrentar uma semana de evento, e meu pai daria várias palestras. Eu não suportava a ideia de não poder fazer nada, mesmo sabendo o que as pessoas estavam tuitando. Quando pedi que pegassem leve com ele, disseram que não viam sentido nisso. Eles alegaram que todos estavam recebendo o mesmo tratamento, então por que deveria ser diferente com ele? Eu me senti traída.

Desesperada, procurei o dr. Green e expliquei meu dilema. Ele sempre tinha respostas para tudo, então me consolou e garantiu que tudo daria certo. Na manhã seguinte, na aula de teologia carismática, ele confrontou a turma:

– Não sei quem está envolvido nessas postagens no Twitter, mas tenho certeza de que vocês sabem. Não há nada de mau em analisar as coisas, mas não vale a pena criticar alguém que está agindo de acordo com as próprias crenças.

Os tuítes cessaram depois disso. Outra lição aprendida.

11
Conhecendo Austin

> Éramos muito diferentes e a gente discordava em vários assuntos, mas ele sempre era muito interessante, sabe?
>
> — JOHN GREEN, *A culpa é das estrelas*

Foi no meu último ano na ORU que ouvi falar, pela primeira vez, deste novo aluno incrível. Eu tinha assumido o papel de uma espécie de conselheira do meu alojamento, e meninas bem jovens me procuravam para conversar sobre meninos ou resolver alguma crise relativa à fé. Eu era uma boa ouvinte, muito sensata, e achava graça do fato de as meninas pensarem que eu tinha as respostas de que precisavam. Quando elas iam até mim, eu preparava chá e nós nos sentávamos perto do aquecedor do meu quarto. Ficávamos conversando até que o chá acabasse ou encontrássemos a solução do problema.

Certo dia, no início do semestre de outono, duas meninas, uma caloura e outra do segundo ano, me procuraram querendo discutir as qualidades que eu achava que elas deveriam procurar num marido. Disseram-me que estavam entediadas. A única coisa na qual valia a pena pensar era o dia, num futuro nem tão distante assim, em que estariam planejando um casamento com tudo a que se tem direito. Elas eram meninas típicas da ORU, ou seja, provavelmente estavam ali mais pela oportunidade de encontrar bons maridos cristãos do que para estudar ou investir na carreira. Uma delas me contou que seus pais lhe disseram que, se não encontrasse na universidade um marido que preenchesse todas as exigências necessárias, não encontraria em nenhum outro lugar. Isso expressava o que todos os bons pais evangélicos querem para as filhas: um bom parceiro evangélico.

Era como se elas estivessem falando em outro idioma. Eu simplesmente não entendia que alguém com 18 ou 19 anos quisesse se casar quando havia tantas outras coisas interessantes para fazer, como viajar, conhecer pessoas e mudar o mundo. Mas ouvi a descrição do que elas consideravam ser o marido em potencial perfeito: Austin, o novo aluno do campus.

Ele acabara de voltar de duas missões no Iraque e estava causando rebuliço. Era um pouco mais velho que a maioria dos estudantes de lá, tinha 25 anos na época. Era alto e forte, com um sorriso arrebatador, e do tipo que todas as meninas queriam namorar e todos os meninos queriam ser.

As duas meninas só falavam nele, sobre como era lindo e gentil. Também me contaram que ele era fuzileiro naval e que tinha uma enorme caminhonete preta e uma moto. Eu fingia estar interessada no assunto, mas, honestamente, mal prestava atenção. Tinha mais interesse em falar sobre o que aprendia nas aulas de história da igreja. Além disso, eu estava namorando na época. Porém, mesmo que estivesse procurando um namorado, aquele cara não fazia meu tipo. Eu gostava de homens intelectuais, que leem livros complexos.

Não conhecia muitas pessoas na ORU além dos meus colegas de turma, e isso era de propósito, mas acho que as meninas mais novas sentiam necessidade de me ver socializando mais. Elas não sabiam que fora da escola, no meu tempo livre, eu gostava mesmo era de ficar sozinha e de passear pela cidade, fazendo coisas como conversar com mendigos, ir a sebos procurar livros sobre ocultismo ou fumar com um estranho no bar Star Avenue. As meninas que me falavam sobre Austin sempre me apresentavam para os amigos e constantemente me convidavam para sair.

Naquele dia, me chamaram para almoçar. Aceitei o convite com relutância, pois sabia que queriam me apresentar o amigo "mais velho".

Quase não fui. Eu não achava produtivo passar o tempo com um monte de adolescentes conversando sobre meninos. Mas naquela manhã tive de escrever um trabalho bastante difícil sobre teologia e decidi que precisava de uma folga. Assim, fui até a cantina para me encontrar com minhas jovens amigas.

Assim que cheguei lá, já comecei a ficar irritada. Encontrei as meninas, pegamos nossos pratos e eu as segui com minha bandeja até uma mesa onde várias adolescentes que eu não conhecia estavam conversando e brincando. O único menino da mesa era o centro das atenções. Ele usava camisa polo e boné sobre o cabelo cortado baixinho. Era tão alto e musculoso que ocupava uma cadeira e meia quando se sentava. E tinha uma voz grossa também. Falava alto e exalava carisma e energia. Eu não sabia quem ele era, mas não me importava com isso. Achei que ele parecia ser arrogante, então a princípio não fui com a cara dele.

Eu me sentei no canto da mesa de propósito, para não ficar no meio do grupo, e almocei. Prestei pouca atenção ao Sr. Popularidade, até porque ele já estava sendo o foco de todas as outras meninas. Elas babavam. Tenho certeza de que ele estava tentando atrair meus olhares, justamente porque eu o estava ignorando. Dava para perceber que estava acostumado a essa bajulação, e eu jamais contribuiria para inflar ainda mais o seu ego. Quase tinha terminado de comer minha salada quando uma das meninas se virou para mim, toda empolgada.

– O que você achou do Austin? Ele não é um gato? – perguntou, e apontou para o menino.

Então este era o nosso galã evangélico. Eu deveria ter me dado conta. Apenas sorri. Não queria ser associada a um grupo de meninas impressionadas por aquele cara, então rapidamente terminei de comer e saí, voltando ao meu quarto para estudar a matéria de uma aula que teria na manhã seguinte.

Mais tarde, fui apressada até meu carro no estacionamento, segurando vários livros, atrasada para chegar ao trabalho na cafeteria local, quando ouvi alguém gritar meu nome.

Virei-me rapidamente e os livros caíram no chão. Um menino foi se aproximando de mim. *O que ele quer?*, me perguntei, irritada com a intromissão. A princípio não reconheci o rosto.

Cumprimentei o rapaz e levantei a cabeça enquanto ele se abaixava para me ajudar a pegar os livros. Tenho certeza de que não poderia parecer menos entusiasmada. Depois me dei conta de quem ele era e disse:

– Ah, você estava no almoço hoje. Minhas colegas ficaram conversando com você.

O menino estava rindo de orelha a orelha, sem exagero. Seus dentes eram incrivelmente brancos e seus olhos brilhavam demais. Não entendi por que ele queria tanto conversar comigo. *Conheço seu tipo*, pensei.

– Sim – disse ele. – Sou Austin Anderson. Faz tempo que tenho vontade de conhecê-la.

Se não fosse parecer muito grosseiro da minha parte, eu teria revirado os olhos. Ele queria me conhecer havia algum tempo? Mas eu o vira pela primeira vez faziam poucas horas!

Austin pareceu não entender minha falta de interesse e começou a contar que tinha me visto algumas vezes na igreja, sentada nos fundos com fones de ouvido, lendo algum livro de teologia. Mencionou inclusive que eu estava dormindo da última vez, o que chamou minha atenção. Retruquei:

– Dormindo? Desculpe, mas não me lembro disso – falei, sabendo que ele estava dizendo a verdade, porque eu me sentia culpada por cochilar na igreja às vezes, geralmente depois de passar a noite em claro estudando para as provas. Mas eu achava que era bastante discreta.

— Sim! — respondeu. — Era você mesma. Lá estava você, com a cabeça para trás, dormindo num banco da igreja. Achei bem legal.

Tirei minhas chaves da bolsa, na esperança de que ele se tocasse e fosse embora, mas não adiantou.

— Odeio este lugar — disse ele. — Todas as meninas que me cercam aqui são filhinhas de papai. Elas não trabalham e vivem por aí carregando suas bolsas caras. E todas dirigem Mustangs amarelos. Tudo o que elas querem é se casar.

Uau, ele foi bem direto. Se parecia comigo, mas eu estava atrasada para o trabalho.

— Certo, mas agora não é uma boa hora — admiti finalmente. — Tenho mesmo que ir. Foi bom conversar com você.

Virei-me para abrir a porta do carro, carregando aqueles livros pesados.

— Espere — insistiu. — Só um minuto, por favor.

Comecei a ficar bastante irritada. Tinha certeza de que meu chefe estava ficando mais furioso a cada minuto de atraso. Ele continuou:

— Ouça, acabei de voltar do Iraque. E essa universidade não é como eu achava que seria. Podemos conversar outra hora?

A despeito do meu esforço para não gostar de Austin, ele não era tão idiota quanto julguei que fosse. Havia algo de diferente nele que eu não conseguia identificar. Ele era um pouco cheio de si, mas de um jeito doce, e também um tanto rude, mas tinha certa vulnerabilidade que me surpreendeu e agradou. Dava para ver que ele só precisava conversar, que queria desabafar.

— E aí, o que acha? — perguntou.

— Ah, não sei — respondi, imaginando o que o meu namorado acharia da ideia de me ver passando algum tempo com o galã do campus.

Coloquei os livros no capô do carro, peguei uma caneta e um papel da minha bolsa e escrevi meu número.

– Aqui está – falei, entregando-lhe o papel. – Mas já vou avisando que tenho andado muito, muito ocupada.

Ele fez que entendia, sorriu, e eu entrei no carro e fui embora.

E não me enganei quanto ao meu chefe. Assim que cheguei à cafeteria, ele estava furioso me esperando atrás da bancada.

12
Melhores amigos

Algumas pessoas recorrem a padres; outros, à poesia; eu recorro aos meus amigos.

— VIRGINIA WOOLF, *As ondas*

Só voltei a pensar em Austin quando ele me enviou uma mensagem de texto alguns dias depois. "Quer sair?", perguntou. Fiquei tensa ao ler aquilo. Ele parecia legal, mas eu não precisava de outro amigo e tinha de entregar um monte de trabalhos. O que esse cara quer comigo? Seja lá o que fosse, eu não estava interessada, mas não quis ser mal-educada, sobretudo porque com certeza eu esbarraria com ele no campus. "Claro", respondi.

Fomos de carro até perto do rio, estacionamos e ficamos sentados lá dentro. Peguei um cigarro e ele, um charuto. Acendi um incenso indiano e ele começou a falar sobre exercícios físicos (ele malhava duas vezes por dia) e a tirar sarro da CocoRosie, uma banda feminina de música folk de que eu gostava. Diminuí o volume da música.

– E então, sobre o que você quer conversar? – perguntei.

Austin era um menino do interior. Ele viera de uma cidadezinha em Oklahoma que tinha menos de 2,5km² e uma população de 425 pessoas. Contou que seu pai era pastor e tinha uma igreja, mas que havia morrido tragicamente num acidente de carro quando Austin tinha 14 anos. A mãe dele ficou tão fragilizada que Austin precisou organizar o funeral. Depois disso, ele passou a ser um pai para o casal de irmãos mais novos.

O avô dele era seu exemplo de conduta, mas, apesar de ser muito próximo dos avós e de passar muito tempo cuidando do gado e consertando cercas no sítio deles, Austin se sentia amargurado por não ter o pai por perto. Ele não aproveitou de forma plena sua fase de adolescência por causa da grande responsabilidade que tinha, e se ressentia disso. No ensino médio, concluiu que o mundo tinha muito mais a oferecer do que aquela cidadezinha poderia lhe propiciar. Ele queria fazer algo maior e mais importante na vida. Quando um recrutador dos fuzileiros navais apareceu na cidade à procura de voluntários, Austin encarou aquilo como uma solução para seus anseios e se inscreveu.

Fiquei surpresa ao perceber como Austin estava se abrindo. Ele parecia realmente à vontade comigo e isso fez com que eu me sentisse bem. Quanto mais ele falava, mais eu queria ouvir. As palavras saíam de sua boca como água de uma represa. Austin disse que tinha gostado bastante de ser fuzileiro naval. Percebi que ele adorava mandar nas pessoas. Ele servira por sete anos e chegara ao posto de sargento antes de ser liberado com honras militares.

– Você acabou de servir no Iraque como fuzileiro naval – comentei. – Não deve ser fácil voltar para a realidade de antes.

Austin disse que sonhava em frequentar a ORU desde que seu pai o levara ao campus em missão pela igreja deles, quando era criança. Ele estava no Iraque quando decidiu se matricular. Fez até uma prece por isso, dizendo a Deus: "Se isso for o que acho que é, preciso disso, Senhor."

A guerra cobrara seu preço a Austin. Ele me contou que tinha muitos pesadelos, todos envolvendo sangue e pessoas morrendo. Costumava acordar pensando que tinha matado alguém, apesar de nunca ter feito isso. No dia seguinte aos pesadelos, sempre rendia pouco em suas atribuições. Às vezes passava dias sem dormir com medo de rever aquelas cenas horríveis. Segundo Austin, tudo que ele presenciou na guerra o tornou menos espiritualizado e menos cristão.

Ele não gostava do comportamento que adotou quando era soldado: fazia festas o tempo todo e se relacionava com as garotas apenas para sexo. A solução que encontrou para ficar bem consigo mesmo foi frequentar algum lugar onde pudesse se cercar de pessoas cristãs boas e honestas: a ORU. Austin chegou logo depois de ser liberado de sua última missão com grandes expectativas.

– Mas destesto este lugar, Hannah – disse ele. – As pessoas não são como eu achava que seriam. Eu esperava que elas me ajudassem a recuperar a fé, mas ninguém parece realmente verdadeiro.

Austin estava ficando nitidamente ansioso e nervoso. Ele estava passando por um forte choque de culturas e sofrendo de estresse pós-traumático, ou seja, prestes a enlouquecer.

– Então, como você tolera a ORU? – perguntou. – Você não parece nada com a maioria das garotas daqui. Todas elas dirigem os carros que ganharam dos pais. As pessoas aqui não precisam sequer trabalhar para conseguir o que querem. São todas mimadas. Eu trabalho desde os 14 anos e me sacrifiquei na guerra. Tenho um carro, uma moto e um apartamento, mas foram fruto do meu esforço. Abandonei minha cidade natal e me arrisquei vindo aqui, então estou realmente decepcionado com o que vi até agora. As pessoas dessa universidade não se preocupam com a própria fé; só querem saber de coisas materiais e de encontrar alguém para casar. Eu não achava que seria assim.

Antes que nos despedíssemos naquela noite, Austin me perguntou sobre Deus. Eu sabia que ele estava se questionando a respeito desse assunto, mas sua fé ainda era forte e eu o admirava por isso. Eu lhe contei sobre minha crise de identidade assim que tinha chegado à universidade, principalmente por causa da forma como fui criada, mas que já estava mais calma. Aprendi muito na ORU e conheci alguns dos melhores professores que já tive. Por causa deles, descobri minha vocação para historiadora da religião e encontrei minha zona de conforto. Então falei para ele, de forma encorajadora e direta:

– Austin, entendo o que você está enfrentando, de verdade. Não passo muito tempo com as pessoas da ORU, porque me isolo para ficar estudando, mas mesmo assim aprendi que você deve dar a elas uma chance de surpreendê-lo.

Austin concordou com a cabeça, mas não disse nada. Achei que aquilo havia entrado por um ouvido e saído por outro. Então continuei:

– Tenho um desafio para propor, Austin. Você se deixa ser surpreendido pelos alunos da ORU por uma semana e, da próxima vez que conversarmos, me conta como foi. Que tal?

– Desafio aceito!

Mas eu não tinha muita esperança de que ele estivesse me levando a sério.

Ao deixar Austin no apartamento dele, fiquei surpresa, pois tinha adorado nosso dia juntos. Não houve química entre a gente, mas realmente gostei dele e sua presença era reconfortante, mesmo quando ele estava com raiva. Eu sabia que essa sensação era recíproca. Dava para ver que Austin considerava o que eu dizia, que se apegava às minhas palavras. Ao vê-lo entrar em casa, pensei que eu mal podia esperar pela próxima vez em que conversaríamos.

Austin ligou na semana seguinte me convidando para ir ao parque, e claro que eu topei. Nos encontramos depois da aula. O sol brilhava e eu estendi uma canga na grama, sob a ponte da rua Quarenta e Um. Ele pegou dois charutos e os acendeu. Um para ele e outro para mim. Ele fumava e me olhava de uma forma enigmática. Eu não sabia se ele estava prestes a rir ou a me fazer uma pergunta.

– Aconteceu alguma coisa? – perguntei.
– Eu fiz o que você mandou, Hannah. Deixei que as pessoas me surpreendessem durante a semana. Não acreditei que afinal ele tivesse me escutado. Fiquei tão impressionada que até dei um gritinho. Ele ficou rindo de mim e disse:
– Sabe de uma coisa, Hannah? Algumas pessoas realmente me surpreenderam.

13
Conhecendo Garrett

O poder de um olhar foi tão usado nas histórias de amor que acabou desacreditado. Hoje em dia, poucas pessoas ousam dizer que se apaixonaram apenas porque trocaram olhares. Mas o amor só começa assim.

— VICTOR HUGO, *Os miseráveis*

Austin disse que me devia um almoço. Ele queria fazer algo de legal para mim porque eu o tinha levado a um evento quando sua caminhonete estava no conserto. A ideia era que eu escolhesse o lugar, mas, assim que ele chegou ao meu dormitório para me buscar, ele sugeriu:
 – Vamos ao Rib Crib?
O que aconteceu com aquela coisa de eu escolher o lugar?, me perguntei. Ele continuou:
 – E um amigo vai nos encontrar aqui, quero que você o conheça. Ele é professor na ORU, ama seu pai e está louco para conhecê-la.
 – Aaah, nããão – eu disse, balançando a cabeça de um lado para outro.
Eu não precisava conhecer mais um simpatizante da Teen Ma-

nia que se tornaria meu amigo com o único objetivo de se aproximar do meu pai. Eu passara a vida toda lidando com esse tipo de pessoa, e na ORU, onde havia vários ex-participantes da Teen Mania, eu sempre as ignorava.

É estranho que algumas pessoas se aproximem de você por causa do seu pai. E vários dos jovens fundamentalistas cristãos eram um tanto bizarros. Mais de uma vez aconteceu de um menino se apresentar para mim, dizendo que Deus lhe dissera que eu estava destinada a ser sua esposa. Minha irmã e eu sempre éramos abordadas por meninos dispostos a "nos cortejar". Esse conceito foi tirado de um livro que todos os bons jovens cristãos leem, chamado *Eu disse adeus ao namoro*. Foi escrito por um cristão que vende o conceito fundamentalista do cortejo, como o da época vitoriana, segundo o qual as meninas nunca ficam sozinhas com meninos, muito menos à noite, e o primeiro beijo só é dado no dia do casamento. Namorar é algo para os mundanos. O livro vendeu como água ao longo dos anos.

Aprendi a arte da conquista de acordo com o modelo cristão: não se sai com vários meninos para descobrir de quem você gosta e só se deve cortejar o menino com quem acha que vai casar. Segui essas premissas durante todo o ensino médio, mas finalmente me libertei disso quando arrumei meu primeiro namorado na faculdade. Papai não lidou bem com a situação, porque não só esperava que o rapaz pedisse permissão para passar algum tempo comigo, como também mandou que seus subordinados na Teen Mania verificassem se ele era adequado para o casamento perguntando-lhe sobre sua vida sexual antes de mim.

Não tenho nada contra as pessoas que apoiam o ministério do meu pai, mas eu estava tentando formar minha própria identidade, então precisava de distanciamento desse universo. Mesmo assim, Austin queria me obrigar a almoçar com o amigo fanático por Ron Luce.

– Austin, sério, não quero conhecer outro cara da Teen Mania! – expliquei.

Ele continuou a dirigir em direção ao Rib Crib, pois obviamente pensava que sabia o que era melhor para mim. O que eu poderia fazer? Pular da picape?

– Você vai ficar me devendo uma por isso – completei, enquanto entrávamos no restaurante.

Um rapaz de boa aparência nos esperava de pé na entrada. Ele não era nem um pouco como eu esperava. A primeira coisa que pensei foi: "Uau, ele é um clone de Austin, só que menor." Usava camisa polo e calça cáqui, tinha cabelos curtos e claramente se exercitava mais do que a maioria dos homens de sua idade. Eu considerava aquele estilo o de um "cristão alinhado". Não fazia o meu tipo – eu gostava de poetas com cabelos desgrenhados e braços magros –, mas não era nada mau.

Austin nos apresentou e caminhamos até a mesa. Sussurrei para Austin:

– Não quero este cara me enchendo com perguntas sobre a Teen Mania ou meu pai. Estou cansada disso.

Austin parecia estar se divertindo.

A primeira coisa que Garrett fez foi pedir cervejas para nós. Fiquei com medo de que alguém da universidade o visse bebendo com dois alunos e fizesse com que fosse demitido. Ele com certeza não era um professor típico.

Garrett disse que além de lecionar na ORU em meio período ele estava estudando para concluir seu doutorado em administração. Passara dois semestres no exterior, um na Universidade de Lima, no Peru, e outro no México, na Universidade de Colima. Adorava ensinar sobre negócios, mas achava que um dia ia querer ter a própria empresa para satisfazer seu espírito empreendedor.

Como eu, Garrett era apaixonado por viagens e já tinha rodado o mundo todo, geralmente em missões evangelistas, passando por lugares como Rússia, Panamá, Chile, Belize e Guatemala. Seu projeto preferido era um orfanato no Peru que ele ajudara a financiar.

Era agradável ficar perto de Garrett. Ele era muito alegre, inquieto e tinha tanto a dizer que às vezes parecia que não ia ter tempo para concluir suas ideias. E, em vez de me importunar com perguntas sobre meu pai, ficou compartilhando as próprias experiências com o ministério.

Fiquei surpresa ao saber que Garrett passara bastante tempo com a Teen Mania, inclusive em várias viagens missionárias. Ele geralmente tinha atuado como líder de equipe e, recentemente, num projeto que meu pai encomendara à ORU para que conseguissem um novo modelo de negócios para a Teen Mania. Achei incrível que eu não conhecesse nem tivesse ouvido falar de Garrett.

Ele me contou que no ano anterior havia se oferecido para ser líder de equipe numa viagem missionária. Uma das outras líderes o ouviu conversando com alguns jovens sobre o mormonismo, religião pela qual era fascinado. Essa menina já o conhecia de outras viagens missionárias e nem sempre era simpática com ele. Ao ouvi-lo discutindo aquele assunto, ela disse à chefe da missão que Garrett estava tentando converter os jovens em mórmons. Nós rimos disso.

Depois do ocorrido, a chefe o confrontou. Eu conhecia a mulher porque ela era da equipe do meu pai, e eu não gostava muito dela (Garrett ficou feliz ao ouvir isso). Primeiro a chefe o repreendeu por tentar converter os jovens, o que Garrett negou. Ela perguntou se ele era aluno da ORU, porque ele estava usando um casaco com o símbolo da universidade. Ele disse:

– Na verdade sou professor de lá.

– Pelo que soube, você tem um Hummer vermelho. É isso mesmo? – perguntou ela.

– Sim – respondeu Garrett, tentando entender que rumo aquela conversa tomaria.

– Você está ostentando demais – disse a chefe. – Além de ser professor, possui um carro desse porte. Você precisa ser mais humilde.

Garrett continuou contando que ela o mandou escrever um texto sobre humildade.

– E você fez isso? – perguntei, um pouco alto demais, porque as pessoas nas mesas próximas se viraram para nós.

– Fiz – disse ele, inocentemente. – Mas mesmo assim ela me expulsou da missão.

Nós gargalhamos.

Eu não disse isso a Austin – não quis lhe dar satisfação –, mas, no caminho de volta do almoço, pensei: "Gostei muito desse rapaz. Espero que esse seja o início de uma amizade." E percebi um brilho nos olhos de Garrett, do tipo que talvez significasse que ele também ia querer me ver mais vezes.

14
A amizade se fortalece

E deveríamos considerar perdido o dia em que não dançássemos nenhuma vez. E deveríamos considerar que é falsa cada verdade que não seja acompanhada de pelo menos uma risada.

— FRIEDRICH NIETZSCHE, *Assim falou Zaratustra*

Depois do nosso encontro no Rib Crib, Garrett foi com Austin algumas vezes às noites culturais sob a ponte da rua Quarenta e Um. Ele sempre acrescentava algo instigante às conversas, geralmente relacionado a economia ou política, que diversificava nossos debates. Meus amigos do curso de história da Igreja, que eram muito compreensivos e protetores em relação ao nosso clubinho intelectual, o aceitaram bem. Ele era inteligente e muito engraçado, e eu adorava quando ele aparecia.

Fiquei surpresa quando, um dia, recebi uma mensagem de Garrett me chamando para uma noite de filmes com ele e um pessoal da universidade. Austin era o único amigo que tínhamos em comum e achei que as outras pessoas provavelmente fossem professores mais velhos.

Ele me disse que Austin também iria e levaria a namorada, uma menina de quem eu já tinha ouvido falar, mas não conhecia ainda. Fiquei com mais vontade de ir ao saber que alguém que eu conhecia estaria lá. Mais tarde, Austin confirmou que iria, pois as noites de filmes que Garrett promovia eram bastante divertidas.

Fui de carro até a casa de Garrett do outro lado da cidade, e cheguei bem tarde. A princípio eu estava um pouco nervosa por não saber quem mais estaria lá, mas passei por cima disso porque queria muito conhecer a namorada de Austin. O nome dela era Elizabeth, e a relação deles começou na universidade. Ela era alguns anos mais nova do que ele, e eu achava que a menina tinha de ser mesmo especial para conseguir firmar compromisso com Austin. Eu soube que, assim que a conheceu, ele deixou todas as fãs de lado para ficar com ela e nem mesmo estava frequentando bares. Se Austin gostava dela, eu tinha certeza de que também gostaria.

Cheguei à casa de Garrett e fiquei surpresa quando não encontrei a picape de Austin estacionada na entrada da garagem, porque ele sempre chegava aos eventos na hora marcada. O único carro além do meu era o Hummer vermelho de Garrett. *Estranho, será que fui a primeira a chegar, mesmo estando atrasada?*, pensei. Apertei a campainha e esperei. Tudo parecia muito quieto lá dentro. Será que eu tinha ido no dia errado? Seria bastante constrangedor. A porta se abriu e Garrett surgiu com um enorme sorriso. Ele me convidou a entrar e vi que era a única pessoa ali. Olhei em volta e notei as luzes baixas, velas e vinho sobre a mesa, mas a televisão estava desligada.

– Cadê todo mundo? – perguntei.

– Todos cancelaram – respondeu ele.

Achei estranho, mas não podia dar meia-volta e sair. Eu me senti bem incomodada. Por que todos cancelariam? Austin disse que estaria lá com a namorada, mas era a cara dele armar para mim. *Ele vai se haver comigo*, pensei. Sobre o que eu conversaria com Garrett? Ele era professor e eu, aluna. Eu me achava muito diferente dele. Ele estava todo feliz. Serviu uma taça de vinho para cada um, e nós nos sentamos no sofá e assistimos a um filme sobre mormonismo. Quando terminou, começamos a conversar. Passado mais um tempo, consultei o relógio para ir embora, e já passava de meia--noite. Eu ficara lá por horas.

Meu nervosismo tinha sido à toa. A noite foi ótima – apesar de eu ter percebido que fora "enganada" por Austin e Garrett –, e senti que nossa amizade dera um grande passo à frente. Fiquei até feliz por eles terem armado essa situação. Enquanto ele me acompanhava até o carro, pensei: "Talvez ele não seja o meu tipo, mas é muito bom estar perto dele." Garrett me deu boa-noite e prometeu que manteríamos contato.

Nós nos tornamos amigos íntimos depois daquela noite, e ficamos ainda mais próximos do que Austin e eu, mas de um jeito diferente. Caminhávamos muito no parque e tínhamos discussões intermináveis sobre arte, negócios, religião, política e nosso adorável amigo, Austin, que vinha passando a maior parte do seu tempo livre com Elizabeth e nos disse que estava perdidamente apaixonado por ela.

Enquanto isso, Garrett e eu passávamos mais tempo juntos, sozinhos na maioria das vezes. Percebi que nossa relação era de certa forma peculiar, e eu a considerava nada ortodoxa. Não havia amor platônico envolvido, porque às vezes trocávamos uns beijos, mas saíamos com outras pessoas e nunca discutimos a relação. Ele me fitava com um brilho nos olhos e um indício de sorriso, uma expressão que dizia que ele estava fascinado por mim, que talvez até me amasse, mas Garrett nunca disse nada. Em vez de complicar as coisas fazendo perguntas, eu ficava feliz aproveitando nossa amizade e vendo no que daria.

Aparentemente, ele revelou para Austin seus sentimentos por mim, porque sempre que eu conversava com Austin ele tocava no assunto, dizendo que Garrett estava louco por mim e que se eu lhe desse qualquer sinal de que queria aprofundar nossa relação, ele iria propor um relacionamento mais sério.

– Ah, Austin – falei. – Pode parar de bancar o cupido? Você não é muito bom nisso.

– Estou lhe dizendo, Hannah. O cara beija o chão que você pisa.

Na tentativa de fazê-lo parar de exagerar as coisas, argumentei:

– Não, Austin, na verdade ele adora meu pai.

– Estou lhe dizendo, Hannah. O cara está apaixonado por você.

Gostei de ouvir aquilo.

Por mais que Garrett e eu gostássemos da companhia um do outro, com o passar do tempo fomos percebendo que éramos muito diferentes. Ele era um republicano convicto e, apesar de eu não me interessar muito por política, me considerava uma liberal. O estilo dele combinava com a sala de aula e o campo de golfe; o meu era bastante gótico e às vezes até um pouco hippie. Ele não fumava, eu sim. Ele bebia cerveja, eu preferia um bom vinho. Ele era seguro em sua fé cristã conservadora, algo que eu invejava.

Mas parecia que nossas diferenças nos aproximavam ainda mais do que nossas semelhanças.

A gente sempre provocava um ao outro com temas como política norte-americana, a importância da arte (supervalorizada, dizia ele), psicologia (eu fiz terapia, o que ele considerou uma perda de tempo) e filosofia (ele disse uma vez que Nietzsche era ingênuo), mas sempre acabava querendo passar mais tempo juntos.

Fui doutrinada de acordo com uma religião nas quais as discussões não são bem vistas. Na Bíblia, em 2 Timóteo, 2:22-24, lê-se: "Fuja dos desejos malignos da juventude e siga a justiça, a fé, o amor e a paz, juntamente com os que, de coração puro, invocam o Senhor. Evite as controvérsias tolas e fúteis, pois você sabe que acabam em brigas. Ao servo do Senhor não convém brigar, mas, sim, ser amável para com todos, apto para ensinar, paciente." Garrett e eu chamávamos nossas discussões de "debates". Ele era muito ambicioso, então eu ficava curiosa para saber qual era a motivação dele na vida. Garrett me achava acomodada, dizia que eu preferia pensar a fazer, e às vezes me criticava por isso. Mas ele era uma pessoa muito boa e tinha um espírito generoso, e eu me sentia segura com ele. O que tínhamos em comum era a sede por algo transcendental. Nossos olhos enxergavam além das nossas possibilidades de futuro. Queríamos o mundo.

Havia também um lado divertido em nossa amizade. Garrett adorava bancar o machão e queria que todos soubessem de sua virilidade. Ele gostava muito de conversar sobre esportes em geral e se vangloriava de ter pescado com lança, em Oklahoma, caçado caribus no Ártico e macacos nas florestas do Peru.

Eu suspeitava que houvesse um lado feminino oculto em seu corpo masculino. Então, um dia, quando íamos nos encontrar no parque, levei uma cópia do teste BEM – que mede a androginia ou a porcentagem de masculinidade e feminilidade que você possui em seus pensamentos e sentimentos. O teste é composto por várias perguntas e seu resultado varia de "ultramasculino" a "ultrafeminino". Uma pontuação mediana significa que você tem a psique de uma mente andrógina bem-desenvolvida. Nunca pensei que ele morderia a isca, mas Garrett nem mesmo hesitou em fazer o teste. Sentados num banco do parque, nós dois respondemos às questões. Tinha certeza de que o teste dele me mostraria que Garrett era mais tranquilo do que gostava de admitir e que isso o faria perceber o lado bom de aceitar seu lado feminino.

Quando terminamos, calculei as pontuações. A minha foi mediana, porém mais para o lado masculino. A dele apontava para o extremo do espectro ultramasculino. Quando ele soube, levantou--se do banco e enrijeceu os músculos. Ri tanto que caí do banco e fiquei jogada na grama. Nós nos abraçamos e rimos até nossas barrigas doerem.

15
O dia do julgamento

> Religiões são caminhos diferentes para um mesmo destino. Não importa que caminho pegamos, desde que alcancemos o mesmo objetivo. Então qual o motivo da briga?
>
> — MAHATMA GANDHI, *Hind Swaraj: Autogoverno da Índia*

Eu me formei na ORU em maio de 2011 e logo depois fui a Chicago com papai para visitarmos um velho conhecido. O homem era um protegido do próprio Oral Roberts e, como meu pai, era famoso no mundo cristão conservador. Também tinha fundado o próprio ministério e atraía milhares de seguidores para sua igreja em Tulsa, aos domingos, e outros tantos à conferência musical que organizava na universidade todos os anos. Ocupava o posto mais alto da hierarquia evangélica. Então, certa noite, ele assistiu a um documentário sobre o genocídio em Ruanda e teve uma epifania. O Inferno não era um lugar bíblico de tormento eterno. Ele tinha sido criado no próprio planeta Terra, pelo comportamento humano depravado.

O pastor começou a rejeitar suas crenças fundamentalistas em favor de opiniões mais universais e passou a fazer sermões sobre inclusão. Ele dizia que Jesus era o salvador de todos, e não apenas dos cristãos que se diziam salvos. Por fim, todos os pecados seriam perdoados e todas as pessoas se reconciliariam com Deus. Por causa de suas novas crenças, as autoridades evangélicas lhe deram as costas. Alguns o chamaram de herege; inúmeros paroquianos deixaram sua igreja. Mas eu o adorava.

A visita ao nosso amigo foi muito boa. Fiquei surpresa com o fato de meu pai ter uma relação tão estreita com ele. Era a única amizade que eu o vira estabelecer com uma pessoa que, a seus olhos, não era mais um verdadeiro cristão.

– Fico muito feliz por você ser tão amigo dele – eu disse a papai quando fomos embora.

Ele meneou a cabeça afirmativamente e sorriu.

Continuamos a conversa no voo de volta para casa. Falei sem parar que gostava do nosso amigo, que ele era inspirador e brilhante, esse tipo de coisa. Papai se controlou e não fez qualquer comentário por bastante tempo, até que não aguentou mais e afirmou que o homem não estava salvo. Fiquei furiosa e disse, com os dentes cerrados:

– Você continua o mesmo de sempre, não é? Em algum momento você vai julgar as pessoas com base apenas no fato de elas serem boas? Parece que não consegue ser amigo de ninguém que não seja cristão!

Eu não conseguia parar. As palavras jorravam da minha boca. Era como se eu estivesse colocando para fora todas as mágoas e todos os medos, tudo o que eu vinha guardando ao longo da vida. A verdade era que minha fé, ou o que restava dela, se assemelhava muito mais à do nosso amigo pastor do que à do meu pai. Se papai não era capaz de aceitar nosso amigo, o mesmo se aplicaria a mim. Era precisamente por isso que eu vinha vivendo uma mentira durante muito tempo, que nunca mencionei minha crise de fé e que me dividi em duas pessoas: a Hannah verdadeira e a Hannah que meus pais insistiam que eu fosse. Não importava que a fé deles fosse genuína, que acreditassem na interpretação literal da Bíblia nem que tivessem certeza de que apenas poucos escolhidos poderiam habitar o Paraíso e que todos os demais seriam banidos para o Inferno. Eu não acreditava no que eles acreditavam. Na verdade eu nem sabia no que acreditava, nem mesmo *se* acreditava.

– Seu objetivo é tentar salvar almas para que elas não queimem no Inferno, e isso é tudo o que você consegue obter das pessoas e vice-versa – afirmei, segurando o choro, de tanta raiva que eu estava.

Meu pai estava quieto. Mas eu o havia incomodado.

– Você tem toda razão! – retrucou. – Este é meu objetivo! Com Ele! Com todo mundo! Você quer que *seus* amigos queimem no Inferno?

– Quem você acha que é? – falei alto. – Deus?

– Se eles não forem salvos, não irão para o Céu – continuou.

Ali estava novamente. O que eu ouvira a vida toda. A mesma questão de sempre: nós que fomos salvos contra todos os outros. Então continuei:

– Somos nós contra o restante do mundo, não é, papai? Você não consegue aceitar que Deus também ama as pessoas que não têm fé alguma? Que talvez todos os pecados sejam perdoáveis e que, no fim, todos nós seremos salvos?

– Isso não é o que a Bíblia diz – rebateu ele.

Eu me senti mal.

– Já que tocamos no assunto, gays e muçulmanos são almas perdidas? – perguntei. Foi uma pergunta retórica, claro. Sabia qual seria a resposta dele. – Você não consegue ver a beleza nas pessoas, não é, pai? – Agora eu estava quase gritando. – Você nem mesmo é capaz de enxergar a beleza divina que existe em seu maravilhoso amigo. Ele é muito legal, gentil e leal com você. Por que não enxerga isso?

Papai não recuaria.

– Sim, ele é – respondeu. – Mas não está salvo.

De saco cheio, resolvi arriscar e confessar meus problemas:

– Papai, passei a vida inteira questionando minha fé, porque nunca me senti inteiramente salva, de acordo com o seu ponto de vista. Dei o máximo para ser aceita no seu cristianismo, mas sem sucesso. Agora tenho estudado teologia e visto as coisas sob uma perspectiva mais ampla. Você não percebe que construiu um muro entre nós, pessoas como você, e eles, os que são diferentes? Isso não precisa acontecer!

Não sei o que eu esperava. Será que o meu pai de repente veria as coisas por outro ângulo? Ou então questionaria suas crenças, às quais dedicara toda a sua vida adulta, só por causa daquela conversa comigo? Se esperava ouvir algum tipo de reconhecimento de que o amigo, apesar de não ter as mesmas crenças, era um bom homem e de que Deus ainda poderia amá-lo, eu me decepcionaria. *Se* eu tivesse tais expectativas. Mas não tinha, pois sabia exatamente como o meu pai reagiria.

– Mas *somos* nós contra eles – disse ele. – Se você não está conosco, está contra nós!

Ele parecia George W. Bush falando da guerra contra os terroristas. Mesmo que os assuntos fossem diferentes, os dois eram maniqueístas da mesma forma.

Fiquei mais irritada ainda, e declarei com amargura:

– Se é assim que as coisas funcionam, então prefiro me juntar a eles, muito obrigada.

Papai abriu seu livro e fingiu ler.

Eu me virei para a janela e fingi cochilar.

Estávamos num impasse. Nunca concordaríamos. Achei que ele provavelmente nem gostasse mais de mim. Tive certeza de que meu pai estava orando pela minha alma perdida.

Foi por isso que fiquei tão surpresa quando, no mês seguinte, ele me convidou a me juntar à sua equipe.

16
De volta para o futuro

Uma semana é tempo mais que suficiente para sabermos decidir se aceitamos ou não o nosso destino.
— PAULO COELHO, *O demônio e a Srta. Prym*

Eu estava trabalhando no departamento feminino da Saks Fifth Avenue em Tulsa naquele verão quando papai me ligou para dizer que tinha algo urgente a discutir comigo e que não poderia esperar até o fim do meu expediente.

Então, uma hora mais tarde, durante meu intervalo, retornei a ligação.

— O que está acontecendo? — perguntei. — Está tudo bem?

Ele parecia empolgado, mas era comum isso acontecer.

— Você se lembra de quando me disse que não havia nada que não faria para alcançar seus objetivos? — perguntou ele, fazendo mistério, para causar impacto.

Realmente não havia. O trabalho na Saks era um dos três empregos de meio expediente que eu tinha desde que me formara na ORU na primavera anterior. Eu também era garçonete em dois restaurantes italianos diferentes para conseguir me sustentar e pagar meu primeiro semestre de psicologia na Universidade Oklahoma State. Aos domingos, trabalhava como conselheira juvenil numa igreja local (onde um pastor estava sendo alvo de críticas por ter um caso, desta vez com uma babá). Essas atividades me rendiam alguns dólares a mais por semana, mas eu mal estava conseguindo me sustentar. O que meu pai pretendia? Eu tinha dito aquilo sobre meus objetivos?

– Sim, lembro – respondi, sem muita certeza.

Alguns meses antes da nossa briga no avião – aliás, nunca mais falei com meu pai sobre essa discussão (evangélicos geralmente são passivo-agressivos e atacam de mansinho, e era isso que meu pai estava fazendo agora) –, eu tinha expressado minha frustração para meu pai, por telefone, de que estava trabalhando muito, mas mal conseguia comprar coisas além do estritamente necessário. O trabalho na Saks pagava um salário baixo mais a comissão. Portanto, eu precisava ter uma clientela fixa, mas isso demandava tempo e eu só estava trabalhando lá havia cinco meses. Papai nos ensinara que o dinheiro não trazia felicidade (sim, apenas Deus podia trazê-la), mas eu queria ao menos conseguir me sustentar sem precisar da ajuda de homem algum – apesar de todos acharem que eu não precisava ser independente. Além de querer fazer a diferença no mundo, eu desejava ganhar dinheiro o bastante para fazer as coisas que amava fazer. Então meu pai me enviou um livro sobre a psicologia das vendas. Depois da leitura, notei um aumento considerável no meu rendimento, mas não foi suficiente para pagar o segundo semestre da faculdade.

Suspirei ao telefone, esperando que ele voltasse a falar.

– Bem... – disse ele de forma reticente, a fim de provocar suspense. – Tenho uma proposta para você.

Papai sempre teve dificuldades para manter seus assistentes. A maioria deles era da Teen Mania e, apesar de ter boas intenções, não estava preparada para a complicada tarefa de administrar a vida do meu pai. Uns não eram inteligentes o bastante, outros eram qualificados demais e acabavam arrumando um emprego melhor ou então cometiam um erro e eram demitidos. Sempre acontecia alguma coisa. Papai era um homem bom, mas eu sabia que ele era perfeccionista e um chefe difícil de lidar. É necessário ter muita fibra e muita dedicação para levar um ministério daquele tamanho adiante. A agenda dele vivia cheia e às vezes nem eu conseguia acompanhá-lo. Além disso, o escritório da Teen Mania funcionava a todo vapor. Apesar disso, o banco de dados estava tão desatualizado que os recrutadores ligavam para pessoas que haviam morrido anos antes, e eles ainda usavam arquivos físicos em vez de computadores para armazenar dados.

– Gostaria de lhe oferecer um emprego como minha assistente--executiva – disse.

Ele estava com a melhor das intenções e era amoroso comigo, mas tinha dificuldade para relevar minhas críticas à sua crença e eu sabia que, depois da conversa no voo de volta de Chicago, ele temia não apenas estar me perdendo, mas também que eu tivesse perdido a fé no Deus deles. Oferecer-me um trabalho no Texas foi uma estratégia inteligente da parte dele porque eu era competente, trabalhadora e certamente conhecia as Escrituras. Mas suspeito que parte da sua motivação (a abordagem passivo-agressiva) fosse o fato de me fazer voltar para casa, de modo que ele pudesse tentar me influenciar novamente a acreditar na sua versão de fé.

Durante o telefonema, um milhão de pensamentos fervilharam em minha mente. Eu passava por problemas financeiros, mas tinha vontade de terminar a faculdade de psicologia e de ficar em Tulsa. Por mais que amasse minha família, a última coisa que eu queria era voltar para casa, em Garden Valley. Agradeci a oportunidade e lhe disse que ia pensar.

Meu pai não me deixaria escapar com tanta facilidade. Ele insistiu que queria uma resposta logo. A agenda dele estava cheia de turnês, viagens missionárias e palestras, então ele precisava de alguém o mais rápido possível. Ele precisava de *mim* agora. Diante disso, prometi que responderia em breve.

Desliguei e dei uma bronca em mim mesma: *Hannah, você ficou maluca? Perdeu a cabeça? Por que simplesmente não disse que não?* Fiz o que sempre fazia quando estava em pânico: liguei para Austin e para Garrett, que me chamou para ir à casa dele conversar.

Aquela noite, depois do trabalho, Austin e eu fomos para lá e, tomando cerveja na mesa da cozinha, meus amigos expuseram os prós e contras de voltar para o Texas. Eles me conheciam melhor do que ninguém, entendiam minhas dificuldades com meu pai e minha confusão religiosa. Eu chegara ao ponto de não saber se a religião tinha um lugar na minha vida. Tinha certeza de que Austin e Garrett confirmariam o que meus instintos gritavam e me dariam vários motivos para permanecer em Tulsa. Depois, me ajudariam a encontrar uma forma de recusar o emprego educadamente. Mas não foi isso que aconteceu.

Austin e Garrett deixaram os contras de lado e se detiveram nos prós. Eles argumentaram que eu não precisava ficar no emprego para sempre. Eu podia ficar lá durante seis meses, ajudar meu pai a organizar as coisas, aprender muito com ele, economizar algum dinheiro e depois voltar a Tulsa. Eu viajaria com o meu pai; quem não ia querer uma oportunidade dessa? E eu moraria em casa, sem ter de pagar contas. Austin e Garrett sugeriram que eu fizesse uma lista de exigências: um salário adequado e os fins de semana livres para voltar a Tulsa a fim de assistir às aulas e passar algum tempo com os amigos. Pensei no assunto por cinco minutos, bebi o último gole de cerveja e fui embora.

Ao chegar em casa, liguei para meu pai e impus minhas condições. Ele disse que pagaria menos do que eu estava querendo, mas aceitei mesmo assim.

17
De volta à Teen Mania

> Além de analogias bíblicas e personagens que são apresentados como modelos de conduta, a campanha usava narrativas, metáforas e apresentações encenadas, incluindo imagens de armas, o uso persuasivo de uma bandeira vermelha e termos bélicos como "Exército de Deus", "inimigo" e "batalha". Mostrava membros atuais e antigos das forças armadas norte-americanas em eventos Battle Cry, encorajando jovens a se tornarem "guerreiros nesta batalha". Em *Battle Cry for a Generation* [Grito de guerra por uma geração], livro lançado no começo da campanha, Ron Luce escreveu: "Isto é uma guerra. E Jesus nos convida a entrar em ação, nos dizendo que os violentos — os 'poderosos' — controlarão o Reino."
>
> — CHRIS HEDGES, *American fascists*

Eu tinha nove arquivos de metal no meu escritório na Teen Mania. Do tipo que as pessoas usavam nos anos 1980, antes que os computadores fossem empregados para a mesma função. Eles estavam lá desde a chegada do papai, e rapidamente descobri que eram apenas uma amostra de como o escritório todo funcionava.

Esse retrocesso não era culpa de ninguém. Havia pessoas ótimas na equipe do meu pai, mas o foco não era nem nunca seria a administração dos negócios, mas sim salvar almas. Na verdade, ele não queria saber se as pessoas que se candidatavam ao emprego tinham diploma universitário ou experiência no ramo. Até mesmo no site do ministério dizia-se que os funcionários eram escolhidos principalmente pelo caráter e pela liderança que demonstrassem ter. "No ministério há indivíduos que são apaixonados por adolescentes e missões evangélicas. Eles dedicam a vida a levar adiante o Grande Compromisso para esta geração mais jovem", dizia o texto. Essas características nem sempre se traduziam em boas práticas de negócios, e a Teen Mania era prova disso.

Papai pregara para milhões de adolescentes e suas famílias ao longo de 25 anos de atividade, e juro que ele tinha pelo menos uma informação sobre cada um deles, e ficava tudo armazenado nos arquivos de metal, não só nos da minha sala, mas nos de todas as outras, que eram parecidas. O banco de dados estava mais desatualizado que os arquivos. Nós recrutávamos muita gente por telefone, mas nossas listas com os números nunca eram atualizadas. Elas deveriam estar separadas por categorias, mas geralmente uma mesma pessoa recebia cinco ou seis ligações do ministério. Também acontecia de o fiel ter morrido anos antes, de o número de telefone nem existir mais ou de terem se mudado. Mas precisávamos mudar vidas, então continuávamos desperdiçando tempo fazendo esses telefonemas.

Para onde quer que eu olhasse, via desorganização. Parte do problema era que os estagiários acabavam acumulando funções que não tinham competência para executar, como treinar novos funcionários, por exemplo. Além disso, como todos os grandes empreendimentos do país, estávamos sentindo os efeitos de uma economia em recessão e tivemos de fazer cortes de pessoal. Ao mesmo tempo, havia mais trabalho a fazer.

Não era segredo algum o fato de que milhares de jovens evangélicos (inclusive eu) estavam abandonando a igreja porque sentiam que a fé era irrelevante para sua vida. Li vários estudos que exibiam resultados semelhantes: algo como três em cada cinco jovens se sentiam desconectados da igreja depois de completarem 15 anos. A maioria dos entrevistados tinha dito que a fé segundo a qual foram doutrinados desde criança era sufocante, crítica e fora de sincronia com o mundo deles. Muitos disseram que se sentiam isolados na luta para viver de acordo com valores cristãos conservadores, quando a maioria dos amigos tinha relações sexuais casuais e curtia música e vídeos considerados proibidos pela Igreja, tal como outros "lixos culturais", de acordo com meu pai. Eu sabia que papai estava preocupado com o mundo. Ele até foi citado no *The New York Times* expressando seus temores: "Observo os fatos e constato que nosso país está entrando no pós-cristianismo, tal qual aconteceu com a Europa. Todos no ministério juvenil estamos trabalhando duro contra isso, mas não tem sido suficiente."

Claro que eu entendia por que as coisas estavam desse jeito. Eu era um daqueles jovens cristãos em desacordo com a Igreja. Mas eles eram a nossa plateia, geravam nosso pão de cada dia, e apesar de eu não concordar mais com toda a crença do papai, não queria que a Teen Mania fosse afetada ou destruída. Eu o vira dedicar a vida ao ministério e sabia que ele só queria fazer o bem. E apesar de seus métodos não funcionarem para mim, várias vidas mudaram para melhor por causa de suas convicções religiosas e de seu discurso empolgado. Testemunhei jovens parando de fumar, de beber, de usar drogas e de ser promíscuos depois de ouvirem o que meu pai tinha a dizer. Como isso poderia ser errado?

Eu trabalhava demais. Depois de um longo dia de 12 horas de expediente, em geral eu me deitava exausta na cama e chorava. Eu detestava a parte burocrática, e percebia algo do papai em mim: eu esperava demais dos meus subordinados – sendo que a maioria das meninas não era muito mais nova do que eu. Eu não aceitava a mediocridade e era muito exigente. Esperava que as meninas fossem eficientes ao máximo. Eu lhes passava provas de ortografia e gramática – que eu conseguia na internet – antes de permitir que elas começassem a escrever comunicados para a imprensa sobre os eventos de meu pai, e era rígida com horários. Com certeza eu não ganharia nenhum concurso de popularidade. Sempre acabava sabendo de coisas horríveis que as minhas funcionárias diziam sobre mim pelas costas. Aos olhos delas, eu era esnobe e me achava melhor e mais inteligente do que todo mundo. Diziam que eu me via no direito de mandar nelas simplesmente porque era filha de Ron Luce e reclamavam que não obtinham nada além de calos nas mãos pelo trabalho árduo, enquanto eu tinha as unhas bem-feitas e conseguia tudo o que queria.

Queria poder ter dito a elas que ganhava menos que um salário-mínimo, o que era muito pouco levando em conta a quantidade de horas que eu trabalhava.

18
O noivado de Garrett

> Pierre, que fizera mais do que ninguém para tirá-la dos recônditos de sua vida secreta, agora a puxava para as profundezas do medo e da dúvida. A queda foi maior que qualquer outra que ela já tivesse sofrido, porque ela se aventurara demais nas emoções e se abandonara nestes sentimentos.
>
> — ANAÏS NIN, *Delta de Vênus*

Eu estava de volta ao Texas havia três meses quando Austin me contou que Garrett estava noivo. Fiquei surpresa e com raiva, pois pelo visto tinha sido a última a saber.

Fui a Tulsa cinco ou seis vezes depois de ter começado a trabalhar com meu pai, e na maioria delas me encontrei com os dois. Garrett nunca me disse nada sobre noivar.

Sabia que ele estava namorando, mas ele não me devia nenhuma explicação a esse respeito. Estávamos em momentos diferentes na vida. Ele tinha 29 anos e sentia havia algum tempo que precisava se casar. Austin chamava essa necessidade de crise de meia-idade antecipada. Ele dizia que Garrett estava preocupado porque não via indícios de que teria a vida que sempre planejara – com esposa, filhos e uma casa com jardim. Eu tinha 22 anos e essa era a última coisa que queria naquela época. Havia deixado claro para Garrett que não estava disposta a me comprometer eternamente com ele nem com ninguém. A ideia de me casar me apavorava. Não estava preparada nem esperava que ele aguardasse meu momento, enquanto eu tentasse realizar meus sonhos. Mas éramos muito íntimos e Garrett quis esconder esta notícia de mim.

– Ele disse para não lhe contar! – disse Austin. – Mas você é minha amiga também e achei que deveria saber.

Eu me senti traída.

Austin disse que estava preocupado com Garrett. Achava que o amigo tinha sido impulsivo e que teria ficado noivo de qualquer pessoa. E perguntou o que eu achava de conversarmos com Garrett para tentar fazê-lo enxergar seu erro, mas concordamos que seria arriscado. Não queríamos que Garrett ficasse com raiva e nos excluísse de sua vida.

Eu logo voltaria para Tulsa, então liguei para Garrett, como sempre, para lhe dizer que estaria na cidade. Combinamos de nos encontrar naquela noite de sábado, perto da Universidade Oklahoma State, em Stillwater, que ficava duas horas a oeste de Tulsa, onde ele estava dando aula de administração. Seríamos só nós dois. Não mencionei que Austin havia me contado sobre o noivado, nem ele tocou no assunto, só disse que mal podia esperar para me ver.

Meu estômago ficou se revirando durante todo o trajeto do Texas a Oklahoma. Cheguei lá no fim da tarde de sexta-feira e me hospedei na casa de minha amiga Pam. Não consegui dormir naquela noite. *O que vou dizer ao vê-lo?*, eu me perguntava. Será que eu tinha direito de dizer alguma coisa? Será que ele tinha direito de não me falar nada? Eu já perdera as contas de quantas vezes nós havíamos terminado e voltado o namoro em dois anos de amizade. Nós ficamos juntos, mas nunca me pareceu uma relação tradicional. Adorávamos a presença um do outro, mas não havia cobranças ou limites. Se eu me posicionasse agora, iria parecer que eu queria dar um passo à frente? Será que eu queria um compromisso com ele? Só tinha certeza de que não queria perdê-lo. Conhecia Garrett e sabia que ele se escondia quando se via encurralado ou pressionado. E se eu o confrontasse e ele desaparecesse? Não conseguia imaginar minha vida sem ele.

Mas ele mentiu para mim. Garrett não concordaria que tinha feito isso porque não dissera nada, mas em todo caso foi uma mentira por omissão. Cedo ou tarde, algo teria de ser dito. Mas quando e o quê? Eu não sabia o que fazer, então passei a tarde seguinte me preparando para o que talvez acontecesse. Na melhor das hipóteses, ele puxaria esse assunto antes de mim. "Oi, Hannah! Tenho boas notícias!" Conhecendo Garrett como eu conhecia, não o imaginava fazendo isso. Ele detestava magoar as pessoas e sabia que eu ficaria chateada por ele não ter me contado que seu namoro havia se tornado sério nos últimos seis meses.

Demorou mais do que o normal para eu chegar a Stillwater; prolonguei a viagem parando a cada 15 minutos para abastecer, tomar água ou usar um banheiro público. Enquanto isso, Garrett me enviava mensagens de texto perguntando onde eu estava, quando eu achava que chegaria e por que estava demorando tanto. Essa insistência me deixou com raiva, pois um homem comprometido não devia falar com outra garota daquele jeito. Se eu fosse noiva dele, odiaria saber disso.

Meu cabelo estava com muitos cachos e minha maquiagem estava perfeita. Nos encontramos no nosso lugar preferido perto da faculdade. Ficamos algum tempo firmemente abraçados. Na hora achei que era porque ele sabia que aquele seria nosso último momento juntos daquela forma.

– Tudo bem com você? – perguntei, afastando-me e olhando para ele. Garrett estava lindo com camisa social e calça cáqui, num estilo bem professoral. Gostei. – Você parece ótimo!

– E você está linda – retrucou.

O que eu não disse foi que nunca o vira tão cansado. Garrett estava sempre me dizendo que eu era linda e excepcional. Adorava isso nele. Ele parecia muito orgulhoso de mim, e eu não estava acostumada a esse tratamento.

Nós dois dissemos que tínhamos sentido falta um do outro e começamos a conversar sobre várias coisas na hora seguinte: filmes e livros, a dissertação de doutorado dele, seu trabalho como professor e quanto ele amava isso, minhas experiências na Teen Mania. Estava tão bom bater papo com ele que por mim eu ficaria ali para sempre. Queria fingir que Austin não tinha me contado sobre o noivado, mas eu não podia voltar no tempo.

– E então, quais são as novidades? – perguntei calmamente, a princípio esperando que isso o fizesse me contar que estava noivo e depois esperando que ele não dissesse nada e que eu pudesse simplesmente me esquecer daquilo.

O pai de Garrett fora hospitalizado havia duas semanas e estava mal. Ele trabalhava num campo petrolífero, e a peça de uma máquina se soltou e o atingiu na cabeça, fazendo com que o cérebro inchasse. O prognóstico não era muito bom. Garrett me contou que, durante a semana, meu pai foi até o hospital orar pela sua saúde. Eu sabia que papai tinha ido à cidade e que haviam lhe pedido para ir ao hospital, mas não sabia que era para isso. Garrett disse que ficou sentado ao lado da cama durante horas, mas que o pai não reagia a absolutamente nada desde o acidente. Naquele mesmo dia, os médicos disseram à família que o homem talvez nunca mais falasse ou recuperasse a consciência. Foi uma época horrível para eles.

Os médicos mal haviam saído do quarto quando papai entrou de forma avassaladora, colocou as mãos sobre o doente e orou por sua recuperação total. Garrett, claro, adorava o meu pai. Idolatrava, melhor dizendo. Ele disse que a energia no quarto mudou. Garrett observou a cena e ficou chocado ao ver os olhos do pai se arregalarem, olhando diretamente para meu pai. O pai de Garrett fechou os olhos novamente, mas aquela foi a única vez que ele reagiu a alguma coisa desde que se acidentara. Eu me arrepiei toda quando ouvi a história.

Quando terminou de falar, ele se aproximou para me beijar, mas recuei. Perguntou o que estava acontecendo, mas não respondi e ele pareceu confuso. Me puxou para perto, mas desviei o rosto novamente, me perguntando se era a hora de falar algo. Sabia que Garrett achava que eu estava brincando com os sentimentos dele novamente. Ele me acusou de fazer isso no passado, dizendo: "Sei que você me quer, mas nunca vai poder ficar comigo." Percebi que ele estava ficando impaciente, pois seu rosto ficou todo vermelho e ele ficou sério.

– Hannah – disse ele –, você sabe o que estou passando com meu pai. Por que você...?

Toquei no braço dele, o encarei e o interrompi:

– Garrett, sinto muito por tudo que está acontecendo. Não estou brincando aqui, pois gosto de você e o que eu mais queria era beijá-lo. Mas você não tem sido honesto comigo.

Ele pareceu sinceramente surpreso e perguntou:

– Como assim?

– Estou falando do seu noivado – respondi, sem rodeios.

Garrett recuou. Eu soube na hora que o instinto dele foi o de fugir dali. Eu quis desesperadamente conversar sobre tudo isso antes que ele se fechasse e nunca mais falasse comigo, mas era tarde demais. Consegui perceber isso nos olhos dele. Ele se afastou de mim, me ignorando. Tentei conversar com ele:

– Garrett, se essa é a pessoa certa para você, eu lhe dou meu apoio, pois quero que você seja feliz. Mas por que não teve a consideração de me contar? Descobri por causa do Austin. Você entende como isso me magoou?

Senti várias coisas ao mesmo tempo. Queria lhe dizer para se esquecer do que acabara de acontecer e que podíamos continuar amigos como antes, não importava o que acontecesse. Mas também desejava respeitar a decisão dele o bastante para ajudá-lo a honrar o compromisso que firmara com outra pessoa. Falei que me recusava a ser a outra; tinha muita integridade e muito amor-próprio para exercer este papel.

O que eu não disse era que sabia que ele não podia mais ser meu amigo. Ele sempre quis que, algum dia, eu estivesse preparada para compartilhar minha vida com ele. Garrett empenhou seu tempo, foi meu amigo, fez as coisas a meu modo, mas agora tinha ficado noivo de outra pessoa, deixando de lado seu sonho de ficar comigo. Eu não estava a fim de me sentir responsável pela culpa dele e não bancaria a amante de ninguém.

Ele estava magoado e não conseguia falar. O silêncio foi incômodo e insuportável. Peguei minha bolsa e disse que ia embora para Tulsa. Ele não tentou me deter.

– Estou indo agora e gostaria de continuar esta conversa em outro momento, quando estivermos de cabeça fria – declarei.

Procurei na expressão dele algum sinal de que também estava disposto a retomar o assunto, mas tudo o que vi foi tristeza.

– Falamos sobre isso pela manhã? – perguntei.

Ele fez que sim, mas não senti firmeza.

Eu ainda estava no carro quando ele me enviou uma mensagem de texto ao mesmo tempo gentil e triste. Dizia que acreditava em mim, que esperava que meus sonhos se realizassem e que torcia para eu ter um futuro próspero. Temi que fosse um adeus e que ele estivesse me excluindo de sua vida. Li a mensagem de novo e meu coração ficou apertado. Arrependida, repensei se realmente a gente precisava ter tido aquela conversa, mas também fiquei feliz por ter me mantido firme. Ele tinha de fazer uma escolha, mas e se isso não me incluísse? Nunca mais teríamos as noites de filmes juntos, nem as caminhadas às margens do rio ou no parque. Tudo acabaria de vez. Comecei a perceber quanto eu o valorizava, quanto ele era importante para mim, porém temi que fosse tarde demais.

19
De volta ao Texas

A vida dá o tom e a gente dança.

— JOHN GALSWORTHY, *Five Tales*

Estava muito solitária no Texas. Mesmo quando tinha tempo livre, meus amigos estavam a quatro horas de distância, em Tulsa. Eu não havia voltado para lá desde minha conversa com Garrett, dois meses antes, e, como eu temia, ele não entrou em contato comigo. Quando eu precisava de uma boa conversa, ligava ou falava com Austin pelo Skype. Ele me atualizava a respeito do noivado de Garrett (o casamento seria em dezembro) e me animava contando boas histórias sobre a ORU.

Na época, Austin estava pensando em se casar com Elizabeth (ele me garantiu que ela não se importava com bolsas de grife nem dirigia um Mustang amarelo). Gostei dela assim que a conheci. Ela me contou uma história engraçada sobre como começou o romance deles:

– Ele me disse para eu lhe dar meu número de telefone. Perguntei "Por que eu faria isso?", e ele: "Para que possamos nos comunicar." Tive de rir. Era a cara do Austin falar uma coisa formal dessas. Elizabeth era inteligente, sensata e linda, talvez mais ainda por dentro do que por fora. Ela tinha uma fé cristã inabalável, assim como Austin, mas não aquele tipo de fé agressiva que eu aprendera a desprezar. Ele estava muito apaixonado por ela, e eu nunca o vira tão feliz. Estava inclusive mais tranquilo, pois o relacionamento tinha acalmado seus ânimos. Notei que aquela raiva residual resultante da infância e da guerra parecia ter se dissolvido. E ela estabeleceu regras desde o início, dizendo a ele que nunca perdoaria uma traição.

Elizabeth era independente e livre, mas o adorava e, o que eu achava ainda mais importante, aprovava minha amizade com ele. Não fiquei surpresa quando Austin me contou que lhe comprara um anel de noivado.

Certo dia, naquela primavera, depois de um período particularmente desafiador no ministério, liguei para Austin em busca de apoio moral. Ele, Garrett e eu costumávamos conversar sobre nosso futuro, e com eles tudo parecia empolgante e tranquilo. Fui até um dos meus lugares preferidos no interior do estado, estendi uma canga no meio do campo e fingi que Austin estava sentado ao meu lado enquanto conversávamos ao telefone.

Contei a Austin que tinha cometido um erro ao voltar para o Texas. O trabalho não era o que eu imaginava: eu não estava viajando e ficava presa num escritório o dia inteiro. O lugar era uma bagunça, a internet vivia caindo e ninguém sabia nada sobre manutenção de computadores. Eu sentia falta dos meus amigos e estava ficando louca. Não veria problema nenhum em nunca mais ver outro adolescente cristão na vida.

Austin riu e disse:

– Você sabia onde estava se metendo, nós conversamos sobre isso antes da sua partida. Esta é uma oportunidade para você se reaproximar da família e economizar algum dinheiro para conseguir realizar o sonho de ir para a Europa. Vamos lá, não vai ser para sempre. Anime-se!

O sol aqueceu meu rosto, e, ao ouvir a voz feliz dele, pareceu que os problemas profissionais haviam diminuído e que minhas reclamações sobre adolescentes fofoqueiros e arquivos cheios de pó tinham perdido o fundamento.

Quando perguntei como estava a vida dele, Austin disse que havia marcado o casamento com Elizabeth para o verão do ano seguinte. Ele se formaria no próximo mês em administração e, apesar de ser um aluno excepcional e um grande profissional, estava receoso de não arranjar um emprego. O mercado de trabalho era desencorajador. Ele e Garrett tinham ideias para abrir um negócio próprio, e alguns de seus projetos pareciam promissores, mas por enquanto não havia nada de concreto. Austin precisava de uma renda fixa, principalmente agora que se casaria.

Falei para Austin que estava preocupada com o ministério do meu pai por causa do que todas as pesquisas com jovens evangélicos mostravam. Havia outros problemas também: dois dos diretores tinham pedido demissão e não havia candidatos às vagas que fossem qualificados e quisessem receber salários razoáveis para trabalhar numa comunidade cristã fundamentalista rural. Em meus planos de longo prazo não havia lugar para a Teen Mania, apesar de Garrett e Austin sempre terem dito que eu seria uma substituta natural do papai quando e se ele decidisse se aposentar. Nunca entendi por que eles achavam que eu poderia ou quereria exercer este papel.

Não lembro como o assunto surgiu, mas eu disse a Austin que, se ele estivesse desesperado e não conseguisse encontrar um emprego, eu poderia lhe arranjar uma ocupação na Teen Mania. Falei isso meio de brincadeira, pois nunca achei que ele consideraria algo do tipo depois de ouvir sobre minhas experiências, mas Austin adorou a ideia e falou:

– Você faria isso, Hannah? Sério?
Ele pareceu muito empolgado, e fiquei me perguntando se não estava sendo sarcástico. Mas começou a citar todas as coisas que poderia fazer para garantir que a Teen Mania sobrevivesse.
– Você não sabe o que está falando – comentei. – Sou a filha dele e estou trabalhando 60 horas por semana.
Austin nem se abalou. Disse que estudara administração e que tinha uma mentalidade empreendedora. Ele podia dar novas ideias e não tinha medo de trabalho duro.
Eu quis pular de alegria. Não queria criar muita expectativa, mas a ideia de trabalhar com Austin pelo tempo que me restava na Teen Mania foi empolgante, mesmo que fosse por apenas alguns meses. Realmente acreditava que ele tinha muito a oferecer a papai, e Austin crescera na região agrária de Oklahoma, então não sofreria um choque cultural ao se mudar para o interior.
Ele me enviou o currículo por e-mail no mesmo dia e eu o entreguei a meu pai, que por acaso estava na cidade. Papai já tinha ouvido falar de Austin e gostou da ideia de contratá-lo. Falei muito bem do meu amigo, e meu pai ficou impressionado com o patriotismo, as credenciais militares, o compromisso com a educação e, acima de tudo, com a fé de Austin. Além disso, não vi mal nenhum em lhe dizer que eu achava os dois parecidos por serem idealistas e visionários. Ele gostou disso.
Austin não sabia que papai estava praticamente convencido de levá-lo para a Teen Mania quando o convidou para uma entrevista no Texas. Meu pai queria definir qual função seria a melhor para ele, e eu reforcei que meu amigo faria um trabalho excepcional em qualquer área. Os dois ficaram apenas alguns minutos ao telefone, mas a conversa fluiu fácil. Ambos eram polidos e eloquentes, e Austin, apesar de respeitar o que o papai representava no mundo evangélico, não se sentia intimidado por sua posição e seu poder, como Garrett e a maioria. Ao fim do telefonema, ficou resolvido que Austin realmente viria para o Texas, ainda naquela semana.

Fiquei exultante ao saber disso. Sentia muito a falta dele e mal podia esperar para reencontrá-lo. Ele disse que viria na sexta-feira.

– Isto é um sonho se tornando realidade! – disse ele ao me contar.

Mas foi assim que o pesadelo começou.

20
Destino

> Claro que, se soubéssemos que haveria tanto amargor envolvido, teríamos recuado, com medo, e deixado que a vida passasse por nós sem que a experimentássemos.
>
> — JACQUELINE CAREY, *Kushiel's Dart*

Austin estava ansioso para conhecer meu pai. Ele o vira no palco em um evento Acquire the Fire quando ainda era criança, mas os dois não se falaram naquela ocasião. Até chegar o dia, ele ficou me ligando toda hora, pedindo dicas. O que ele deveria ou não dizer?

– Antes de mais nada, não fale nenhum palavrão – sugeri. – E deixe claro que você tem uma relação forte com Deus.

– Acho que consigo fazer isso – disse ele com seu sotaque de menino do interior de Oklahoma.

Dava para perceber que ele estava feliz. Apesar de saber que papai adoraria Austin, eu estava nervosa por ele. Meu amigo não teria de impressionar uma pessoa comum, mas sim um homem sério de Deus.

Austin estava cheio de afazeres no fim de semana da entrevista;

era quando seria sua formatura, e ele estava com dificuldades para terminar de montar sua apresentação de fim de curso – que precisava ser concluída antes de ele ir embora da universidade. Mas nada o impedia de conseguir o que queria, que nesse momento era o emprego com papai na Teen Mania.

Ele planejava sair de Tulsa na sexta-feira pela manhã, passar o dia com meu pai na Teen Mania e voltar para casa à noite, a tempo de terminar seu trabalho de conclusão de curso. Eu estava empolgada em vê-lo e felicíssima com a ideia de ele vir trabalhar com a gente no Texas. Seria como nos velhos tempos, pois eu teria meu maravilhoso amigo por perto.

Na quinta-feira antes de vir ele ligou e disse que tinha arrumado as malas e que estava pronto para sair ao nascer do sol. Reiterei as regras: nada de palavrões nem de piadas com Deus. Tome cuidado com o que você disser e, mais importante, com a forma de dizer. Demonstre humildade, pois Deus não gosta de pessoas que se vangloriam. Na Bíblia, os arrogantes são considerados homens fracos, e as pessoas usariam isso contra você na Teen Mania.

– Você não está facilitando as coisas – reclamou, e nós dois rimos. – Ah, aliás, Garrett está indo comigo.

Ele podia ter dito "Aliás, acabei de lavar meu carro" ou "Aliás, o clima deve estar ameno". Mas isso? A felicidade que eu estava sentindo por causa da visita de Austin de repente se transformou em um embrulho no estômago.

Austin sabia de tudo o que havia acontecido entre Garrett e eu. Ele sabia que não nos falávamos havia dois meses, e também como eu me sentia quanto à coisa toda do noivado, mas mesmo assim convidara Garrett sem me avisar (ou perguntar se podia) primeiro. Fiquei fora de mim e me exaltei:

– Austin! Por que ele está vindo? Você não precisa de um acompanhante para fazer uma entrevista de emprego.

Sei que Austin achava que eu estava exagerando. Ele respondeu:

– Não sei, mas ele não para de falar de você e até se ofereceu para pagar a gasolina da viagem. Ele é louco por você, Hannah. Você sabe disso.

Então por que ele iria se casar com outra pessoa? Não fiquei sabendo de um noivado rompido ou de uma mudança nos planos de casamento. A última notícia que tive foi a de que Garrett e sua noiva haviam acabado de comprar uma casa juntos e que os preparativos da cerimônia estavam indo de vento em popa. Tendo isso em vista, não fazia sentido encontrá-lo, pois as coisas poderiam se complicar para nós dois.

Desnecessário dizer que não dormi nada naquela noite.

Eles chegaram mais cedo do que o combinado na sexta-feira pela manhã. Fui renovar meu passaporte em Tyler porque tinha uma viagem ao México marcada com papai, então não estava por perto na hora. Tentei ligar para Austin quando voltei, mas meu celular estava sem sinal, por isso fui direto para a Teen Mania.

Quando fiquei sabendo que eles já tinham chegado, fui encontrá-los. Austin já estava sendo entrevistado pelo papai, então procurei por Garrett e o encontrei com alguns colegas do ministério. Garrett era uma espécie de lenda na Teen Mania. Ele conheceu muitos jovens em viagens missionárias, e vários deles o idolatravam. Ele estava curtindo a atenção de seus fãs quando me viu. Foi meio constrangedor, e Garrett se mostrou tímido no começo. Eu não soube direito o que dizer, mas concluí que não poderíamos conversar abertamente diante de todos ali.

– Vamos para a casa dos meus pais tomar um café? – convidei.

Garrett nunca estivera na minha casa antes. É um lugar muito tranquilo, pois fica perto de um lago, no fim de uma rua privativa cheia de árvores. Ele adorou o cenário. Fizemos café, nos servimos em canecas e as levamos, fumegantes, até o deque perto do lago. Garrett ainda estava meio quieto e minhas palavras pareciam presas na garganta. Tentei pensar em algum assunto para quebrar o gelo e segurei a vontade de lhe perguntar sobre o casamento. Sugeri que fôssemos pescar.

Garrett disse que estava adorando o passeio, mesmo parecendo melancólico. Tenho certeza de que ele estava tão aliviado quanto eu por termos arrumado o que fazer. Corri até em casa e peguei duas varas na garagem; escavamos o solo perto do lago em busca de minhocas. Eu o fiz colocá-las no anzol e nós lançamos as linhas na água. Comecei a falar sobre Austin. Disse que estava preocupada e que, se ele aceitasse o emprego, ficaria tão sobrecarregado quanto eu. Ele disse que se sentia da mesma forma em relação a ele, mas achava que Austin não conseguiria o cargo executivo porque nunca administrara nada antes. Acho que Garrett estava se sentindo excluído e provavelmente com ciúme por Austin conseguir vir para o Texas e se juntar ao ministério *do Garrett*, aquele que mudara a vida dele.

Não sei ao certo em que momento da conversa isso aconteceu, mas notei que a tensão entre nós tinha diminuído. Garrett se aproximou de mim no deque e não estávamos mais olhando fixamente para o lago, esperando que os peixes puxassem a linha, para evitarmos contato visual.

A voz de Garrett ficou mais baixa. Ele abaixou a cabeça e disse que estava triste porque o noivado não ia bem. Ele não estava feliz na relação e tinha quase certeza de que a noiva também não. Ele concluiu isso porque encontrara uma carta suspeita no computador, direcionada a ele, que dava a entender o descontentamento dela. Eles estavam tentando resolver suas diferenças, mas Garrett não sabia ao certo o que realmente queria.

Ele fazia vários dramas desnecessários, principalmente quando se tratava de amor e relacionamentos, mas dava para perceber que estava realmente incomodado com o problema.

– O que você vai fazer? – perguntei com cuidado. – Vai se casar assim mesmo?

Garrett hesitou por um instante, se virou para mim e perguntou:
– Você acha que seria bom eu fazer parte da Teen Mania?

Ele me pegou completamente desprevenida com esta pergunta. Não soube o que dizer. Nunca esperei que Garrett tivesse essa pretensão, pois ele já era muito bem-sucedido na carreira e recentemente assumira um trabalho em tempo integral como professor-assistente na Universidade Northeastern State, a uns vinte minutos de Tulsa. Estava ganhando mais de cem mil dólares por ano e tudo indicava que teria um futuro acadêmico brilhante. A Teen Mania pagava uma fração disso, e ele teria de abdicar da carreira universitária. Eu temia que ele estivesse pensando em vir para o Texas com a intenção de fugir do casamento e porque Austin e eu estaríamos aqui para ajudá-lo a se recuperar, por mais que não fôssemos ficar no ministério por muito tempo. A última coisa que eu queria era que Garrett um dia olhasse para trás e me culpasse por tê-lo deixado cometer um erro enorme num momento tão vulnerável da vida dele. Eu queria muito ser egoísta e gritar "Sim! Venha! Vamos ficar juntos de novo!", mas não consegui. Em vez disso, argumentei:

– Você sabe o que eu tenho passado por aqui, Garrett, mas claro que só você pode tomar essa decisão. Sabe que Austin e eu não ficaremos na Teen Mania por muito tempo.

Eu disse isso porque também temia por mim mesma. Tinha assumido um compromisso com papai de permanecer na Teen Mania por um ano, e nem um dia a mais, e precisava cumprir o acordo. Tinha planos de concluir a faculdade e queria passar algum tempo na Europa. Não tinha intenção de ficar presa para sempre em Garden Valley.

Enquanto falava, notei que pela primeira vez me sentia nervosa perto de Garrett, com aquele tipo de tensão e insegurança comuns quando você se dá conta de que gosta de um garoto e que se importa com o que ele pensa de você. Esperava que Garrett descobrisse o que estava sentindo em relação a mim enquanto tentávamos resolver as coisas. Eu achava que ele queria me dizer algo, mas não podia, e parte de mim desejava ouvir o que eu suspeitava que fosse. Mas esperei por palavras que não foram ditas.

Papai contratou Austin imediatamente e comentou depois que não havia dúvidas de que isso aconteceria. Isso porque ficou impressionado com a autoconfiança de Austin e também com o estilo de liderança dele. Meu amigo lhe contou que motivara jovens a se alistarem para serem fuzileiros navais e que faria o mesmo com relação à Teen Mania. Ele era bom em construir equipes e atrair pessoas. Era sociável, seu aperto de mão era firme e ele olhava nos olhos ao conversar. Um homem dos homens, segundo papai. Austin se tornaria o novo diretor de operações de marketing, e eu vibrei de felicidade.

Depois da entrevista, papai levou Austin para nossa casa e ele e Garrett conheceram o que eu chamava de Corredor da Vergonha, pois nele estavam expostas fotografias minhas em todos os estágios da minha estranha adolescência. Meu pai e os meninos pareciam estar criando uma ligação às minhas custas, mas eu entendia; era uma coisa de homens, e eu estava feliz por eles se darem tão bem (só não tive a mesma felicidade quando descobri que Austin ganharia significativamente mais do que eu). Papai disse a Austin que queria que ele começasse a trabalhar na quinta-feira seguinte, logo depois da formatura dele na ORU. O primeiro dia dele seria em 10 de maio de 2012. Sua primeira tarefa oficial como diretor de marketing seria ir ao último evento da turnê Acquire the Fire, que seria realizado em Council Bluffs, Iowa, no fim de semana seguinte.

Austin e Garrett voltaram para Tulsa naquela noite. Dois dias se passaram e meu telefone tocou à meia-noite. O número de Garrett apareceu na tela.

Ele me perguntou como andavam as coisas e eu lhe disse que estava preocupada com minha bisavó, que vinha ficando com a saúde debilitada. Recentemente falara com ela ao telefone e ela me implorou que a visitasse no Colorado porque sentia que não viveria por muito tempo. Eu adorava minha bisavó. Garrett me ouviu pacientemente, como sempre. Mas quando falou, pareceu ansioso:

– Preciso conversar com você sobre algumas coisas.

Meu coração começou a bater acelerado, como sempre acontecia quando eu ficava nervosa. Tive medo (ou esperança?) de que o assunto tivesse a ver comigo.

– Tudo bem – respondi, um pouco rápido demais.
– Estou realmente pensando em trabalhar na Teen Mania – continuou ele.
– Sério?
– ... Mas preciso ganhar certa quantia. Também posso trabalhar numa universidade próxima e já perguntei quando eles vão abrir vaga para professor de marketing.
Ele também disse que a Teen Mania era importante para ele e que fez uma diferença enorme em seu amadurecimento. Garrett não descobrira muitas coisas na vida que o satisfaziam, mas trabalhar para o ministério, ajudando a dar continuidade a ele, seria uma boa.
– Acho que é algo que eu quero mesmo fazer – admitiu.
– Uau, é uma decisão e tanto – falei, surpresa.
Eu me perguntava: *Será que este é o jeito dele de fugir do compromisso com a noiva?*
– Bem – disse Garrett –, simplesmente não sei o que estou fazendo com a minha vida. Acabei de comprar uma casa, noivei pela quarta vez e consigo presumir meu futuro: vou me casar, ter filhos e conseguir estabilidade no emprego. Mas que tipo de vida é essa? Eu realmente quero isso para mim? – Ele começou a atropelar as palavras. – Preciso ser responsável por algo que importe, que faça a diferença no mundo!
Ele estava falando tão rápido que eu não conseguia acompanhar direito seu fluxo de pensamentos. Então tentei acalmá-lo:
– Garrett, tenho certeza de que, onde quer que esteja, mesmo que seja numa universidade, você fará o que quiser. O fato de ter um estilo de vida parecido com o da maioria das pessoas não significa que você não pode fazer a diferença. Isso pode ser feito em qualquer lugar.
Pensei em quando Austin me dissera que Garrett estava mesmo com problemas, tentando encontrar uma maneira de romper o noivado sem entrar em colapso. Ele falou que Garrett queria ficar comigo, mas que não tinha certeza do que sentia por mim. Eu também não sabia se queria ter um relacionamento com ele,

e provavelmente jamais saberia, a não ser que ele conseguisse me dizer o que sentia a meu respeito. Enquanto isso, eu tinha de tomar cuidado para não me intrometer na decisão dele quanto ao que fazer em relação ao seu casamento.

– Garrett – continuei, pisando em ovos. – Se você quiser falar sobre outra coisa, fique à vontade.

Garrett ficou quieto. Pelo silêncio, percebi que ele estava em conflito.

– Sei que você sabe como a Teen Mania funciona. Se você decidir trabalhar com a gente, terá um papel significativo, e há muitas coisas boas a serem feitas.

Ele continuou em silêncio.

– Não minta para si mesmo, Garrett – pedi.

– Não estou mentindo, Hannah, sei o que quero.

Mas, se o que ele queria era eu, não me disse.

Identificação NTSB: CEN12FA290
14 CFR Parte 91: Aviação Geral
O acidente ocorreu na sexta-feira, 11 de maio de 2012, em Chanute, KS
Avião: CESSNA 401, registro: N9DM.
O voo partiu do aeroporto Richard Lloyd Jones Jr. (RVS), Tulsa, Oklahoma, aproximadamente às 15h45, rumo ao aeroporto municipal de Council Bluffs (CBF), Council Bluffs, Iowa.
Relatos iniciais indicam que o piloto obteve serviços do controle de tráfego aéreo e que pediu para descer de 10 mil pés do nível do mar para 8 mil pés. Não houve outra comunicação por rádio entre o piloto e o controle de tráfego aéreo, nem registro de qualquer sinal de problema por parte do piloto – relatório preliminar do National Transportation Safety Board, 18 de maio de 2012.

21
O acidente

Foi nesse dia que todo o meu mundo ficou preto. O ar parecia preto, o sol parecia preto. Fiquei deitada na cama, olhando para as paredes pretas da minha casa... Levei três meses para olhar de novo pela janela, para ver se o mundo ainda estava no lugar. Fiquei surpresa ao ver que ele não havia parado de rodar.

— KATHRYN STOCKETT, *A resposta*

Seis de nós iríamos ao evento juvenil em Council Bluffs. Austin e eu iríamos pela Teen Mania e Garrett se convidou para ir com a gente porque queria "apenas passear", mas Austin me disse que era para que ele pudesse passar algum tempo comigo. Austin chamou Stephen Luth, que ele havia recrutado para a equipe de marketing da Teen Mania e era seu colega de quarto na ORU. Ele levou Luke Sheets, que seria o piloto da aeronave. A namorada de Austin, Elizabeth, iria no mesmo avião, mas no último minuto seu pai pediu para ela ir de carro.

A princípio também iríamos de carro, mas Stephen sugeriu que fôssemos de avião e aceitamos a oferta, achando que economizaríamos tempo. No caminho até Tulsa, me senti ansiosa quanto ao voo, mas disse para mim mesma que estava sendo tola e deixei meus temores de lado.

Planejamos partir do aeroporto Jones Riverside à uma da tarde. Cheguei à cidade na noite anterior. Na manhã seguinte, Austin e Stephen me ajudaram a carregar as coisas que eu tinha deixado guardadas num depósito desde a época da faculdade; eu as levaria de volta para o Texas depois da viagem. Assim que descarregamos tudo na van alugada para isso, os meninos me deixaram no apartamento de Stephen e depois foram estacionar a van e a picape de Austin na ORU, onde os veículos ficariam durante o fim de semana. De volta ao apartamento, Austin percebeu que estava sem a carteira. Ele não queria viajar sem ela, então precisou relembrar todos os seus passos – o depósito, o apartamento de Stephen, o estacionamento do campus e o McDonald's. Eu achava que ele voltaria logo, mas ele passou tanto tempo fora que terminei de me aprontar e fiquei entediada o suficiente para ficar tirando selfies no meu iPhone. Enquanto eu esperava, Garrett me ligou para perguntar se eu precisava de algo do mercado antes de viajarmos. Eu ri, empolgada com a viagem, e disse para ele me surpreender. Austin telefonou e me pediu para verificar sua mala de viagem e, claro, lá estava a carteira dele, dentro de um bolso. Eram quase três horas da tarde.

Luke estava esperando ao lado do avião quando Austin, Stephen e eu finalmente chegamos ao aeroporto. Observei da pista de pouso e decolagem enquanto Luke fazia a verificação prévia no avião, um bimotor Cessna 401. Luke tinha apenas 24 anos, mas voava havia cinco e recebera sua licença de piloto comercial dois anos antes. Quanto a Garrett, fiquei lhe enviando mensagens de texto durante toda a manhã com atualizações sobre nosso horário de partida. Assim que tive uma definição, ele entrou em seu Hummer vermelho e chegou a tempo de viajar conosco.

Todos estávamos muito bem-vestidos. Os meninos com camisas e calças sociais, eu com uma blusa lavanda de renda, de minha mãe, e óculos de sol com aro em formato de boca, vermelhos. Entrei e fui para os fundos do avião, que era bem pequeno. Eu já tinha experiência em aeronaves desse porte, por causa das viagens do ministério do papai, e não gostava de ficar de costas para a cabine do piloto, pois ficava olhando para baixo enquanto o avião levantava voo. Garrett e Austin subiram e se alojaram nesse assento que eu dispensava. Stephen ficou ao lado de Luke. Os motores foram ligados e Austin e eu abrimos os pacotes de salgadinhos que tínhamos comprado no mercado Whole Foods a caminho do aeroporto. Brindamos com Dragon's Breath, uma mistura orgânica de gengibre, raízes, limão e pimenta caiena. Tínhamos muito a celebrar. O que seria melhor do que passar um fim de semana com os melhores amigos?

Garrett estava estranho e distraído, e supus que era por causa da iminência do término do relacionamento com a noiva. Eu sabia que ele também se sentia mal por ter mentido para mim, pois não conseguia nem mesmo me olhar nos olhos. Austin me disse que Garrett só decidira se juntar a nós quando soube que eu iria junto. Talvez ele achasse que seria uma boa oportunidade para consertar nossa amizade estremecida, e eu esperava que ele relaxasse o bastante para que pudéssemos conversar sobre o que quer que o futuro nos reservasse.

Enquanto esperávamos pela autorização de decolagem, tirei o iPhone da bolsa e sugeri que tirássemos fotos juntos, já que não tínhamos nenhuma. Tirei quatro, e em todas estávamos rindo de orelha a orelha.

Eram 15h45 quando finalmente decolamos, duas horas e 45 minutos depois do planejado. Seguiríamos em linha reta para o norte durante duas horas, então chegaríamos a tempo do evento, que seria às sete horas daquela noite. Austin e eu mal conseguíamos conter nossa empolgação, falando sem parar sobre nossas ideias para o ministério do meu pai e sobre como seria divertido trabalharmos juntos.

Cerca de meia hora depois da partida, Garrett ficou menos tenso e começou a olhar para mim enquanto conversávamos. Quando dei uma ideia de marketing para o ministério, os olhos dele brilharam e ele me elogiou, dizendo "Hannah, que genial!".

Estava frio dentro do avião e eu me virei para pegar meu casaco quando Garrett se sentou ao meu lado. Ele disse que tinha trocado de lugar por causa do barulho do avião e queria me ouvir melhor, mas eu sabia que ele estava tentando se reaproximar e fiquei feliz por isso.

Ver Garrett naquele dia me fez perceber quanto eu sentia a falta dele e de nossas conversas longas e íntimas. Eu havia ansiado muito pelo nosso fim de semana juntos e mal podia esperar para o trabalho começar, pois nós nos divertiríamos bastante em Council Bluffs. O clima estava ótimo; o céu, azul e limpo. Sobrevoávamos a colcha de retalhos do Meio Oeste norte-americano quando me recostei em Garrett e pensei em como estava empolgada por estar nessa aventura com ele. Tudo ia muito bem, até que algo deu terrivelmente errado.

Vi Luke girar um botão no painel de controle e achei que foi para ajustar o aquecimento. A princípio, sentimos um cheiro horrível de algo queimado e depois um jato de ar quente saiu das ventoinhas. Reparei em Luke mexendo no botão novamente, mas o calor ainda estava forte e implacável. O jato de ar se tornou uma fumaça cinza que começou a tomar o ambiente. Luke mexia no painel, com fones de ouvido e falando com Stephen, mas não consegui entender sobre o quê. A fumaça atingiu o rosto de Luke e me perguntei se ele estava enxergando algo. Gritei perguntando o que acontecera, e logo depois tapei minha boca com a blusa para não respirar a fumaça tóxica. Ninguém respondeu.

O ar no avião ficou sufocante. Meus olhos queimavam e lacrimejavam, e comecei a sentir um calor insuportável.

A pedido de Garrett, peguei, uma a uma, oito garrafas de água numa geladeira atrás de mim e as joguei para ele e Austin. Eles entornaram seu conteúdo nas ventoinhas, mas mesmo assim a fumaça continuou a preencher a cabine. Garrett correu para os fundos do avião, pegou o extintor de incêndio e o acionou na cabine do piloto. A cena foi caótica e surreal. Como isso podia estar acontecendo? A fumaça ficou tão densa na cabine que mal consegui enxergar Luke e Stephen. Garrett e Austin se esforçaram ao máximo para nos salvar, e eu jamais tinha me sentido tão impotente.

Os minutos pareceram horas. Houve muitos gritos. Garrett abriu a porta para tentar respirar ar fresco. Por um instante, achei que ele estava tentando saltar do avião e pensei em fazer o mesmo, mas ainda estávamos em uma altitude muito alta. Todos nos sentíamos exaustos por causa da fumaça; eu mal conseguia ficar acordada, minhas têmporas latejavam, comecei a sentir a bile subindo pela garganta e fiquei com medo de vomitar. Mesmo com a mente transtornada percebi que estávamos ficando intoxicados. Então era isso? Este seria o fim da nossa vida? Tínhamos vivido tão pouco... Ouvi Luke gritando no rádio, pedindo permissão para descer. Caímos rapidamente. Stephen saiu rastejando da cabine do piloto e se sentou no chão de frente para mim, desesperado.

O avião ficou desgovernado. Olhei pela janela e fiquei arrepiada de tanto pavor, pois estávamos caindo. O solo girava lá embaixo, um caleidoscópio da perdição.

As coisas mais estranhas do mundo passam pela mente quando a morte se insinua em sua vida. Eu me lembrei de ter comido Lucky Charms, que quer dizer "amuletos da sorte", no café da manhã. Lucky Charms!

O gosto na minha boca era amargo. Meu nariz estava tomado de fuligem e eu não tinha forças para tossir. Sei que fiquei lutando para não perder a consciência. Sabíamos que estávamos caindo. "Deus, Tu És três, nós somos três. Tende piedade de nós", escreveu Paulo Coelho em *Na margem do rio Piedra eu sentei e chorei*, um dos meus romances preferidos. Olhei na direção de Garrett e Austin, mas a fumaça era tão densa que, por mais perto que eles estivessem, mal consegui distinguir seus rostos. Se a fumaça não nos matasse, morreríamos na queda. Comecei a orar:

– Senhor, tenha misericórdia. Cristo, tenha misericórdia. Em nome do Pai, do Filho e do Espírito Santo.

Nem sabia o que isso significava. Eu me lembro de ouvir isso de um dos meus melhores amigos, Carlos, que é católico e gay. Ele me disse que é uma oração universal, do tipo que você faz quando nenhuma outra mensagem lhe vem à cabeça. Fazia muito tempo desde que eu tinha orado pela última vez e fiquei surpresa por perceber que conseguia fazer isso com naturalidade.

Olhei pela janela novamente e vi o solo se aproximando rapidamente. A sensação de impotência e de pavor foram imensuráveis. Não consegui avistar nem um ponto de referência, algo onde eu, caso sobrevivesse, pudesse ir para tentar encontrar ajuda. Mas não havia casa, celeiro ou estrada movimentada por perto, apenas um terreno monótono que girava. Os motores do avião faziam um barulho ensurdecedor. O chão ficava cada vez mais próximo. Eu me encolhi e escondi o rosto na blusa, pois não suportaria ver meus amigos durante a queda. Cada vez mais perto. Todos morreríamos. Deus, onde está Você?

Lutei contra minha vontade de fechar os olhos com medo de perder a consciência; o avião atingiu o solo e deslizou pela plantação. Vi algumas árvores pouco antes de colidirmos contra elas. Fechei os olhos, mas consegui sentir coisas (corpos?) voando e batendo pela cabine. Fiquei presa no cinto de segurança. Quando abri os olhos novamente, o avião estava retorcido e em chamas. A parte de cima se abriu, e o céu azul estava em parte escondido pela fumaça preta. Garrett estava à minha esquerda, encolhido, imóvel. Mortalmente imóvel. Eu o reconheci pela camisa preta. Olhei para cima e vi um corpo, uma tocha humana na cabine do piloto. Senti como se estivesse no pior dos filmes de terror. O barulho do fogo crepitando, juntamente com o ronco dos motores, sobressaía em meio aos meus gritos. Meus pulmões imploravam por ar. Tentei abrir meu cinto de segurança, mas ele não cedeu. Mesmo assim, consegui sair do banco, mas não sei como.

A porta do avião, ou o que um dia foi a porta atrás da turbina esquerda, estava aberta, então eu passei sobre o corpo de Garrett, meu amigo gentil e agora sem vida, e me joguei para fora por essa abertura, para me salvar. Apenas metade do meu corpo estava para fora do avião, e, quando tentei me impulsionar, as palmas das minhas mãos "fritaram" na maçaneta de metal pelando. O incêndio foi se espalhando e as chamas começaram a atingir minhas pernas, mas algo me impedia de sair. Se eu não saísse naquele momento, morreria queimada. Tentei avançar, mas não consegui. Olhei para trás e percebi que minhas pernas estavam cruzadas e presas sob o cinto de segurança. Me senti fraca demais para me mover e não adiantaria nada gritar. Notei que era a única sobrevivente, o que me surpreendeu, pois aqueles meninos eram muito mais fortes do que eu, física e mentalmente. Eu precisava deles e tínhamos vários planos juntos. A ideia de viver sem eles era insuportável, então seria mais fácil simplesmente dormir. Meus olhos piscaram e eu lutei contra a náusea. Senti o sabor doce da morte.

Prestes a sair da aeronave, percebi que meus pulmões me traíam e meu coração batia fraco. Mas então pensei na mamãe, no papai, em Charity e Cameron. O que minha família faria sem mim? Como eu ia encarar meus entes queridos na próxima vida se eles soubessem que desistira tão facilmente? Esta luta não seria só para sobreviver, mas também para honrar meus amigos mortos; para poupar minha família e meus amigos da dor pela minha morte. Determinada, comecei a me preparar para a batalha diante de mim. A batalha para viver, mesmo sabendo que estava morrendo.

Pensei que, com toda a minha força de vontade, provavelmente conseguiria tirar um pé preso dos escombros. Talvez o outro pé fosse se queimar, mas, se eu vivesse, ainda teria uma perna funcional. Um surto de adrenalina percorreu todo o meu corpo e senti um brilho fraco de esperança. Olhei para trás para ver qual pé tinha mais probabilidade de se soltar. Estava com o calçado cinza preferido da minha mãe e a sola de borracha no sapato direito derreteu como cera de vela, fundindo meu pé ao assento de plástico. Meu pé esquerdo estava livre, então comecei a movê-lo, dando pequenos solavancos. Depois de quatro ou cinco tentativas, não tinha mais energia, mas decidi fazer uma última tentativa para salvar minha vida. Usando cada resto de força que consegui juntar, me joguei para a frente e meu pé esquerdo se soltou. Então, usando este membro como alavanca, empurrei o mais forte que consegui, tentando soltar meu pé direito, mas absolutamente nada aconteceu. Para ver se ajudava, tentei alcançá-lo com uma mão, mas não consegui, e para completar a manga da minha blusa começou a pegar fogo.

Foi um esforço em vão. Senti que estava lutando contra um oponente invisível sabendo que, no fim, morreria. Fiquei inquieta, furiosa. *Não vou morrer assim.* Usando meu pé bom, dei impulso com tanta força que me lancei no ar. A dor percorreu meu ventre, meu abdômen e meu peito. Minha visão se desfocou e tudo o que consegui ver foram estrelas cadentes brancas. Eu sabia que estava perdendo a consciência. *Não vou desmaiar. Não agora.* Passei por cima do corpo de Garrett e caí na grama fria, um alívio para meu corpo que queimava.

Já fora do avião, me encolhi ainda perto de Garrett. Estava cansada demais para me mover. Minhas pálpebras estavam pesando, e eu só precisava descansar por um minuto. Estava quase dormindo quando um som alto de explosão me despertou. O avião estava prestes a explodir e nos reduzir a pedacinhos. Uma batalha teve início na minha mente. Se eu não me movesse, morreria. Mas eu não queria me afastar dali, não sem meus amigos. O calor que emanava da fuselagem de alumínio estava insuportável. Minha vontade de viver venceu e me levantei, mas minhas pernas pareciam gelatina e caí no chão novamente. *Não vou sucumbir tão rápido assim.*

Enfiei minhas mãos ardendo no solo e me arrastei, carregando o peso do meu corpo fraco, mas avancei devagar demais. Se pretendia conseguir escapar, tinha de me levantar. Fiz isso, e agora minhas pernas inseguras é que me sustentavam, mas olhei para baixo e vi que minhas roupas, ou o que restara delas, ainda estavam fumegantes. Lembrando da minha infância, tive a ideia de sair rolando. Quando tentei me livrar dos pedaços inutilizados de roupa, não consegui distinguir onde o material elástico queimado terminava e minha pele ensanguentada começava. A ideia de rasgar a própria pele me fez vomitar. Fiquei seminua. Se eu quisesse sobreviver, precisaria tentar chegar às pessoas, à civilização, então avancei com dificuldade em meio a uma plantação de milho que ia até os joelhos. Ninguém sabia onde eu estava. Minha pele queimada foi se desprendendo e meus pulmões pareceram pesados, me fazendo sentir como se estivesse tentando respirar afundada na lama. Seria quase impossível ir muito longe ferida assim, mas eu precisava viver o suficiente para encontrar ajuda.

Adoro reality shows que mostram pessoas tentando sobreviver em condições mínimas. Meu preferido é o *À Prova de Tudo*, no qual o apresentador, um homem chamado Bear Grylls, é deixado isolado na selva e tem de encontrar a civilização. Bear saberia o que fazer no meu lugar, pois conhece todos os truques de sobrevivência. A única coisa que eu sabia era que precisava beber água. Estava morrendo de sede e engasgando com a sujeira no meu nariz e na garganta. Bear escavaria o solo perto das plantas em busca de água, mas isso demoraria demais e eu não tinha forças para tanto. Entrei em pânico. Minha respiração estava rápida e fraca, e meu coração batia enlouquecidamente. *Acalme-se, Hannah. Ficar apavorada só vai piorar as coisas.* Ouvi outro estrondo e caí de joelhos. Levando as mãos ao rosto, pensei em gritar, mas só consegui emitir um sussurro: "Ajude-me, por favor! Tem alguém aí?"

Não soube para onde me virar nem o que fazer, então olhei para o avião. Foi quando o vi.

A princípio pensei que era um estranho, alguém que fora atingido pelo avião. Por achar que não havia nenhuma chance de algo assim acontecer, tive certeza de que estava maluca. Ele surgiu de trás de uma árvore e se pôs de pé perto do avião em chamas, limpando-se. Gritei perguntando quem era e pedindo ajuda.

Ele veio na minha direção e fui percebendo que não era nenhum estranho. Eu reconheceria o passo firme de soldado de Austin em qualquer lugar. Ele marchou em minha direção e parou a poucos centímetros de mim. Estava coberto de sangue, seus cabelos, queimados, e uma parte do lado direito de sua cabeça tinha sido decepada. Exceto por seus sapatos sociais e um pedaço de meia derretido na perna, ele estava nu. Num ato desesperado de constrangimento, ele colocou as mãos sobre a genitália. Nunca vira Austin tão vulnerável e reprimi o choro.

Austin, meu amigo maravilhoso. De alguma forma ele estava calmo, e isso me tranquilizou. Quis abraçá-lo, mas tive medo de machucá-lo.

– Hannah! – disse ele, olhando nos meus olhos, de uma forma letalmente séria. – Quero que você me diga a verdade. Parece que estou bem?

– Sim, sim, Austin! – menti. – E eu?

– Sim, parece.

Nós dois sorrimos e, por um instante, éramos apenas dois jovens universitários tranquilizando um ao outro sobre sua aparência.

– Agora vamos lá – disse ele.

Austin começou a caminhar. Dava para ver que ele estava com medo, mas também determinado e completamente no controle de si mesmo. Eu me dispus a segui-lo a qualquer lugar que fosse. Ele não só era a pessoa mais confiável que conhecia como também era fuzileiro naval, treinado para a guerra, e estávamos lutando por nossa vida. Conforme avançávamos pelo milharal, os talos iam rasgando minhas queimaduras, fazendo-as sangrar. Agimos movidos pela adrenalina. E Austin estava pior do que eu. Ele estava com sede e, naquele momento, eu beberia água até de esgoto para molhar minha garganta.

Sugeri que ele comesse capim, mas ele continuou andando. Tentei acompanhar os passos dele, e, por fim, chegamos a uma cerca viva que dava para uma estradinha de terra. Olhei para os dois lados, mas não dava para saber onde aquela estrada ia dar, e pelo seu aspecto imaginei que não fosse muito movimentada. Se não encontrássemos ajuda, e logo, morreríamos naquela terra de ninguém.

Comecei a ter pensamentos pessimistas quando, de repente, fui despertada pelo som de pneus nos pedregulhos. Austin viu a minivan antes de mim. A princípio, me perguntei se era ilusão de ótica.

– Vamos lá – disse ele, determinado, indo em direção ao carro. Estávamos parecendo um casal de zumbis de *The Walking Dead*. O carro se aproximou e desacelerou. O motorista ficou freando e dando partida várias vezes. Será que estavam com medo de nós?

– Ajude-nos! – gritei. – Por favor, precisamos de ajuda!

O carro parou a alguns metros de distância e continuamos a andar com dificuldade rumo a ele. Vi duas mulheres dentro do automóvel. *Meu Deus, vamos ser salvos.*

Mas então o carro começou a se afastar. Nossas salvadoras estavam recuando. *O que elas estão fazendo?*

A HISTÓRIA DE LINDA

Minha amiga Heather estava passando por dificuldades. Ela fora diagnosticada com esclerose múltipla, o que foi um golpe para ela, especialmente por ser tão jovem e tão cheia de energia. Certo dia, pensando em como sua vida é frágil, ela escreveu uma lista de últimos desejos. Um dos itens era "dar tiros com uma arma", algo que nunca fizera. Meu marido é caçador e eu participei da equipe de tiro da faculdade, então me ofereci para satisfazer esse desejo.

Era para lá que estávamos indo naquela tarde. Encontraríamos meu marido depois do trabalho num estande de tiro privado em Fredonia, a trinta minutos de onde moramos, em Chanute.

A HISTÓRIA DE HEATHER

Quase cancelei a viagem. Tomo injeção uma vez por semana por causa da esclerose múltipla, e naquele dia tive dificuldade para aplicá-la. A agulhada dói, mas é o preço a ser pago, então você supera a dor. Mas naquela vez foi diferente. Não sei direito o que fiz – talvez tenha atingido um nervo ou o osso –, mas, fosse o que fosse, senti como se estivesse me marcando a ferro no braço ao aplicar a injeção. Puxei a agulha, me deitei na cama e chorei copiosamente. Por alguns minutos, fiquei pensando se deveria ficar ali. Mas, à medida que a dor foi diminuindo, decidi que sair talvez me ajudasse a parar de pensar em meu braço dolorido.

Quando ouvi Linda estacionar, fui até o banheiro lavar o rosto com água fria. Meus olhos estavam vermelhos e inchados por causa do choro, e eu esperava que Linda não notasse isso, pois não queria ter de dar explicações. Antes de ir até a porta, peguei meus óculos de sol, um comprimido de Tylenol e uma garrafa de água da geladeira. Olhei meu relógio, e estávamos cerca de sete minutos atrasadas. Teríamos de correr para chegar a tempo do nosso compromisso.

A HISTÓRIA DE LINDA

Quando finalmente saímos, peguei um atalho em vez de seguir direto pela autoestrada para Fredonia.

Estávamos na metade do caminho quando Heather e eu vimos fumaça no horizonte. Minha amiga não costumava passar por aquelas bandas, mas viajo por estradas rurais com frequência, e não é incomum ver pequenos incêndios florestais ou alguém fazendo uma queimada numa plantação. Mas aquela fumaça parecia diferente, pois tinha a forma de um cogumelo. Heather disse que esse formato era resultante de explosões. Eu sabia que havia campos petrolíferos e de gás na região, mas ainda assim não fiquei muito preocupada. Fiquei curiosa e dirigi em direção à fumaça, o que nos fez pegar uma estrada de terra na qual jamais havia dirigido. Assim que atingimos a parte despavimentada, a poeira subiu e Heather resmungou algo sobre voltar.

– Não tem sentido sujar o carro por nada – disse ela.

Mas minha curiosidade falou mais alto, porque continuei na mesma direção.

∼

A HISTÓRIA DE HEATHER

Tínhamos avançado um quilômetro e meio na estradinha de terra e estávamos mais próximas da fumaça quando, de repente, vimos duas pessoas. Ainda não dava para entender com exatidão o que estava acontecendo. Uma pessoa vestia preto; a outra estava nua ou usando algo cor de pele. Era estranho ver pessoas ali. Linda parou o carro e me olhou como se dissesse "O que é isso?". Nos deparamos com algo que não esperávamos, que jamais tínhamos visto antes, então não sabíamos o que fazer por não termos uma referência. Um pouco de instinto de autopreservação se manifestou e eu pensei comigo mesma: "Não sei o que é isso e não sei se quero estar aqui." Eu sabia que minha amiga estava pensando a mesma coisa.

Na hora peguei meu celular e liguei para a emergência.

Descrevi o que estava vendo para a atendente e ela perguntou onde estávamos. Não tinha ideia, então entreguei o telefone para Linda, para que ela pudesse explicar. Ao fazer isso, vi as duas pessoas se aproximando de nós. Linda começou a dar ré, para estabelecer um espaço entre nós e a cena horrível. Ela tinha recuado poucos centímetros quando a menina levantou a mão e disse alguma coisa.

– Água! – gritou ela. – Por favor, precisamos de água!

Ela e a outra pessoa se aproximaram do carro e pude ver então que eles não estavam em condição de nos atacar. Ela sangrava muito e suas roupas estavam rasgadas e fumegando; ele estava nu e tentando se cobrir. Os dois não queriam nos roubar nem machucar. Algo terrível acontecera, e eles precisavam de ajuda.

Peguei minha garrafa de água e abri a porta do carro.

– O que você está fazendo? – perguntou Heather.

– Vou lhes dar água – eu disse, saindo da minivan e fechando a porta atrás de mim.

~

Austin e eu ficamos muito aliviados quando a minivan parou novamente e a jovem saiu do carro. Ela parecia poucos anos mais velha do que eu. Podia ver o medo em seus olhos enquanto se aproximava de Austin e de mim, segurando uma garrafa de água na mão.

– O que aconteceu? – perguntou.

– Um acidente de avião – Austin conseguiu responder.

– Havia mais gente no voo?

– Três pessoas, mas acho que não sobreviveram.

Ela disse que seu nome era Heather e entregou a garrafa destampada a Austin. Ele apontou para mim.

– Ela primeiro – pediu ele.

Bebi metade do conteúdo e depois ela entregou o restante para Austin. Ele levou a garrafa à boca e tentou beber, mas depois de um instante a água verteu de sua boca. Ele tentou novamente e a mesma coisa aconteceu. Austin não estava conseguindo engolir.

Heather nos disse que tinha ligado para a emergência e prometeu que a ajuda chegaria logo.

Eu não estava conseguindo respirar direito, então pedi que a moça nos levasse ao hospital, mas Heather disse que precisávamos ficar e esperar que o serviço de emergência chegasse. Fiquei frustrada e com medo. Me sentei no gramado ao lado da estrada, enquanto Heather ficou com Austin, fazendo-lhe perguntas:

– Quem estava no avião?
– Éramos cinco – disse ele, dando-lhe os nomes de todos nós. – Viemos de Tulsa e estávamos indo a um evento em Council Bluffs.

Ela perguntou a Austin se ele queria se sentar, mas ele disse que não conseguia. Ele parecia gravemente ferido, mas ainda assim calmo e controlado. Respondeu tudo e até fez algumas perguntas.

∽

A HISTÓRIA DE HEATHER

– Estou mal, não é? – perguntou Austin.
– Bem, não sei. Você está com algumas queimaduras e uma parte da sua cabeça foi decepada, o que vai poder exibir para todos os seus amigos, mas acho que vai ficar bem – respondi.

Corri para o carro em busca de algo para cobri-lo. Linda tinha um cesto cheio de roupas limpas, então peguei um lençol e o coloquei diante de Austin porque as mãos dele estavam feridas demais para que ele conseguisse segurá-lo sozinho. Eu queria que ele mantivesse sua dignidade. Um ou dois minutos mais tarde, ele me perguntou novamente:

– Parece ser muito grave?

Dessa vez, ele se aproximou de mim ao perguntar isso. Acho que ele queria mesmo saber. Então eu disse:

– Bem, sua situação não está boa, Austin, mas acho que você vai se recuperar.

Austin não repetiu a pergunta depois disso. Ele estava preocupado com Hannah e queria garantir que ela bebesse quanta água quisesse, que não sentisse tanta dor e que ficasse bem. Hannah continuava dizendo que não conseguia respirar. Aquilo me fazia muito mal, porque não havia nada que eu pudesse fazer. Tudo o que eu podia dizer era:

– Querida, desculpe, mas não posso lhe ajudar. Temos que esperar a ambulância.

Sem me dar conta, coloquei minha mão sobre o ombro dela, e ela gritou de dor.

– Desculpe – eu disse. – Tem alguma outra coisa que eu possa fazer?

Hannah me olhou nos olhos.

– Por favor, apenas ore por nós – implorou.

Coloquei minha mão sobre ela e comecei a orar, e, ao fazer isso, Austin se aproximou e nós oramos juntos.

~

A HISTÓRIA DE LINDA

Desliguei o telefone confiante de que o resgate nos encontraria e fui para onde Heather estava com Austin e Hannah. Minha amiga estava perto do rapaz, fazendo-lhe várias perguntas para impedir que ele apagasse e perdesse a consciência, e Hannah estava sentada na beira da estrada. Notei que o cabelo dela tinha queimado e que suas roupas, ou o que restara delas, estavam destroçadas. Ela implorou para que eu tirasse suas calças porque elas estavam queimando suas pernas. Meu coração ficou apertado quando percebi que não havia como ajudá-la, pois o tecido tinha se fundido à pele dela.

Ela me perguntou se eu podia ligar para o pai dela e lhe dizer o que acontecera. Peguei o telefone e disquei o número que ela citou, pensando "Não sei o que dizer para esse homem". Quando ele atendeu, consegui dizer algo como:

– Estou com sua filha. Houve um acidente, mas ela está bem.

– Como assim? Minha filha está num avião. Onde ele pousou?

Eu lhe disse que a aeronave estava longe dali e que estava pegando fogo.

– Sua filha está aqui com um jovem, Austin – informei.

– Onde estão os outros? – perguntou.

– Não há outros.

A HISTÓRIA DE HEATHER

A ambulância estava demorando muito, ou pelo menos foi a impressão que eu tive. Repeti as perguntas que tinha feito para Austin e dava para ver que ele estava ficando irritado. Qual o nome do seu irmão? *Aubrey.* Quantos irmãos você tem? *Dois.* Qual a idade deles? *Allie, 16. Aubrey, 24.* Qual o nome da sua mãe? *Mary.* E o do seu pai? *Monte, falecido.* Não lembro se ele chegou a revirar os olhos, mas de alguma forma expressou sua irritação por ter de responder às mesmas perguntas tantas vezes. Dava para perceber que ele estava sentindo muita dor. Ele se retorcia até quando a mais fraca das brisas passava, procurando uma forma de fazer o vento não encostar em sua pele queimada.

– Você quer que eu ligue para alguém? – perguntei.

– Meu avô – disse ele, e ditou o número do telefone.

Mesmo sofrendo daquele jeito, Austin teve presença de espírito para responder tudo o que eu perguntava e até mesmo se lembrar do número do telefone. Eu me percebi imersa em sensações de deslumbramento e admiração por ele.

Eu estava muito preocupada com Austin. A ambulância não chegava e ele só piorava. Ele não conseguia mover os braços e pernas, e se mantinha quase quieto. Eu percebia a determinação em seus olhos; ele era muito corajoso. Eu continuava pensando que, se ele conseguia ser resiliente, eu também conseguiria. Ele estava sentindo muita dor, e eu detestava vê-lo daquele jeito. Ainda estava sentada e com uma terrível queimação nas costas. Levantei-me rapidamente, quando vi Linda voltando para a minivan. Pensei que ela e Heather nos deixariam ali, naquele campo esquecido por Deus, e entrei em pânico.

Mas Heather me garantiu que Linda não estava indo longe, pois só queria verificar uma placa numa estrada próxima para ter certeza de que havia indicado a localização certa para a atendente da emergência. A criança que existe dentro de mim fez eu me sentir abandonada. Será que ela não via como Austin e eu estávamos sofrendo? Enquanto pensava essas coisas, olhei para os meus braços e pernas. Cresci na região agrícola do Texas, então conhecia a sensação de ser picada por formigas, e nesse momento eu achei que elas estavam andando por todo o meu corpo.

– Tire-as de mim! – gritei.

Heather me olhou como se eu tivesse enlouquecido e disse, claramente perplexa, mas de maneira tranquilizadora:

– Querida, não há nada em você.

Talvez tenha sido a sensação do vento, então me acalmei por um instante. Fiquei tremendo, pois parecia que meu corpo estava sendo comido vivo.

– Meu Deus! – clamei. – Tire-me deste maldito corpo!

Até então, eu estava me esforçando ao máximo para me manter acordada por Austin e por mim, mas comecei a sentir que iria desmaiar. Temi entrar em estado de choque e morrer. Lembrei que Heather havia me dito que trabalhava com crianças, então pedi que ela me contasse uma história, já que eu precisava me concentrar em alguma coisa para ficar desperta. Mas ela disse que não conhecia muitas. Quase desmaiei e a ouvi gritando:

– Hannah! Hannah!

– Conte-me a história de Peter Pan – implorei.

Percebi que Heather tentou, mas ela não lembrava que os Garotos Perdidos se encontravam com piratas e fadas. Estava cada vez mais difícil ficar acordada.

– Fale comigo! Faça perguntas para mim! Qualquer coisa! – implorei.

Ela começou a me falar sobre seus alunos, mas não consegui prestar atenção. Ela não era uma boa contadora de histórias.

A HISTÓRIA DE HEATHER

Hannah começou a sentir mais dificuldade para se manter acordada. Ela se levantou, implorando para que eu conversasse com ela e lhe contasse histórias. De repente me lembrei de uma bela história que eu tinha lido para as crianças em sala de aula havia algum tempo. Chama-se "O vaso vazio", sobre o imperador chinês que proclama que seu sucessor ao trono será a criança capaz de cultivar as flores mais bonitas. Então comecei:

– Há muito tempo, na China, havia um menino chamado Ping, que adorava flores. Qualquer coisa que ele plantava florescia. Flores, arbustos e até mesmo grandes árvores frutíferas, como se fosse por mágica...

Hannah me encarou. Dava para ver que ela estava com dificuldades para ficar consciente, lutando para manter a lucidez, para não morrer. O corpo dela estava entrando em colapso. Seus joelhos se dobravam sozinhos e ela ficava séria, mas depois apertava os olhos e se levantava novamente. Aconteceu isso várias vezes. Os olhos dela se reviravam, ela piscava com força e me encarava, como se dissesse "Não vou morrer!". Eu percebia a determinação na expressão dela, e era algo intenso. Sua força de vontade estava obrigando seu corpo a fazer o que ela queria. Nunca tinha visto nada parecido na vida.

22
Resgate

Mas eu, quando estiver com medo, confiarei em ti.
— SALMOS, 56:3

Ouvi o barulho de sirenes ao longe, sinalizando que a ajuda estava finalmente chegando. A primeira ambulância levantou poeira na estradinha ao avançar em nossa direção. Não consigo descrever meu alívio. Pouco antes, estava reunindo o que me restava de força para permanecer consciente porque tinha certeza de que iria morrer. Andei em direção à ambulância, com suas luzes piscando e as sirenes berrando. *Finalmente posso descansar.* Mas, antes de fechar os olhos e ceder à escuridão, quis ter certeza de que Austin ficaria bem.

A ambulância parou e dois paramédicos desceram correndo. Na mesma hora, vários caminhões do corpo de bombeiros e carros de polícia começaram a chegar. Heather pediu água à equipe de resgate e distribuiu as quatro garrafas que conseguiu entre Austin e eu. Bebi tudo de uma vez, mas Austin ainda não conseguia engolir. O líquido novamente verteu de sua boca e escorreu pelo seu queixo. Orei para que Deus o deixasse viver.

Pela expressão de alguns bombeiros, parecia que eles nunca tinham visto nada tão horrível quanto a minha aparência e a de Austin. Nossos corpos eram só sangue e pus, e nossa pele queimada estava se desprendendo do corpo, o que fazia pilhas de cinza se acumularem aos nossos pés. Eles tentavam não olhar diretamente, mas a expressão de choque deles – ou de repulsa – confirmava que a nossa situação era grave. Em alguns dos rostos vi medo, talvez refletindo o terror em meus próprios olhos.

Primeiro os paramédicos levaram Austin para a ambulância. Ele não conseguia andar, então tiveram de deitá-lo numa maca e carregá-lo. Como Austin era um cara grande e pesado, os paramédicos precisaram fazer muita força para percorrer esse trajeto. Consegui ouvir um dos socorristas conversando com ele, enquanto os outros me levavam para os fundos da ambulância. Estava ansiosa para tentar falar com meu amigo, mas não consegui ir até ele porque o que sobrara das minhas calças, ou a parte que não derretera na minha perna, se enrolou no tornozelo, amarrando-o como se fosse uma corda. Quando tentaram me ajudar a entrar na ambulância, gritei e quase desmaiei.

Depois disso, duas pessoas me colocaram dentro da ambulância, numa maca ao lado de Austin. Queria poder segurar a mão dele.

Implorei aos paramédicos que cortassem o que restava das minhas roupas. Lembro-me de pensar que fiquei feliz pela blusa linda que eu estava usando ter sido poupada, porque ela pertencia à minha mãe e era uma das preferidas dela. Claro que eu havia me enganado, porque minhas costas e meu braço direito estavam queimados, então não tinha como a blusa estar intacta. Uma socorrista cortou minhas roupas, mas as meias e os sapatos estavam fundidos aos meus pés e ainda me queimavam, então implorei para que os tirassem de mim.

Procurei meu colar, que tinha um pingente de coração de cristal com a palavra "love" escrita. Ao fazer isso, senti o cheiro do meu próprio cabelo queimado e, para avaliar o que sobrara dele e se ainda estava pegando fogo, toquei o topo da minha cabeça. Ao fazer isso, mechas castanhas caíram no travesseiro. Rapidamente recolhi a mão. *Certo, não posso tocar minha cabeça novamente, se não todo o meu cabelo vai cair e ficarei careca.*

– Austin, você está bem? – sussurrei.

∽

A HISTÓRIA DE DUANE BANZET, O BOMBEIRO-CHEFE
Nossa equipe foi solicitada na região agrícola de Altoona, Kansas, onde havia acontecido um acidente aéreo. Fomos com uma ambulância e dois caminhões de bombeiro. Também pedi ajuda do corpo de bombeiros de Chanute, do serviço de emergência do Centro Médico Neosho Memorial Regional e do Centro Médico Regional de Fredonia, e solicitei um Eagle, um helicóptero equipado para prestar serviços médicos.

Bob Funky, um guarda-florestal do Departamento de Parques e Reservas Ecológicas do Kansas, estava a poucos quilômetros do local do acidente quando a ligação para a emergência foi feita. Ele foi o primeiro a chegar lá e encontrou Austin e Hannah, ambos muito queimados e praticamente nus, esperando no meio da estrada com as duas mulheres que tinham pedido o socorro. As mulheres estavam segurando um lençol diante dos feridos para esconder sua nudez.

O policial Funky então dirigiu-se para o milharal, até o avião em chamas. Lá, viu que havia três corpos. Os de Garrett e Luke ainda estavam dentro do avião; o de Stephen, fora, perto da asa, e menos queimado que o dos outros.

Cheguei ao milharal no momento em que Hannah e Austin estavam sendo levados para a ambulância. Em meus 25 anos de serviço, nunca tinha visto ninguém tão queimado quanto Austin que ainda estivesse vivo, muito menos com capacidade de caminhar. Parecia que só os olhos dele tinham sido poupados. Orei a Deus: "Por favor, ajude-nos."

A HISTÓRIA DE HEATHER

Depois que Austin e Hannah finalmente entraram na ambulância, um dos paramédicos, uma mulher, me chamou para subir também. Fui lá e ela indicou para que eu me sentasse entre Austin e Hannah. Ela me deu uma prancheta e disse para escrever as respostas dos meninos.

– *Nomes?*
– Austin Anderson.
– Hannah Luce.
– *Vocês têm alguma alergia?*
– Nenhuma.
– Não.
– *Vocês querem que comuniquemos o acidente a quem?*
– Meu avô – disse Austin, novamente citando o telefone da casa dele em Oklahoma.

Hannah estava balançando a cabeça. Ela estava com dificuldades para permanecer lúcida naquele momento. Realmente achei que a perderíamos.

– Hannah! – chamei. – Pense nos seus irmãos e em como eles ficarão felizes quando souberem que você está bem.

Os paramédicos assumiram o controle da situação e voltei minha atenção total para Austin. Só podia ser pela graça de Deus que ele ainda estava lúcido.

– Não consigo me mover – relatou ele.
– Fique acordado, Austin – pedi. – Você está me ouvindo?

Ele curvou sua cabeça um pouco para a frente.
– Sim – respondeu.

Ainda é difícil falar sobre o que aconteceu em seguida. Ouvi os paramédicos dizendo que teriam de fazer um procedimento em Austin e Hannah chamado infusão intraóssea, no qual eles enfiam uma agulha no osso para administrar os fluidos necessários de modo a evitar o estado de choque. Eles tinham de fazer isso porque as queimaduras tinham sido muito sérias, então não podiam usar uma agulha intravenosa comum. Observei horrorizada enquanto o paramédico pegou uma enorme agulha e a injetou no joelho de Austin. Seu corpo se mexeu e ele gritou de dor.

– O que você está fazendo? – perguntou ele.
– Dando-lhe remédio – respondeu o médico.
– Não parece remédio – comentou Austin.

Depois foi a vez de Hannah. Ela também gritou e, quando o procedimento acabou, ela olhou chorosa para o médico e lhe perguntou se ele podia segurar a mão dela, o que ele fez.

– Posso descansar agora? – perguntou ela.

Hannah estava lutando contra a perda de consciência havia muito tempo e queria permissão para deixar que seu corpo assumisse o controle da situação.

– Sim, você pode – respondeu ele.

Mal pude acreditar quando eles disseram que precisariam repetir o procedimento em Austin. A primeira vez não tinha dado certo. Desviei o olhar da cena, mas o ouvi xingar o paramédico e soube quando acabou porque Austin se levantou e começou a calçar os sapatos. Ele queria sair dali. Os médicos tentaram acalmá-lo e começaram a lhe fazer perguntas para impedir que ele entrasse em estado de choque antes que a medicação fizesse efeito.

– O que aconteceu? – um médico perguntou.
– Um acidente de avião – disse Austin, claramente agitado.
– Para onde vocês estavam indo?
– Council Bluffs.
– O que vocês iam fazer por lá?
– Íamos para o Acquire the Fire – disse Austin.

Fiquei boquiaberta.

– Você disse Acquire the Fire? – perguntei.

Austin fez que sim com a cabeça.

Foi então que entendi por que eu estava passando por aquela

situação toda. Pelo menos nos círculos cristãos, todos conhecem o ministério da Teen Mania e os eventos juvenis Acquire the Fire. Os adolescentes da nossa região participam desses encontros quando são realizados nas redondezas. Então Hannah e Austin eram seriamente cristãos. Olhei para os dois e pensei: "Vocês se depararam com duas mulheres cristãs que estavam orando quando os encontraram. Deus sabe o que está acontecendo aqui. Ele sabia disso antes de nós, e foi por isso que Ele nos pôs aqui. Não entendo por que isso aconteceu, mas Ele não nos abandonou. Ele está bem aqui."

Enquanto eu tinha essa revelação, Hannah foi levada a uma segunda ambulância que chegou. Dei adeus e lhe disse que oraria por ela. Ficamos esperando por um helicóptero que levaria Austin a um centro de traumatismo em Wichita. Eu estava sentada no banco, orando com ele, quando um dos médicos disse que Austin precisava ser entubado e que eu provavelmente não iria querer assistir àquilo. Eu sabia que o procedimento incluía enfiar um tubo respiratório pela garganta dele e fiquei agradecida pelo alerta.

Depois disso Austin não conseguiu mais falar. O paramédico disse que ele estava lutando para permanecer acordado, mesmo com o efeito do analgésico. Tenho certeza de que o médico estava surpreso com a força de Austin.

– Austin – falei, me aproximando dele. – Você está em boas mãos. Deus está com você. Ele nunca o abandonou. – Ficamos nos encarando. – Deus está com você, pode ficar tranquilo.

O corpo dele relaxou e percebi que ele tinha desistido. Ele fechou os olhos. Austin não estava mais lutando.

23
Única sobrevivente

> Assim, permanecem agora estes três: a fé, a esperança e o amor. O maior deles, porém, é o amor.
>
> — 1 CORÍNTIOS, 13:13

KANSAS CITY, Missouri. (AP) – Um pequeno avião que caiu no sudeste do Kansas estava levando cinco pessoas ligadas à Universidade Oral Roberts até um evento cristão juvenil em Iowa, segundo um amigo das vítimas.

A Patrulha Rodoviária do Kansas relatou que quatro passageiros morreram no acidente de sexta-feira e um ficou gravemente ferido. Os mortos foram identificados no sábado: o piloto Luke Sheets, 23, de Ephraim, Wisconsin; Austin Anderson, 27, de Ringwood, Oklahoma; Garrett Coble, 29, de Tulsa, Oklahoma; e Stephen Luth, 22, de Muscatine, Iowa.

Hannah Luce, 22, de Garden Valley, Texas, ficou em estado crítico e foi internada no Centro Médico da Universidade do Kansas, em Kansas City. Luce, recém-formada na Oral Roberts, é filha de Ron Luce, que possui um cargo de confiança na universidade e é *fundador da Teen Mania, que estava promovendo o evento Acquire the Fire no fim de semana em Council Bluffs, Iowa.*

Peter Knudson, o porta-voz da organização National Transportation Safety Board (NTSB), disse que o bimotor Cessna 401 caiu por volta das 16h30, na sexta-feira, a noroeste de Chanute, Kansas. Acrescentou ainda que o avião de oito lugares pegou fogo depois do acidente.

"O avião perdeu contato com o controle de tráfego aéreo após obter permissão para descer", disse Knudson. "Depois disso, não houve mais comunicação."

∼

A HISTÓRIA DE KATIE

Recebi uma ligação do meu marido no fim da tarde. Ele parecia sério e falou de forma lenta e articulada, o que me assustou.

– Querida, tenho algo muito sério para lhe dizer: o avião caiu, mas Hannah está bem. Ela e Austin conseguiram se salvar, mas não sabemos dos outros garotos – disse ele.

Minha cabeça começou a girar. Como assim o avião caiu? Na hora me lembrei de um dia, 21 anos atrás, em que tinha recebido uma ligação semelhante. Era um amigo dizendo que o avião de Ron caíra, mas ele e as três outras pessoas a bordo sobreviveram. Achei incrível que a mesma coisa acontecesse à nossa filha. Enquanto eu pensava nisso, Ron ficou falando que a moça que encontrou Hannah e Austin à beira da estrada ligara para ele e colocara Hannah ao telefone, mas ela disse pouca coisa. Meu marido achava que ela se encontrava em estado de choque.

Fomos para o Kansas o mais rápido possível. Joguei quatro camisas numa mala, pensando que talvez fosse demais para a viagem, entramos no carro e fomos para o aeroporto, sem nem saber onde exatamente estava a nossa filha. Ron continuou ligando para Heather, a mulher que encontrara Hannah. Ela lhe deu o telefone de um policial que estava no local. Foi ele quem nos disse que Garrett, Stephen e Luke não sobreviveram. Aquele dia foi um enorme pesadelo, e eu só conseguia chorar.

Finalmente ficamos sabendo que Austin e Hannah tinham sido levados para hospitais diferentes. Hannah estava em Kansas City, então nosso amigo Lou nos pegou no aeroporto e nos levou diretamente para lá. Ele é conhecido por viver em oração, e isso era exatamente o que precisávamos fazer naquele momento. A esposa dele me levou um travesseiro e um cobertor (eu mal sabia que os usaria num sofá na sala de espera nas semanas seguintes).

Quando finalmente vimos Hannah, nossos corações se partiram em mil pedaços. Ela estava inchada e incapaz de falar. O olhar ansioso dela se deparou com nossas expressões de desespero, e eu só queria correr até ela, abraçá-la e fazer com que esse pesadelo terminasse.

A HISTÓRIA DE RON

Katie e eu ficamos chocados quando entramos no quarto do hospital. A menina que estava deitada ali não se parecia nada com nossa filha Hannah. O corpo dela estava com o dobro do tamanho normal, de tão inchado, e havia vários tubos e fios ligados a ela. Um tubo plástico saía de sua boca e um aparelho, que fazia bip, bip, bip, respirava por ela. Apesar de não passar essa impressão, ela aparentemente estava lúcida. Nosso olhar deve ter sido muito expressivo, porque Hannah, quando olhou para nós, pareceu aterrorizada. Parecia que ela estava tentando dizer alguma coisa, mas o tubo na traqueia a impedia de falar e, além disso, ela ficava perdendo e recobrando a consciência. Olhando para ela, concluí que era um milagre que estivesse viva.

Os médicos nos disseram que a situação dela ficaria complicada nos primeiros dias, enquanto eles tratavam das queimaduras e dos ferimentos nos pulmões. Eu me senti muito impotente, pois não havia nada que pudéssemos fazer para ajudá-la. Passei a noite ao lado de sua cama, agradecendo a Deus por Hannah ter sobrevivido e orando pelas famílias que tinham perdido seus filhos: "Obrigada, Jesus, por proteger Hannah. Não entendemos nada disso. Por que os amigos dela não foram protegidos? Como podemos ficar felizes quando os outros sofrem pela perda de seus entes queridos? Ajude-nos a sermos bons pais em meio a tudo isso. Precisamos de Sua Graça agora, mais do que nunca."

Aquelas primeiras 24 horas foram um caos. Pessoas do mundo inteiro ligaram e enviaram orações, perguntando o que havia acontecido. Todos os principais veículos de comunicação queriam saber detalhes do acidente: *Good Morning America*, *The Today Show*, Associated Press, Fox, CNN. O que eu podia lhes dizer? A única pessoa que sabia era a nossa menina, mas ela não conseguia falar.

A primeira pessoa que vi quando acordei foi meu pai, que naquele momento parecia muito triste e cansado. Dormi por um ou dois dias, e ele ficou numa poltrona ao lado da minha cama durante todo esse tempo. Quando acordei, ele estava segurando minha mão.

Tive a sensação de que meu corpo estava pegando fogo. Nunca sentira uma dor tão lancinante. Apontei para o tubo de respiração, pois queria que o tirassem de mim, mas o papai me disse que a fumaça tinha danificado um dos meus pulmões, que entrou em colapso. Me senti muito impotente e com medo. Estava ligada a todos aqueles tubos e máquinas, e não conseguia me mover. Várias partes do meu corpo estavam cobertas por gaze, e parecia que uma parte do meu lábio havia sido decepada. Eu queria fazer muitas perguntas, mas não tinha como. Tentei falar e emitir barulhos de gargarejo, e papai ficou tentando me acalmar. Uma enfermeira me trouxe um pedaço de papel e um lápis. Minha mão direita estava coberta com um curativo, por isso tive de usar a mão esquerda para escrever. "Como estão os outros?", escrevi. "E Austin?"

A HISTÓRIA DE RON

De vez em quando, ao longo daqueles primeiros dois dias, ela me escrevia bilhetes. Era um garrancho, mas geralmente conseguíamos entender o que ela estava tentando nos dizer. Ela tocou no assunto do acidente três ou quatro vezes: "Como está todo mundo? E Austin?" Não queríamos lhe contar tão cedo, por isso mudávamos de assunto ou nos fazíamos de desentendidos. Hannah estava com tantos problemas físicos que não quisemos deixá-la ainda mais estressada. Mas no terceiro dia ela escreveu uma única palavra, "Austin", seguida por um enorme ponto de interrogação. Encarei minha filha e percebi que ela estava determinada a conseguir a resposta. Meus olhos lacrimejaram, segurei a mão dela e balancei minha cabeça lentamente de um lado para outro. Austin sobrevivera por poucas horas depois do acidente. Ele tinha queimaduras em 90 por cento do corpo, então não teve chance alguma de conseguir se recuperar. Foi um milagre que ele tenha conseguido se manter vivo algum tempo; Austin se manteve firme até que sua família e sua noiva, Elizabeth, chegassem ao hospital. Hannah começou a chorar incontrolavelmente.

24
A mídia

Ele fez o que os heróis fazem depois de concluir seu trabalho: morreu.
— LEON TOLSTOI, *Guerra e paz*

A HISTÓRIA DE RON
No domingo, dois dias depois do acidente, promovi uma coletiva de imprensa num salão do hospital da Universidade do Kansas, em Kansas City. Hannah ainda estava na unidade de terapia intensiva especializada em queimaduras, três andares acima, e estava muito mal. Havia queimaduras de terceiro grau em todo o lado direito do seu corpo e de suas nádegas, e seus pulmões também tinham sido afetados. Mas Hannah era uma lutadora. Os médicos se disseram impressionados por ela não ter sofrido ferimentos internos ou no cérebro, e com o fato de ela não ter quebrado nenhum osso na queda. Hannah se encontrava em estado crítico, mas estável, e, depois de enfrentar uma infecção grave, o que sempre era uma possibilidade em pacientes com queimaduras no corpo, a chance de sobrevivência dela era grande. Os médicos foram ótimos.

Eles nos davam esperança, ao mesmo tempo em que tínhamos consciência da gravidade dos ferimentos. Um homem na cama ao lado dela estava com queimaduras menos graves, mas morreu do tipo de infecção sobre o qual os médicos haviam nos alertado. Katie e eu ficamos no quarto dela o tempo todo, questionando e observando cada detalhe do que a equipe médica fazia. Hannah sobrevivera à queda do avião por um milagre. Eu jamais deixaria que uma enfermeira distraída apertasse o botão errado ou lhe desse um medicamento incorreto.

Durante dois dias, a imprensa esperou do lado de fora do hospital por alguma notícia a respeito das condições de Hannah. Os principais veículos de comunicação do mundo estavam ali, assim como a imprensa local. Acompanhamos os noticiários nos jornais e na televisão, e todos os repórteres disseram que Austin havia tirado Hannah do avião. Ele foi definido de forma unânime como o fuzileiro naval herói que salvara a vida de minha filha. As manchetes diziam: "Ex-fuzileiro naval morre após salvar amiga de acidente de avião" ou "Um último gesto de valor". O *New York Daily News* escreveu: "Austin Anderson, um ex-fuzileiro naval de 27 anos que participara de duas missões no Iraque, sofreu queimaduras em mais de 90 por cento do corpo no acidente, mas as autoridades disseram que ele conseguiu tirar Hannah Luce dos escombros. Os dois, então, caminharam até uma estrada próxima em busca de ajuda."

Katie e eu não conseguimos encontrar nenhuma "autoridade" para confirmar a história. As reportagens não citavam ninguém que tivesse estado presente no local, apenas alguns jovens da ORU. Duas garotas se identificaram como amigas de Austin, e uma delas disse a um repórter: "[Austin] saiu, mas voltou para pegar Hannah, e foi nisso que seus pulmões foram atingidos pelo fogo." A outra confirmou essa versão, dizendo que Hannah tinha lhes escrito isso num pedaço de papel no hospital. Katie e eu sabíamos que isso não era verdade. Hannah não havia escrito nada sobre Austin além do nome dele ao lado de um ponto de interrogação.

Eu sabia que o papel de Austin no socorro a Hannah seria um dos assuntos principais na coletiva de imprensa, e eu não tinha certeza de como lidar com isso, porque naquele momento eu não sabia o que realmente tinha acontecido. Hannah era a única pessoa viva que podia dizer isso, mas não nos contara nada sobre o acidente.

Desci para enfrentar os repórteres e lhes dar notícias a respeito da condição de Hannah. Disse que, apesar de seu estado grave, com queimaduras em quase 30 por cento do corpo, e de sentir muita dor, estávamos relativamente otimistas quanto à recuperação dela. Informei que ela faria a primeira cirurgia de enxerto na manhã seguinte.

Um dos repórteres me perguntou como fiquei sabendo do acidente. Respondi:

– Foi da forma mais inimaginável possível. Uma das mulheres que encontraram Hannah e Austin me ligou. Eu lhe perguntei: "Onde está o avião?", e ela disse: "Longe daqui, mas consigo ver chamas e fumaça."

Alguém perguntou o que eu sabia sobre os outros acidentados. Respondi que eram quatro jovens extraordinários e comprometidos com a fé cristã, e completei:

– Duvido que existam pais mais orgulhosos do que os destes quatro jovens notáveis que morreram.

Então o assunto inevitável veio à tona. O que eu achava de Austin Anderson, o heroico fuzileiro naval que abrira mão da própria vida para salvar a de minha filha mais velha?

Respirei fundo e balancei a cabeça. Contei que perguntamos a Hannah sobre as versões que estávamos obtendo a respeito do acidente e ela chorou, sem conseguir responder. Então falei:

– Conheço Austin, ele participou de duas missões no Iraque e estava disposto a dar a vida por seu país; com certeza faria o mesmo por um amigo.

Isso eu sabia que era verdade.

25
Primeiras palavras

> Entre vocês há alguém que está doente? Que ele mande chamar os presbíteros da igreja, para que estes orem sobre ele; e deixe que eles orem por ele e o unjam com óleo, em nome do Senhor.
> — TIAGO, 5:14

A HISTÓRIA DE RON

Naquele primeiro fim de semana depois do acidente, Katie e eu recebemos uma enxurrada de telefonemas e mensagens de pessoas desejando o bem de Hannah. Fiéis de igrejas do mundo inteiro oravam pela recuperação dela. Na segunda-feira, escrevemos o primeiro comunicado oficial. Os médicos confirmaram que Hannah demoraria a se curar completamente, mas não estava mais correndo risco de vida; sua situação era grave, mas estável. Eis o que escrevemos:

Queridos amigos e família,

como vocês devem ter visto ou ouvido na imprensa ao longo do fim de semana, na última sexta-feira à tarde um pequeno avião carregando cinco passageiros caiu no sudeste rural do Kansas a caminho do evento Acquire the Fire, em Council Bluffs, Iowa. Por isso é com o coração partido que paro por um instante para escrever esta nota – atualizando-os a respeito da situação e pedindo orações.

Como é de se esperar, os últimos dias foram uma mistura de choque, tristeza e preocupação. Mas sei que houve várias reportagens sobre esta tragédia, então vocês, como amigos deste ministério, devem estar profundamente preocupados. Por isso, queria divulgar algumas informações resumidas a fim de compartilhar nossos sentimentos e guiar sua oração nos dias seguintes.

Há muita coisa que ainda não sabemos. Mas é fato que, quando o avião caiu, três dos cinco passageiros morreram na hora: Luke Sheets, Garrett Coble e Stephen Luth. Hannah e o quinto passageiro, Austin Anderson, um fuzileiro naval que serviu em duas missões no Iraque, conseguiram escapar do avião em chamas e caminhar até uma estradinha próxima em busca de ajuda.

Mas Hannah e Austin tiveram ferimentos sérios e estavam lutando pela vida em Kansas City e Wichita, respectivamente. Hannah se encontrava em estado grave, mas estável, com queimaduras em 28% do corpo. As queimaduras de Austin eram muito piores, principalmente as que atingiram seus pulmões. Por volta das 5h30 da manhã de sábado, Austin foi se encontrar com o Senhor.

Acreditamos que ele ajudou Hannah a sair do avião. Austin não só é um herói por servir nosso país, como provavelmente devemos a vida da nossa filha à sua coragem e à sua força.

Claro que toda a família Teen Mania está de luto pela perda destes quatro jovens, pois além de tudo eles eram promissores e cheios de amor por Deus. Todos eram amigos da Teen Mania, e dois deles, Austin e Stephen, tinham acabado de ser contratados para trabalhar em nossa equipe de marketing. Katie e eu vamos divulgar mais informações quando pudermos. Por enquanto eu gostaria de pedir que vocês direcionassem algumas necessidades muito específicas ao Pai em oração.

Agora nossa maior preocupação é com as famílias dos falecidos. Por favor, orem para que Deus cerque as famílias de Austin, Stephen, Luke e Garrett com Seu amor e Sua paz sobrenaturais neste momento extremamente difícil.

Além disso, sob o comando do Senhor, por favor, orem para que Hannah tenha uma recuperação rápida. Hoje a notícia foi de que ela obteve melhora. Ela está se recuperando bem no hospital em Kansas City. Esta manhã, ela foi tirada do ventilador pulmonar e está respirando por conta própria. O tubo que passava pela garganta dela foi removido para que ela conseguisse falar. Nossa filha está ficando mais forte, falando coisas mais coerentes e fazendo perguntas. A queimadura e a fuligem em seus pulmões foram eliminadas e ela está se curando. Os médicos dizem que o dano não será de longo prazo.

O fato de ela estar viva é um verdadeiro milagre. Hannah receberá a visita de psicólogos nas próximas semanas, já que o coração dela está dilacerado com a dor pela perda dos amigos. Imediatamente serão feitas cirurgias de enxerto por conta das queimaduras de terceiro grau que ela teve nas costas das mãos e na panturrilha esquerda.

Por favor, orem por nós. Se tiverem amigos ou entes queridos que intercederiam por nós, sintam-se livres para encaminhar esta mensagem a eles com um estímulo para nos incluir em suas orações.

Ainda abalados, Ron e Katie

Minhas mãos estavam presas à cama, e eu sentia como se houvesse carvão em brasa queimando meu traseiro. Era o terceiro dia da nova Hannah Nicole Luce, uma garota que teve uma vida privilegiada, mas que agora estava afundada num pesadelo infernal. A última coisa de que me lembrava era de estar numa maca, numa sala de operação com luzes azuis, sendo preparada para a cirurgia de enxerto de pele, a primeira de várias às quais eu seria submetida. O anestesista disse algo sobre fazer uma contagem regressiva partindo do 10, mas eu só conseguia pensar que meus amigos estavam mortos e que nem toda a anestesia do mundo seria capaz de amenizar essa dor.

Quando voltei para meu quarto no hospital, o aposento estava totalmente diferente. A cor dos móveis agora era verde, e não marrom, a sequência de quadros na parede era outra e haviam tirado o quadro branco com o nome da enfermeira escrito. Fechei os olhos, pensando que talvez eu reconhecesse o quarto quando os reabrisse, mas nada mudou. Onde eu estava?

Minha pele latejava, e eu sentia um tipo de dor indescritível e que eu não imaginava que existia. Não conseguia mover meus membros e minha perna esquerda estava suspensa. A pior parte era ter minhas mãos presas à cama. Não entendia por que alguém tinha feito aquilo comigo. Eu estava presa no meu próprio corpo, incapaz de falar ou de me mover, o que me apavorava. Antes eu pelo menos podia usar minha mão boa para escrever uma pergunta ou um pensamento, mas agora eu só conseguia me comunicar através dos olhos.

Mamãe estava em algum lugar próximo, pois eu podia ouvi-la conversando com uma das enfermeiras. Movi meus olhos para a direita e as vi ali de pé, ao lado da minha cama. *Como mamãe vai saber que estou acordada?*, me perguntei. E se ela me deixar aqui desse jeito? O pânico aumentou dentro de mim. Mexi um dedo da mão esquerda, a que não estava envolta em gaze. Precisei de toda a minha força para repetir o movimento. Graças a Deus, percebi que tinha havido uma pausa na conversa. A enfermeira se aproximou da minha cama e se inclinou sobre mim.

Para que ela soubesse que eu estava consciente, arregalei meus olhos o máximo que pude e dei uma batidinha na cama com o meu dedo esquerdo. Quando percebi que tinha conseguido a atenção delas, movi meus olhos efusivamente da esquerda para a direita, querendo dizer: "Me solte!" A enfermeira foi irritantemente calma:

– Ah, ela só está se sentindo presa.

Eu a odiei naquele momento. *Quando eu me livrar destas algemas, vou quebrar o seu nariz*, pensei.

Fiquei mexendo meu dedo exaustivamente (o máximo que se consegue com um dedo) e minha mãe se aproximou. Ela é a pessoa mais doce do mundo, exala gentileza e compaixão por onde passa, mas nesse momento tudo que eu via era dor e preocupação nos seus olhos. Ela explicou que eu tinha sido transferida para um quarto diferente depois da cirurgia, um quarto maior e mais bonito com uma bela vista! Fuzilei-a com o olhar. Olhei para as coisas que me prendiam à cama e de volta para minha mãe, como que implorando para que ela as tirasse de mim.

Ela tocou minha cabeça e calmamente me explicou que minhas mãos estavam amarradas porque eu tentara tirar meu tubo de respiração. Entendi que seria horrível se eu o tirasse por conta própria, porque o tubo descia pela garganta, passava pelas cordas vocais e ia parar nas vias respiratórias dos meus pulmões. Mas eu estava engasgando com aquele aparato. Não sei o que era pior, me engasgar ou ficar amarrada. Encarei minha mãe, implorando em pensamento: "Por favor, mamãe, me ajude."

Mamãe se virou para a enfermeira e disse:

– Por favor, solte as mãos da minha filha.

Quando minhas mãos finalmente ficaram livres, dei a entender por meio de gestos que queria escrever alguma coisa. Mamãe me levou um pedaço de papel e uma caneta. "Eu te amo", escrevi. Ela decidiu responder usando a minha linguagem: "BEIJO O CHÃO QUE VOCÊ PISA!"

Quando acordei novamente já era de manhã e mamãe não estava comigo. Eu me vi deitada numa mesa de aço no meio de um quarto azulejado sem janelas e com um teto tão baixo que eu achava que conseguiria tocá-lo – caso pudesse erguer meu braço. O quarto era quente e cheio de vapor, parecia uma sauna, e tinha um cheiro desagradável. Enquanto eu estava deitada lá, dopada de remédios e me perguntando se aquilo era um sonho, um tubo preto caiu do teto. Cinco estranhos mascarados foram até mim, todos usando trajes verdes e estranhas luvas roxas. *Isso é uma câmara de tortura?*, eu me perguntei.

Eu estava na hidroterapia ou "quarto-tanque", o lugar onde os pacientes com queimaduras eram levados para que seus ferimentos fossem higienizados. A pele é a primeira linha de defesa contra infecções; quando está queimada, não consegue impedir que perigosas bactérias entrem no corpo, então a ideia é limpar a pele morta e eliminar quaisquer germes que estejam se proliferando nos ferimentos. É uma tortura para os pacientes (pense em como deve ser a sensação de queimar o dedo no ferro de passar e colocá-lo sob a água corrente, e depois multiplique o incômodo dessa sensação por um milhão. Ouvi histórias de pessoas que mesmo em coma se retorciam ao passar por esse processo). E também é sacrificante para enfermeiras e técnicos que estão provocando a dor.

Uma das pessoas estava com um sorriso no rosto.

– Está tudo bem – disse ele de forma tranquilizadora, embora eu não estivesse nada calma.

Eu não sabia o que esperar, mas tinha certeza de que não seria nada bom. Era como se ele pudesse ler meus pensamentos, aquele gentil técnico especializado em queimaduras. Ele era um homem grande, afro-americano, com músculos tão proeminentes que apareciam sob as mangas curtas de seus trajes, e me amparou enquanto os outros tiravam meus curativos.

– Prometo que vamos cuidar bem de você – disse ele.

Alguém se aproximou de mim com tesouras e começou a cortar minhas bandagens. Depois que os curativos foram tirados, fiquei deitada, nua e tremendo (a pele também não estava controlando a temperatura corporal, mas o tremor devia ser por medo), e todos começaram a trabalhar em mim. Se eu pudesse, teria gritado e implorado por mais remédios para aplacar a dor. Eles jogaram água morna sobre mim e limparam minhas queimaduras com sabão antibacteriano. Usaram gaze para passar o produto, mas parecia que estavam arrancando minha pele com uma esponja de aço. Queria sair dali, mas sempre que eu tentava me mover sentia um enorme braço musculoso se aproximar para me segurar.

Como isso pode me ajudar?, eu me perguntava. Não sei quanto tempo durou, mas pareceram horas. Ao fim do procedimento, meu corpo ficou uma verdadeira bagunça: eles cobriram minhas queimaduras com um unguento cor de ferrugem e me envolveram com gaze novamente. "Bom trabalho, vejo você amanhã", disseram. Amanhã? Sim, pois estes processos eram realizados ao menos uma vez por dia.

Tive dificuldade para dormir à noite, temendo pela próxima vez na câmara de tortura, mas sempre que eu acordava papai estava lá na poltrona ao lado da cama, segurando minha mão.

Eu me sentia tão segura e confiante com o meu pai que achava que nada de mau me aconteceria enquanto ele estivesse ali, ou seja, o tempo todo. Eu não era a mais fiel das cristãs, mas ele fez tantas orações por mim e pelos meninos que acabou compensando minha falta de fé. E eu o amava por isso.

Papai não trabalhou naqueles primeiros dias depois do acidente. Além de dormir no meu quarto todas as noites (o que ele fez durante as seis semanas seguintes), ele se tornou meu guarda-costas oficial. Mais de uma vez, algum repórter apareceu para tentar tirar uma foto da pobre filha doente do famoso evangelista, e meu pai teve de mandá-los embora, mas o verdadeiro problema foram os bem-intencionados fanáticos religiosos que iam orar por mim. Um dia, meu pai teve de ir para Dallas durante algumas horas para cuidar de algum problema do ministério, então uma enfermeira

veio até mim e perguntou se eu estava esperando visita. Eu disse que não, e ela contou que havia detido um homem e uma mulher na porta do meu quarto. A mulher era gorda e desmazelada, sem dentes e com cabelos oleosos. Ela disse à enfermeira que era uma profetisa com o poder da oração e que estava ali para me curar. Eu não queria lidar com isso naquele momento.
– Você pode dispensá-los, por favor? – pedi.
A enfermeira atendeu ao meu pedido, e, depois disso, papai passou a conferir sempre quem chegava à minha porta.

Durante aquele mês que passei no hospital de Kansas City, eu sempre chamava o médico e o enchia de perguntas. Só me comunicava com ele por escrito, e alguns dos meus rabiscos eram quase totalmente compreensíveis, mas outros, confusos e ilegíveis. Certa vez, depois de eu ter reclamado de uma dor que se irradiava por todo o meu corpo, ele mudou meu analgésico, e reclamei num bilhete: "Este remédio não está funcionando, a dor aumentou." Outra vez escrevi "Parece que meu braço e minha cabeça estão queimando, isso não devia estar acontecendo" e também "Onde está o pai?". Acho que eu queria dizer papai, já que nunca o chamara de pai antes.

Teimosamente, me apeguei ao último fiapo de independência que me restava e insisti em tomar sozinha as decisões relativas àquela situação toda, sem permitir que meus pais dessem pitaco. Na primeira semana, eles falaram sobre levar meu irmão e minha irmã para me ver, e eu escrevi ferozmente: "NÃO! Não quero que eles me vejam assim!" Temi que Charity e Cameron ficassem apavorados e fugissem por causa da minha aparência e do meu corpo aparentemente arruinado.

Escrever gastava a pouca energia que me restava, e mamãe desenvolveu uma forma para eu me comunicar com mais facilidade. Ela escreveu as frases que eu mais usava em pedaços de papel, então eu só precisaria apontar para algum deles dependendo da situação. Havia mensagens como "Sim", "Não", "Fica?" e "Pode ir embora?". Esta última eu usaria no caso de querer passar a noite sozinha com meus pensamentos, mas isso nem adiantaria, já que, de qualquer forma, papai dormia na poltrona ao meu lado todas as noites – exceto nos dias em que teve de ir a Dallas a negócios ou a Oklahoma para prestar condolências nos funerais dos meus amigos. Fiquei chateada por não conseguir ir com ele, mas eu estava muito mal e ainda presa ao ventilador pulmonar.

No início do meu processo de recuperação, meu objetivo principal era me livrar desse ventilador para que eu pudesse falar. Eu estava presa a ele porque, como um dos meus pulmões tinha sofrido queimaduras, os médicos achavam que o pulmão sem ferimentos não seria suficiente para que eu respirasse normalmente. Quis provar a todo custo que estava consciente e fisicamente estável o bastante para que o tubo de respiração fosse retirado. Depois de alguns dias, o médico concordou que poderíamos tentar.

Quando removeram o tubo, parecia que uma lesma gigantesca estava sendo tirada de mim. Engasguei, meu coração disparou e comecei a sufocar. Assim que o procedimento terminou, tentei falar, mas a enfermeira que estava cuidando de mim me disse para eu ficar quieta. Minha garganta estava cheia de fleuma, entre outras coisas. Eles chamaram a minha mãe ao quarto. Tentei falar novamente, mas a única coisa que saiu foi um resmungo rouco: "Estou aqui, mamãe."

Foi assustador ouvir minha voz, então pedi papel e caneta. Escrevi um bilhete para o médico: "Ouça-me. Estou rosnando."

Minhas cordas vocais estavam irritadas por causa do tubo, então o médico falou que levaria alguns dias para que elas se restabelecessem e eu recuperasse minha voz. Mas eu não podia esperar. Havia algo que eu precisava dizer.

26
Quer saber o que aconteceu?

Quando nos perguntamos quais as pessoas que realmente importam em nossa vida, geralmente descobrimos que são aquelas que, em vez de nos dar conselhos, soluções ou curas, optaram por nos ajudar em momentos de dor e tocar nossas feridas com mãos confortantes e ternas.

— HENRI NOUWEN, *O caminho do coração*

Acordei no meio da noite. Sabia que era madrugada porque os movimentos e sons do hospital estavam diferentes. As luzes estavam fracas, com um tom azul misterioso, e o corredor, em silêncio, exceto pelo ocasional som de estática propagado pelo sistema de som. Assim que abri os olhos, o avião dilacerado e os rostos apavorados dos meninos inundaram meus pensamentos. Tentei conter essas lembranças, mas não consegui e me senti terrivelmente sozinha e com medo. Justo nesse dia, meu pai não estava ali ao meu lado. Ele tinha saído da cidade para ir ao funeral de Austin no dia seguinte.

Pediram que ele falasse nos funerais dos quatro, e claro que ele faria isso. Eu queria poder ir e estava muito triste por perder a oportunidade de lhes dar o adeus que mereciam.

Tentei ouvir passos no corredor. Enfermeiros e técnicos ficavam sempre entrando e saindo do quarto à noite, mas agora não havia nenhum sinal de vida por ali. Lágrimas rolavam pelo meu rosto. Eu ainda não conseguia falar, e o máximo que eu emitia era uma ou outra palavra que soava mais como um resmungo rouco. Tinha medo de ficar sozinha com meus pensamentos, que eram sombrios e escusos, e nesse momento eu choramingava como uma criança assustada. *Péssima noite para papai estar ausente*, pensei. Precisava contar minha história agora, mas não havia ninguém para ouvi-la.

O sino de chamar a enfermeira estava longe e o pânico tomou conta de mim. Estava ansiosa e desesperada. Tentei dormir. Contar carneirinhos? Inútil. Toda vez que eu fechava os olhos, demônios em chamas e fantasmas ensanguentados apareciam. Será que ninguém ouvia pelo som do monitor que meu coração estava disparado? Um instante interminável se passou, e uma das minhas enfermeiras preferidas entrou no quarto. O horário do plantão dela tinha terminado, e antes de ir embora ela queria saber se eu estava bem.

Ela viu minhas lágrimas e perguntou se eu estava sentindo alguma dor. Fiz que não. Não mais do que o normal, pelo menos.

Fiquei um pouco mais calma. Ela acendeu as luzes do quarto e ficou perto de mim, me olhando gentilmente. Eu estava sozinha ali, porque o paciente que dividia o quarto comigo, cujas queimaduras eram menos graves do que as minhas, tinha desenvolvido uma infecção e morrido no dia anterior. Acho que a enfermeira viu o desespero no meu rosto.

Até então não tinha conseguido contar a ninguém sobre como tinha sido o acidente, e eu precisava fazer isso. Tinha de tocar no assunto, mesmo que ainda não estivesse falando normalmente. Eu me sentia mais desperta desde que chegara ao hospital e temia que, se não contasse a alguém imediatamente, minha história se perdesse em meio ao efeito da morfina, por sabe-se lá quanto tempo. Quanto mais eu guardava minha história, mais eu sucumbia à tristeza debilitante que me perseguia. Eu preferia estar com os meninos, e não me recuperando num hospital. Não queria viver sem eles; achava melhor ter morrido também. Compartilhar meu fardo com alguém seria homenageá-los, porque então as pessoas saberiam que meus amigos morreram como heróis e com Deus no coração.

Fiz sinal para que a enfermeira pegasse o bloco de papel e o lápis. Tentei fazer a letra mais legível possível e escrevi: "Tenho de lhe contar o que aconteceu comigo." Ela me olhou intrigada e eu lhe entreguei esse papelzinho. Ela cerrou os olhos ao receber o papel, pois estava tentando decifrar minhas palavras. *Será que ela entendeu?*, eu me perguntava. Ela começou a verbalizar o que estava lendo:

– Colar?... Não, contar... anoiteceu... aconteceu?... Você quer me contar o que aconteceu? – perguntou ela, finalmente. Fiz que sim vigorosamente.

A enfermeira puxou uma cadeira até a minha cama. Sabia que o turno dela tinha terminado, mas ela não parecia com pressa de ir embora. Comecei a escrever mais, às vezes apenas duas palavras num pedaço de papel. Sabia que algumas palavras pareciam mais rabiscos do que qualquer outra coisa, mas eu estava determinada a dizer o que precisava, entendesse ela ou não.

Acho que fiquei escrevendo por no mínimo uma hora. *Alguém ligou o aquecimento... Saiu fumaça das ventoinhas... Cheiro horrível... É o cheiro do Inferno... Meu amigo Luke tentou aterrissar... Caímos com o nariz do avião apontado para baixo, depois deslizamos por uma planície no Kansas e aqueles últimos momentos pareceram intermináveis... Fiquei presa dentro do avião pegando fogo... Se meu amigo Garrett não tivesse aberto a porta antes de batermos no chão, nem eu nem nosso amigo Austin teríamos saído dos escombros em chamas.*

Contei à enfermeira que me sentia grata ao bombeiro que me ensinara, quando eu era criança, a parar, me abaixar e rolar se estivesse em chamas, porque senão eu teria corrido e atiçado as chamas em mim, o que tornaria as queimaduras ainda mais graves. Eu lhe contei sobre Austin e sobre minha vida ter sido salva por causa da persistência e da presença dele. E expliquei que ele, meu querido amigo, me deu esperança até que aquelas mulheres gentis na minivan nos encontrassem e conseguissem ajuda. Se não fosse por ele, eu com certeza teria desistido e morrido.

A enfermeira parecia ter compreendido o que havia acontecido e eu vi lágrimas nos olhos dela, então voltei a chorar. O sol estava nascendo quando larguei o lápis, cansada de tanto escrever. Não sabia ao certo quanto minha maravilhosa enfermeira entendera da história, mas acho que ela teve noção de que aqueles garotos eram muito especiais. E isso me bastava.

27
Quatro funerais

Todos os homens morrem, mas nem todos os homens realmente vivem.
— CITAÇÃO PREFERIDA DE AUSTIN ANDERSON, do filme *Coração valente*

A HISTÓRIA DE RON

Os funerais começaram cinco dias depois do acidente. Quatro funerais em quatro dias. Pediram-me para falar em todos eles, e, por mais que não quisesse sair do lado de Hannah, eu queria consolar as famílias e homenagear aqueles jovens maravilhosos. Fiz o meu melhor para transmitir alguma paz aos entes de luto. Eu nunca conseguiria mensurar a dor que eles estavam sentindo. A vida de Hannah fora poupada, mas, apesar de sabermos que ela tinha um caminho longo e turbulento pela frente, pelo menos ainda podíamos abraçá-la e cuidar dela, além de ouvir sua voz, tentar animá-la quando ela estivesse triste e segurar sua mão quando acordasse chorosa e com medo.

Austin, Garrett, Stephen e Luke eram quatro jovens extraordinários e soldados essenciais na batalha por almas; eles estavam no caminho certo para resgatar uma geração. O que aconteceu não fazia sentido e foi isso que fiz questão de dizer no funeral deles. Somente o Senhor sabia por que eles tinham morrido. Cabia a nós mantê-los vivos em nossa memória.

Luke era um piloto entusiasmado que estava tentando uma carreira na aeronáutica. A família dele disse que ele teve uma vida feliz e que gostava de ajudar as pessoas. Em seu obituário, eles escreveram: "Para aqueles que conheceram Luke, palavras como 'espiritualizado', 'temente a Deus', 'inteligente', 'gentil' e 'humilde' apenas começam a descrever o tipo de homem que ele era." Acrescentei a palavra "corajoso". Sabia que ele tinha tido dificuldades para se manter consciente mesmo com a fumaça indo direto em seu rosto, mas ele conseguiu isso por tempo o bastante para fazer o avião chegar ao solo.

Stephen tinha um sorriso arrebatador. Ele era um dos mais animados na ORU e se formara com Luke e Austin na semana anterior ao acidente. Liderava um grupo juvenil na igreja de sua cidade natal e pretendia passar a vida dando seu testemunho para as pessoas. Eu tinha orgulho de tê-lo contratado para a Teen Mania, e sei que ele teria feito uma diferença significativa no mundo.

Ao me preparar para o funeral de Garrett, fiquei sabendo que uma de suas citações preferidas era de Jim Elliot, o missionário morto ao tentar evangelizar uma tribo selvagem nas selvas do Equador. "Não é tolo aquele que dá o que não pode reter para ganhar aquilo que não pode perder", disse Elliot. Eu também adorava essa frase, mas algo que o próprio Garrett falou, semanas antes de morrer, me inspira tanto quanto as palavras do missionário: "Não quero salvar o mundo, prefiro ajudar crianças todos os dias da minha vida." Sua vocação era ajudar crianças ao redor do mundo e sua paixão era o orfanato El Niño Emanuel, no Peru. Nas férias, ele sempre levava livros e comida para os órfãos que viviam ali, e ainda ajudava construindo quartos. Não fiquei surpreso com o fato de mais de mil pessoas terem ido ao seu funeral na capela da ORU. No meu discurso, eu disse:

– Hoje temos um soldado morto. Minha pergunta para todos é: quem vai se superar para ocupar o lugar dele?

Quem se disporia a assumir o lugar de qualquer um deles?

O funeral mais difícil foi o de Austin. Toda a imprensa vinha reproduzindo entrevistas com pessoas afirmando que ele era um herói por ter tirado Hannah do avião em chamas. A família dele acreditava na versão veiculada pela imprensa.

Li uma entrevista emocionante com a noiva de Austin, Elizabeth. Uma parte da matéria dizia:

> Elizabeth correu para o hospital em Kansas para ficar ao lado de Austin.
> "Foi uma situação difícil, porque ele não estava parecendo com o Austin que eu conhecia", disse ela.
> Aquela noite – com o coração partido – ela soube que daria o adeus definitivo.
> "Foi muito difícil dizer adeus", confessou. "Eu entrava e saía do quarto toda hora. Só conseguia dizer que tinha orgulho dele, que o amava muito e que sentia muito pelo que havia acontecido."
> Elizabeth disse que Austin viveu com um propósito. Contou que o ex-fuzileiro naval entrou na ORU porque prometera a seu pai que faria isso. Austin se formou uma semana antes de morrer.
> Apesar de Austin ter se queimado gravemente no acidente, ele tirou Hannah dos escombros. Ela foi a única sobrevivente.
> Família e amigos dizem que ele é um herói de todos, mas Elizabeth diz que ele sempre foi e sempre será o herói apenas dela.
> "É em momentos assim que o verdadeiro caráter se mostra", comentou a noiva. "Ele era exatamente assim como todos estão falando."

Tudo começou por causa daquela amiga de Austin que disse que Hannah tinha escrito num papel que Austin a tinha salvado do avião.

Tenho certeza de que as intenções dela eram boas, mas a história não era verdadeira.

Hannah contou a história do acidente pela primeira vez a uma enfermeira e, na manhã seguinte, no dia do funeral de Austin, ela repetiu a história com mais detalhes para Katie, que ao mesmo tempo ficou lendo os bilhetes pelo telefone para eu ouvir. Foi aí que soubemos o que realmente tinha acontecido: ela saíra sozinha e estava a metros do avião, sozinha no milharal, quando se virou e viu Austin saindo dos escombros. O fato de ele não ter resgatado Hannah com certeza não o fazia menos herói para nós ou para ela. Ele a manteve calma e a levou até a estrada, e minha filha considera que ele salvou sua vida.

Mas entrei num salão cheio de pessoas que acreditavam no que souberam pela imprensa e queriam ouvir mais a respeito disso. Falar com eles seria difícil e estranho. Eu queria de algum modo conversar com os entes queridos de Austin antes do funeral, pois eu não confirmaria a versão do acidente divulgada pela imprensa, apesar de eles estarem esperando isso.

Então me encontrei com sua família numa sala nos fundos da igreja em Enid, Oklahoma. Todos nos abraçamos e tentei consolá--los da melhor forma que pude. Senti que estavam ansiosos, e provavelmente era porque eles queriam mais detalhes sobre o ocorrido, então eu disse:

– Sabe, estamos descobrindo o que realmente aconteceu. Temos certeza de que Austin ajudou de alguma forma.

Inúmeras pessoas da cidade natal de Austin foram ao funeral, e os fuzileiros navais também estavam representados. Soldados uniformizados carregaram o caixão para dentro da igreja. Senti muito orgulho. Caminhei nervoso para o púlpito quando chegou minha hora de discursar. Pedi ao Senhor que me ajudasse com as palavras. Depois de um breve silêncio, falei que Austin me dissera que Hannah o salvara quando ele voltou da guerra, pois o ajudou a compreender seus sentimentos e o encorajou quanto à própria fé.

– Não temos certeza sobre o que realmente aconteceu naqueles últimos momentos, mas tenho certeza de que, no fim, Austin retribuiu o favor a Hannah.

Todos na igreja o aplaudiram de pé, o que foi mais que merecido. Ironicamente, mais tarde ficamos sabendo que o legista e o bombeiro-chefe acreditavam que Austin tentara salvar Stephen. Ele foi encontrado fora do avião, na porta lateral, e seu corpo estava menos queimado do que os dos demais. Numa carta para os fuzileiros navais, pedindo que Austin fosse reconhecido como alguém que havia feito "o sacrifício supremo", o bombeiro-chefe Duane Banzet escreveu: "Quando o legista me relatou a causa da morte dos três homens, ficou claro que o sargento Anderson tentou salvar Stephen Luth, já que ele morreu instantaneamente (no acidente) e não havia como ter se arrastado até chegar àquela posição (fora do avião), uma vez que já estava sem vida."

Isso não me surpreendeu. Eu conhecia Austin, e ele era um herói. Ele daria sua vida pelo país e faria o mesmo por um amigo.

Pesadelos, lembranças e uma realidade assustadora

O Inferno é um estado mental — ele nunca diz a verdade.

— C. S. LEWIS, *O grande abismo*

As lembranças e os pesadelos insistiam em aparecer enquanto eu estava no hospital. Em um deles, Austin e eu estávamos no milharal. Éramos apenas eu e ele sob o céu azul de verão. Ele estava com aquele sorriso "amo a vida" típico dele, aquele que me lembra o brilho do sol. Seus olhos castanhos cintilavam, o nariz dele se enrugou, e ele me estendeu a mão.

– Concede-me esta dança? – perguntou ele.
– Claro! – respondi.

Entreguei-me a seus braços fortes e bronzeados, completamente feliz por estar com meu querido amigo. Foi então que percebi que estávamos nus e cobertos de sangue.

Eu tinha pavor de dormir porque sabia que o próximo pesadelo seria pior do que o anterior; sempre eram. Eu me via de volta no avião em chamas, caída sobre o corpo sem vida de Garrett, quando ele levantava a cabeça e começava a falar comigo, como se estivéssemos sob a ponte da rua Quarenta e Um, fumando charutos e bebendo cerveja. Ou então eu sonhava que estava escapando do avião na iminência de explodir. Já longe o bastante para não ser atingida pela explosão, o filme na minha cabeça retrocedia e eu começava a correr de costas em direção ao avião, sem conseguir parar a cena.

Depois de cada sonho desses, eu acordava com os lençóis ensopados de suor, gritando. Ainda mais terríveis do que aqueles pesadelos eram as ocasiões em que eu acordava de um sonho bom, no qual eu ria de uma piada de Austin ou andava de mãos dadas com Garrett à margem do rio, e então percebia que o que acontecia nos sonhos nunca mais poderia acontecer na realidade.

Um dos muitos sonhos era recorrente, e eu o detestava, porque levava dias para me recuperar dele. Neste, estou saltitando em um campo florido e noto um festival medieval próximo. É como uma cena de *As crônicas de Nárnia*, com mágicos, monstros míticos, animais falantes e um farto banquete servido numa comprida mesa de madeira. As pessoas tocam instrumentos musicais, saltam e dançam em meio à grama alta e verde, e as mulheres estão com flores recém-colhidas em tons pastel no cabelo. Eu me junto a elas, que me recebem com um aplauso. Saio correndo pelo campo com os demais, meu coração batendo feliz como o de uma criança. Eu me sinto muito bonita. Minha pele é como leite, macia e sedosa. E meu corpo parece o de uma dançarina, ágil, flexível, livre. *Este deve ser o Paraíso*, penso. *Mas onde está Deus?*

Acordo nesse momento. Não consigo mover meus membros, e meu corpo lateja de dor por causa das queimaduras. Estou sozinha no quarto, sem a presença consoladora da minha família ou dos meus amigos. Eu me pergunto se um dia poderei correr por um campo, dançar ou amar. Quero saber quando – ou se – vou me olhar no espelho e me ver como eu era. Saudável. Sem ferimentos. Inteira. O sonho me lembrava de tudo que eu temia que jamais pudesse fazer novamente – e eu odiava pensar nisso. Eis o meu dilema. Dormia para fugir da realidade, mas lutava contra o sono para evitar pesadelos que me despertavam para lidar com os horrores da minha vida. Estava presa no meu Inferno pessoal, um Inferno que eu não tinha escolhido para mim mesma. Obrigada, C. S. Lewis.

Nem mesmo os analgésicos que eu tomava – e isso porque eram potentes e viciantes – me poupavam da minha percepção sombria da realidade. As drogas me deixavam entorpecida e me faziam ter alucinações psicodélicas. A princípio eram imagens vívidas, sonhos coloridíssimos, mas depois as belas cores viravam manchas e escureciam. Em um desses momentos, eu pensei que estava num show de horrores. Todo o cenário era recoberto com tecidos coloridos de materiais diferentes, bordados, sedas e rendas. O apresentador, um anão, estava me guiando e apontando para diferentes personagens: uma mulher com quatro pernas, um unicórnio humano, uma mulher barbada e um menino com cara de cavalo. Eu ouvia sons de elefantes, de leões e do chicote dos domadores. Belas pérolas brancas e joias coloridas de todas as formas e todos os tamanhos estavam por todos os lugares, e o apresentador me encorajava a encher meus bolsos com tudo isso, o que eu acabava fazendo, mas depois devolvia tudo porque não era meu. Quanto mais a gente andava, mais o local do show ia ficando estreito e sujo, e comecei a ver como aquilo era na realidade, ou seja, sombrio e imundo. O anão ia encolhendo a cada passo, e sua voz, que era amigável e receptiva, se tornou ameaçadoramente grave. Eu não entendia o que havia mudado. Então o apresentador se aproximou do meu rosto e me disse por que eu estava ali. Ele queria que eu fizesse parte do show, porque eu era um monstro.

Houve momentos em que essas alucinações se misturaram à realidade. Assim que fui hospitalizada, alguém levou um balão de lembrança para mim, desejando melhoras, e o amarrou ao pé da cama. Era uma carinha feliz, amarela e brilhante com bandeirinhas ao redor. Eu estava pouco lúcida na ocasião, mas odiava aquele balão e ele se tornou um personagem em vários dos meus sonhos. Meus primeiros dias no hospital ainda são meio nebulosos para mim, mas lembro que havia uma enfermeira. Ela era muito jovem, com cabelos pretos e unhas compridas e bem-feitas. Eu a achava linda, mas ela era muito má comigo; me tratava como se eu fosse uma retardada e às vezes ficava impaciente comigo, como se eu tivesse culpa pelo fato de meu corpo cheirar a carne queimada e dejetos, e por não poder fazer nada sozinha. Eu não conseguia nem falar, porque tinha aquele tubo na minha garganta, e, quando eu tentava pedir alguma coisa – geralmente estava apenas à procura de um sorriso tranquilizador –, ela gritava coisas do tipo: "O quê? Não estou entendendo o que você quer!" Claro que eu não podia contar isso a ninguém, até porque eu não conseguia falar, mas morria de medo sempre que ela aparecia no corredor.

Não tenho certeza de todos os detalhes daqueles momentos, então guardo muito do que acho para mim mesma, mas teve um acontecimento que foi confirmado pela minha mãe, então é totalmente verídico. Depois de uma das minhas cirurgias de enxerto de pele, sem que eu soubesse, fui transferida de quarto. Quando acordei, claro que tudo parecia diferente – a localização das janelas, os quadros na parede, os móveis, tudo exceto o assustador balão da carinha feliz amarrado ao pé da cama e a enfermeira má. Achei que estava tendo um pesadelo e fiquei abrindo e fechando os olhos, tentando mudar o sonho. Não consegui, então fiquei muito frustrada. Minha mãe estava no quarto e tentei chamar a atenção dela. Gesticulei para dizer "Me tire daqui! Estou me sentindo em uma prisão!".

Mamãe não esperava que eu acordasse tão rápido. Vi que ela

ficou horrizada assim que percebeu minha reação. Ela ordenou à enfermeira que soltasse minhas mãos da cama:
 – Por favor, desamarre-a agora. Ela está acordada e com medo.

A enfermeira falava comigo como se eu tivesse 2 anos, e não 22. Olhando para mim com seus cabelos compridos e olhos de gato, ela perguntou:
 – Ah, Hannah. Você vai ser uma menina boazinha? Se eu soltar suas mãos, não vai tirar o tubo de respiração, vai?

Fiz que não. Eu detestava demais aquela mulher. *Por que ela era enfermeira?*, eu me perguntava. Obviamente odiava o trabalho. Com as mãos livres, apontei para o balão.
 – Então você gosta do balão? – perguntou ela, com seu enorme sorriso falso, para agradar à minha mãe mais do que a mim. Apontei para o balão novamente, gesticulando meu dedo no ar o máximo que eu conseguia. Mamãe pareceu intrigada. Ela me entregou um pedaço de papel e um lápis.
 – O que foi, querida? – perguntou.

Desenhei um círculo e apontei para o balão. *Tire-o daqui!*

O balão foi removido e a enfermeira se virou para ver o monitor, porque meu coração havia disparado. Quando ela ficou de costas para mim, desenhei uma seta no papel apontando para a enfermeira e esperei que meus olhos dissessem o que minha boca não podia: *Tire-a daqui também! Não gosto dela! Ela é má.*

29
A cura

"Corações são frágeis", disse Isabelle. "E acho que, mesmo depois de curado, você jamais volta a ser o que era antes."

— CASSANDRA CLARE, *Cidade dos anjos caídos*

No fim de maio, os médicos já pensavam em me dar alta da unidade de queimados do hospital de Kansas City e me transferir para um hospital de reabilitação em Dallas. Eu havia passado por trinta horas de cirurgias de enxerto de pele nas costas, no braço direito e na perna, e estava parecendo uma colcha de retalhos malfeita. Em certo momento colocaram a pele de um cadáver afro-americano no meu braço, mas seria temporariamente. Sou branca como a neve, então não combinava, mas gostei mesmo assim. Fiquei me chamando de Hannah Malhada.

Eu me sentia grata (às vezes) por estar viva e tentava me mostrar animada pelo bem da minha família, mas a dor causada pelas queimaduras e pelas cirurgias, somada à agonia emocional que eu sentia, me tornou bastante desagradável. Os médicos e enfermeiros da unidade de queimados eram as pessoas mais pacientes que eu já conhecera. É incrível pensar que mesmo com tudo que eles enfrentam todos os dias, com as coisas horríveis que veem, eles continuam a sorrir. Eu não imaginava como uma queimadura podia ser tão debilitante até passar por isso. Estava mutilada, e o peso físico e psicológico disso era enlouquecedor.

Em seus comunicados ao ministério, papai sempre era otimista quanto ao meu progresso, mas eu não tinha os mesmos pensamentos positivos que ele, e geralmente eu os criticava sem que papai soubesse.

"Obrigado por orarem por Hannah – não consigo expressar como isso tem sido importante", escreveu ele no seu blog na terceira semana de maio. "Hannah passou por uma cirurgia de cinco horas e meia ontem. Os médicos disseram que ela se saiu bem e foram feitos vários enxertos de pele. O processo todo lhe provoca muita dor, então, depois da cirurgia, ela permaneceu sedada (tradução: eu estava completamente fora de mim!). Ela usará um ventilador pulmonar novamente pelos próximos dois dias e amanhã passará por outro enxerto. (Oba!) Achamos que talvez seja o último. (Graças ao Senhor Deus!)"

E continuou: "Passei a noite no quarto com ela depois da cirurgia, (papai é um anjo) e ela dormiu muito bem (mentira! Nunca durmo bem, nem quando estou tão drogada quanto Lindsay Lohan no seu pior dia!). Ela acordou algumas vezes e, claro, com o tubo de respiração passando pela garganta, ela não consegue falar (sorte a sua, papai! Tenho muito a dizer! 'Mais remédios, por favor!'). Então ela está tentando escrever bilhetes, expressando o que precisa ou como podemos ajudá-la (Tire-me daqui!)."

Alguns dias mais tarde, papai atualizou seu blog com este texto: "Quero agradecê-los por todas as orações! Ouvimos dizer que pessoas do mundo todo estão orando pela recuperação de Hannah; ela continua na unidade de queimados do Centro Médico KU em Kansas City e está fazendo progressos significativos. Ainda sente muita dor, mas está começando a usar mais os membros" (se dedos das mãos e dos pés contam como membros...)."

Depois da minha última cirurgia em junho, os médicos me fizeram dar alguns passos ao redor da cama. Esses poucos movimentos exigiram tudo de mim. Fiquei tão fraca e exausta que, depois, caí na cama. A partir de então, passei a tentar andar todos os dias. Quando eu dava um passo parecia que tinha percorrido um quilômetro. Nem sempre fui a paciente mais disposta, mas me esforçava.

Três semanas depois do acidente, fui até a área de visitantes e voltei, pela primeira vez sem um andador. Os médicos acharam que tinha sido um progresso importante.

Dois dias mais tarde, fui colocada num avião rumo ao hospital de reabilitação em Dallas. Eles me deram sedação extra porque eu estava apavorada com o voo, mas o medicamento não foi suficiente para acalmar meus nervos. O tempo estava ruim e o avião enfrentou tempestades até Dallas. Papai e um enfermeiro se revezaram segurando minha mão durante todo o trajeto. Depois papai escreveu em seu blog que tivemos uma "aventura incrível". Ele sempre via o lado bom das coisas, mas para mim estava tudo sendo um castigo pior do que o Inferno.

Pousamos em Dallas e fui levada para o hospital universitário Zale Lipshy.

As coisas estavam indo bem, até que o médico entrou no quarto. Quando eu o vi, engasguei. Ele parecia Garrett e tinha até o mesmo jeito dele. Comecei a chorar.

Ele perguntou o que tinha acontecido e eu tentei explicar, mas não parava de chorar. Só consegui dizer que ele não podia ser meu médico.

Aposto que ele nunca tinha ouvido algo parecido. Parece que papai sempre sentia quando acontecia algo comigo, então ele entrou no quarto quando eu estava chorando. Vi o médico olhar para ele com uma expressão de completa perplexidade. Papai soube imediatamente no que eu estava pensando. O médico realmente se parecia muito com Garrett.

– Não é pessoal – explicou o papai. – Sinto muito. Ela já passou por muita coisa hoje.

(No fim das contas, o médico ficou cuidando de mim, e fiquei feliz por isso. Ele era ótimo.)

Papai secou minhas lágrimas e apontou para a pilha de cartões e cartas de pessoas que me desejavam melhoras, muitas das quais eu não conhecia.

Ele me mostrou as reportagens sobre o meu progresso e minha transferência para Dallas, e mal consegui acreditar na quantidade de pessoas que estavam acompanhando minha história. Papai disse que até Matt Lauer, do *Today Show*, foi ao hospital para entrevistá--lo naquela manhã, e achei isso bem legal.

Por mais grata que me sentisse por estar mais perto de casa, eu ainda sentia dores horríveis. Meus membros doíam também por causa da falta de movimento, então os fisioterapeutas me prescreveram vários exercícios. Eles eram como sargentos, mas compassivos. Quando eu não estava a fim de me exercitar, eles me incentivavam: "Estique esses braços! Jogue essa bola! Suba essa escada! Alongue--se!" O perigo de não me exercitar era que minha pele se enrijeceria e minhas cicatrizes ficariam mais espessas e contraídas, e eu correria o risco de perder permanentemente o movimento das mãos, dos braços e das pernas.

Um dia o médico tirou minha bengala. Eu sabia que não precisava mais dela, mas era muito cômodo usá-la. Discuti, mas ele não cedeu, só disse que, se eu ficasse com raiva, deveria reclamar por escrito para um terapeuta.

– E alongue o braço ao escrever – falou. – Alooongueee esse braço!

Peguei uma caneta e fiquei escrevendo até que meu braço latejasse, pensando: "Odeio esse lugar", "Odeio os médicos e os terapeutas", "Odeio minha pele", "Me odeio", "Sinto falta dos meus amigos! Eles estão mortos! A culpa é minha? Por que não consegui salvá-los? Por que não fui mais forte?", "Por que não permiti que Garrett entrasse no meu coração?", "Por que não fui honesta quanto aos meus sentimentos?" e "O que devo fazer?".

Eu me senti melhor por um tempo.

Por três semanas fiz o que eles me mandaram, apesar de ter detestado cada minuto do processo. No começo de julho, depois de um mês de fisioterapia e de terapia ocupacional, os médicos me deram alta. Segundo eles, eu estava bem melhor, e não havia problema em fazer a fisioterapia em casa. Apesar de odiar o hospital, implorei para ficar. Eu precisava de certa ajuda que só conseguiria no ambiente hospitalar.

A verdade era que eu estava apavorada de voltar para casa. No hospital e no centro de reabilitação pelo menos eu sempre tinha algo para me distrair e me impedir de pensar sobre certas coisas, como uma cirurgia, um exame de sangue, exercícios ou um estranho tentando entrar no meu quarto.

Em casa, eu não teria essas distrações. Não haveria fuga dos meus pensamentos torturantes, a menos que eu tomasse os comprimidos que me ajudavam a esquecer aquela situação. Então me certifiquei de que teria um estoque deles por perto.

30
O ponto da virada

Quanto mais escura a noite, mais brilhantes as estrelas. Quanto maior o sofrimento, mais próximo está Deus!

— FYODOR DOSTOIEVSKI, *Crime e castigo*

Papai me levaria para casa em sua picape. Naquele dia, fiquei furiosa com os médicos por me darem alta e passei a manhã toda tentando me esquivar da inevitável viagem de volta a Garden Valley. Quando finalmente saí do hospital, me senti como um passarinho doente que estava sendo empurrado para fora do ninho. Trouxe vários travesseiros do hospital comigo. Papai os empilhou dentro da caminhonete e duas pessoas me ajudaram a entrar nela. Coitado do meu pai. Ele estava superempolgado com minha volta para casa, mas eu estava de mau humor e não queria conversar.

Pegamos a estrada e, enquanto eu ficava olhando pela janela, papai colocava algumas músicas dos anos 1980 e cantava junto. Ele estava falando várias bobeiras, e eu sabia que era para tentar me fazer sorrir, assim como sempre fizera quando eu era uma menininha e estávamos juntos no carro. Ele estava se esforçando ao máximo, mas não tinha como me divertir. Eu estava morrendo de medo de voltar para casa, para um quarto silencioso onde tudo era pacífico e calmo, e não haveria nada que fizesse eu me distrair de finalmente ter de enfrentar minha realidade. A partir de agora eu precisaria lidar com a ausência de meus adorados amigos, com minha culpa pelas mortes e com minha nova pele cheia de cicatrizes.

No caminho, paramos numa confeitaria, outra coisa que o meu pai fez para me alegrar. Ele conhecia minha obsessão por café e sabia que eu adorava passar tempo em cafeterias. Mas eu não estava curada a ponto de conseguir aproveitar nada. Havia tubos no meu nariz e minhas queimaduras ainda sangravam por baixo dos curativos. Eu estava tomando remédios pesados e sentindo uma dor horrível e não dava mais do que alguns passos sem ter de parar e descansar.

Papai me tirou cuidadosamente da picape e me colocou na cadeira de rodas que ele alugara para essas ocasiões (uma cadeira de rodas? *Então este é o meu futuro*, pensei. Mal posso esperar para começar).

Ele empurrou a cadeira até a cafeteria. Parecia que o pavimento estava completamente acidentado, o que me provocou imensa dor. A poucos metros da porta, ele deixou a cadeira totalmente desgovernada, e fiquei vermelha de raiva.

– Papai! Você é um péssimo enfermeiro! – reclamei.

E logo dele, que tinha a paciência de um santo.

– Por isso é que sou pastor! – comentou, animado. Eu me esforcei um pouco para sorrir.

Eu sabia que, como sempre, meu pai só queria o meu bem. Mas eu não estava com ânimo para ouvir as piadas dele e muito menos para rir delas. Só queria tomar meu remédio e dormir. Rangi os dentes e bebi meu café o mais lentamente possível para atrasar a viagem ao máximo. Finalmente, não tive mais o que fazer. Fingi que estava tomando café muito depois de não haver mais bebida alguma. Papai se levantou para ir embora, e resmunguei.

Passamos novamente pelo terreno acidentado, e, quando papai me pôs na caminhonete, comecei a chorar. Ele achou que tinha me machucado, e tinha mesmo, sem querer, claro. Eu chorei porque sentia dor pelo corpo inteiro. Não conseguia nem mesmo digitar com meus dedos queimados sem chorar de dor, e quase um terço do meu corpo estava na mesma condição. Todas as dores e marcas me lembravam meu medo de jamais viver outro dia sem me preocupar com sangue vertendo pelas minhas roupas ou de ficar com uma dor lancinante por causa do toque de qualquer um ou de qualquer coisa. Papai pegou minha mão e vi os olhos deles se enchendo de lágrimas.

– Entregue tudo ao Senhor, querida – disse ele.

Chorei ainda mais.

Passei a ver meu pai de um jeito diferente depois do acidente. Ele tinha um propósito na vida, que era cheia de amor por si próprio e por todos. Eu reverenciava sua crença inabalável na palavra de Deus e a paz que parecia vir de uma vida ancorada na fé. Eu me dei conta de que tinha sentido tanta raiva dele, e por tanto tempo, que parei de admirar quem ele era e só via o lado negativo de sua forma de pensar.

Meu pai é gentil e compassivo, tem um coração enorme e um jeito bobo. Ele realmente se importa com as pessoas e se esforça ao máximo para ser o melhor pai e marido possível. É inadmissível sentir tanta raiva deste homem adorável que ficou sentado ao lado da minha cama durante semanas a fio, segurando minha mão e me consolando, mesmo que isso significasse intermináveis noites sem dormir. Como eu podia me ressentir dele por querer que eu tivesse a mesma fé que lhe dera tanto consolo e tanta alegria durante a vida?

Ao mesmo tempo percebia que me sentia desconectada de Deus justamente por causa dele. Ele e a mamãe viam tudo sob a ótica de suas crenças religiosas bem específicas. Não havia espaço em suas vidas para pessoas e ideais que não estivessem de acordo com a definição exata que eles tinham de Deus. Eu não me sentia conectada a esse Deus que julgava com tanta severidade, que discriminava pessoas boas e decentes e que convidava apenas uns poucos privilegiados para o Reino dos Céus. Mas talvez isso não significasse que eu não pudesse acreditar n'Ele.

Aos poucos comecei a me perguntar se eu poderia redescobrir minha fé, alguma que fosse diferente da deles. Eu não conseguia aceitar os julgamentos que meus pais faziam embasados em sua convicção religiosa nem o Deus que rejeitava pessoas boas só porque elas amavam alguém do mesmo sexo e que nos condenava por apreciarmos a expressão criativa de certos filmes, estilos musicais e obras de arte. Minha ideia era que qualquer Deus em quem eu acreditasse teria de aceitar a todos, com a falha que fosse.

E comecei a me perguntar se Deus estivera comigo o tempo todo e eu não me permitira ver a beleza e o alcance Dele por causa da minha visão limitada.

Eu não podia dizer nada disso ao meu pai. Ele não ficaria feliz por eu ter recomeçado a refletir sobre a minha fé, sobretudo porque minhas conclusões iam de encontro ao que ele acreditava. Se soubesse que minha fé estava mudando e evoluindo, ele ficaria preocupado, achando que ela não era boa o suficiente para Deus nem para ele mesmo.

Fiquei completamente perdida em pensamentos e não percebi que estávamos tão perto de casa. Papai entrou com a picape na garagem e tentei mostrar algum entusiasmo.

Mamãe estava esperando na porta. Ela me abraçou, tomando o cuidado para não machucar minhas costas e meu braço queimados. Os cachorros correram em minha direção ao me ver. Charity estava morando em Chicago; eu esperava que ela estivesse ali para me receber, mas não tive tanta sorte. Papai disse que Cameron estava numa colônia de férias. A casa estava, como eu já imaginava, silenciosa e tranquila como um jardim zen. Entrei em pânico e fui direto para meu quarto.

Mamãe o arrumara e ele cheirava a lavanda. As janelas estavam abertas e uma leve brisa soprava as cortinas de renda. Mamãe trouxera minha poltrona preferida da sala de estar, uma bela antiguidade que pertencera à minha bisavó, e colocara chocolates sobre meu travesseiro, como se ali fosse um hotel de luxo. No banheiro do meu quarto tinha uma cadeira higiênica sob o chuveiro e sete tipos diferentes de creme enfileirados na prateleira (mamãe e papai, sem saberem que o outro estava fazendo a mesma coisa, compraram cremes para me receber em casa, pois parte do tratamento envolvia manter minha pele hidratada).

Enquanto papai arrumava os travesseiros na minha cama, mamãe entrou com uma bandeja levando sopa e um bolinho com manteiga de amendoim, meu lanche preferido. Ela colocou a bandeja na mesinha de cabeceira e me abraçou. Eu disse que precisava dormir, e os dois saíram do quarto.

Entornei a sopa na privada, depois amassei o bolinho num guardanapo e o escondi sob minha cama. Eu não tinha apetite desde o acidente, e agora meu estômago se revirava porque eu estava em casa, então fiquei com medo de enjoar se tentasse comer alguma coisa.

Mais tarde naquela noite, depois que meus pais foram dormir, fui à cozinha e joguei meu bolinho no lixo. A casa estava toda escura e o único som que se ouvia era o do tique-taque do relógio do vovô. O silêncio me fez chorar. *O mundo está me aprisionando, sinto que estou sufocando*, pensei. Voltei para meu quarto e tentei assistir a *O pimpinela escarlate* pela quarta vez, mas minha visão estava distorcida por lembranças de carne queimada e membros ensanguentados. Sensações de pânico e desespero tomaram conta de mim. Achei que estava sentindo a presença de Austin e Garrett no meu quarto, mas não estava preparada para vê-los e lhes disse:

– Estou fingindo que vocês não estão aqui. Sei que querem falar comigo, mas ainda não estou pronta para conversar.

Será que eles buscavam um pedido de desculpas?

Voltei minha atenção para os números no meu despertador. Quanto tempo levaria até eu poder tomar mais remédios? Eram três horas da manhã e eu tinha tomado minha última dose à uma. O médico prescreveu entre 60 e 70 comprimidos por dia, para sintomas que iam desde a minha dor crônica até ansiedade e depressão, e aqueles que eu chamava de "pílulas entorpecentes" sempre perdiam o efeito depois de uma hora. De acordo com o despertador, ainda faltavam duas horas para a próxima dose, mas meu corpo já implorava por isso.

Minutos se passaram e aumentei o volume da televisão, tentando abafar os pensamentos ruins. Meu quarto parecia cada vez menor e eu me sentia nauseada. Se eu não saísse logo para respirar um pouco de ar fresco, com certeza desmaiaria, e o papai só me encontraria quando viesse se despedir antes de ir trabalhar.

Sensações de medo e impotência tomaram conta de mim. Naquele momento eu me lembrei de como havia perdido o controle sobre minha vida, meu corpo e meus pensamentos (como se fosse possível esquecer isso em algum momento). Eu tinha de sair da casa. Deixei meu quarto, fui até o deque e desci a escada até a beira do lago. Apoiada na cerca, procurei por respostas na escuridão do céu. Chamei por Austin e Garrett, e o som das minhas palavras reverberou na superfície do lago.

– Desculpe por ter pedido para vocês irem embora – eu disse, chorando com as mãos no rosto. – Onde vocês estão? O que vou fazer da vida sem vocês?

Só tive silêncio como resposta, e, na minha dor, recorri a Deus por consolo.

– Por favor! – falei, soluçando. – Mostre-me algum sinal de que o Senhor está aqui e de que não estou sozinha.

Esperei por uma estrela cadente ou um trovão. Até mesmo um peixe saltando na água serviria. Esperei muito por qualquer coisa, mas nada aconteceu. Comecei a ter pensamentos sombrios e fechei os olhos para tentar me livrar daquelas imagens horríveis. Mesmo que eu conseguisse, sabia que seria uma questão de segundos até que tudo viesse à minha mente de novo.

Lembrei dos comprimidos no quarto. Eu só tinha controle de algo quando tomava meus remédios. Subi os degraus e entrei com dificuldade em casa. Fui para o quarto, tranquei a porta, peguei meu frasco de pílulas entorpecentes e o levei para a cama. Tirei dois, três e mais um para garantir. Em pouco tempo eu iria me esquecer de tudo.

31
O banho

As mães podem perdoar tudo! Diga-me tudo e tenha certeza de que eu jamais a deixaria ir embora, apesar de todo o mundo lhe dar as costas.

— LOUISA MAY ALCOTT, *A rapaziada de Jô*

Ao olhar para o meu corpo, eu tinha algumas das piores lembranças. Eu costumava ter uma pele sedosa e branca. Agora um terço dela estava vermelha, malhada e cheia de cicatrizes. Quando eu me olhava no espelho, era como se eu estivesse vendo outra pessoa, e o dia 11 de maio sempre voltava à minha mente: *"Hannah! Quero que você me diga a verdade. Parece que estou bem?" "Sim, sim, Austin. Você parece ótimo."* Às vezes eu me provocava para provar que era eu mesma no espelho. *Certo, vou mover minha mão agora*, eu dizia para mim mesma. Olhava para baixo, mas não era mais aquela bela mão de porcelana que eu tinha antes do acidente, e eu me recusava a aceitar isso.

As palmas das minhas mãos "fritaram" na maçaneta de metal pelando. O incêndio foi se espalhando e as chamas começaram a ferir minhas pernas, mas algo me impedia de sair.

O primeiro banho que tomei depois que voltei para casa foi

uma tortura. Mamãe me ajudou a me preparar, mas insisti em fazer o resto sozinha.

Há um tapete no chão para que eu não escorregue e uma almofada na cadeira higiênica que fica no chuveiro, porque meu bumbum está tão queimado que não consigo me sentar em nenhum lugar sem um amparo por baixo. Não sei o que fazer primeiro. Ligo a água e me seguro na cadeira enquanto a água morna jorra sobre meu corpo. Sinto como se o jato de água fossem agulhas furando minha pele. Aceito a dor porque, por um instante, ela me distrai da tristeza. E porque acho que a mereço.

Fico morrendo de medo de olhar para baixo, mas faço isso e sinto um desprezo ainda maior pelo meu corpo. Toco meus joelhos e tento remover minhas cicatrizes. Inutilmente, claro, pois sei que não é possível fazer isso. Mas como vou viver com elas? Como alguém vai me olhar sem contorcer o rosto em desaprovação se nem eu consigo agir assim?

Estou cheia de raiva pelo que aconteceu comigo, pela falta de sentido na morte dos meus amigos – e não consigo deixar de pensar: "Por que eu sobrevivi e eles morreram?" Saio da cadeira higiênica e me encolho no chão azulejado. Não tenho nenhum lugar onde me esconder de mim mesma. Fecho meus olhos com o máximo de força possível, mas logo aquelas imagens tristes me vêm à mente: Austin queimando vivo no avião – a tocha humana que vi deve ter sido ele. Garrett deitado e morto.

Odeio minha pele porque ela me faz lembrar dos sonhos que eles deixaram de realizar, daquilo que eles jamais se tornarão. Por minha causa? Temo que sim. Vasculho minha mente incontáveis vezes em busca de coisas que eu poderia ter feito de forma diferente. Foi ideia deles viajar para Council Bluffs, mas e se eu jamais tivesse expressado minhas questões quanto à Teen Mania? E se eles nunca tivessem me conhecido? E se eu sugerisse que fôssemos de carro, e não de avião? Será que eles ainda estariam vivos? Muitas possibilidades e nenhuma resposta.

Sinto como se algo dentro de mim estivesse derretendo por causa da minha ira. Fico paralisada ali, no chão do banheiro, e começo a tremer, apesar da sensação de estar presa a um ferro incandescente, de tão quente que minha pele está. Puxando meus joelhos para perto do peito, fico ali em posição fetal, chorando enlouquecidamente. Tento conter meus soluços com as mãos, porque não quero que meus pais escutem.

Ouço alguém bater à porta. Era a minha mãe querendo saber se eu estava bem.

Quase começo a rir. *Se eu estou bem?* Claro que sim, mãe. Perdi os amigos que eu amava de todo o coração. Meu corpo está tão feio que me faz sentir enjoo quando olho para ele. Acho que nunca vou parar de sangrar e estou no meu quarto sem comer, sem dormir, vivendo de lembrança em lembrança e me enchendo de remédios e o que mais eu conseguir para me ajudar a esquecer aquilo que não consigo deixar de lembrar.

Ela abre a porta do banheiro.

– Por favor, mãe, vá embora – peço. – Saia! Esse é o meu momento!

– Por favor, Hannah, me deixe entrar – diz ela. – O que houve?

Ela começa a chorar. Não gosto de decepcionar minha mãe nem quero vê-la magoada, mas não tenho outro jeito a não ser expulsá-la.

– Não quero que você entre aqui, só se eu cair! – grito. – Eu aviso se precisar!

– Hannah, querida.

– Vá embora! Não quero você aqui, mãe. Prefiro ficar sozinha!

A água do chuveiro bate em mim e, depois de um tempo, fico sem lágrimas. Estava cansada de sentir dor e achava que não estava melhorando. Será que um dia eu ficaria curada e aproveitaria a vida novamente? Será que vou conseguir olhar para o meu corpo sem sentir nojo? Antes disso tudo, eu tinha sonhos. Queria concluir os estudos, viajar pelo mundo, ter um propósito na vida. Agora não seria possível realizá-los. Eu não era forte o bastante para superar minha dor e muito menos a perda dos meus amigos. Eles estavam mortos, e havia um vazio imenso no meu coração. Às vezes, quando eu tentava imaginá-los, os rostos deles surgiam borrados. Não conseguia suportar a ideia de esquecer como era o rosto deles.

Chamei minha mãe. Ela ficara de pé do lado de fora do banheiro o tempo todo. Então entrou e me envolveu com uma toalha, depois me ajudou a fazer meus curativos.

32
A paciente do ambulatório

Às vezes eu tento chorar e rir como as outras pessoas, só para ver que não sinto nada.

— BLAINE HARDEN, *Fuga do Campo 14*

Não conseguia mover nenhuma parte do meu corpo sem sentir dor, então eu geralmente ficava no meu quarto, recusando-me a fazer qualquer coisa que não fosse caminhar até o banheiro ou passear pelo jardim amparada pelo meu pai. Meus dias consistiam em assistir às minhas séries preferidas na televisão, virar páginas de livros nos quais eu não conseguia me concentrar e encontrar lugares criativos para esconder minha comida, para que a mamãe não soubesse que eu não estava me alimentando. Às vezes eu usava o computador dela para pesquisar sobre coisas relevantes para minha recuperação – por exemplo, síndrome de estresse pós-traumático ou outra doença psicológica causada por um terrível evento que pode abalar completamente a vida de alguém. Eu tinha todos os sintomas das doenças que eu pesquisava: as lembranças, os pesadelos, a ansiedade paralisante. Meus pais sugeriam que eu encontrasse alguns amigos para me ajudar a não pensar na dor dos meus ferimentos e do meu coração, mas na maioria das vezes eu não dava ouvidos. Mesmo nas raras ocasiões em que as pessoas vinham me visitar, eu geralmente estava tão distraída que esquecia que elas estavam ali.

A única coisa que me motivava eram as três vezes por semana em que eu sabia que tinha fisioterapia em Dallas, mas não eram as sessões em si que me empolgavam. Minha casa ficava a quase uma hora de Dallas, por isso contratávamos motoristas para me levar até lá e me trazer de volta. Aquelas viagens eram minhas maiores aventuras e eu realmente ansiava por elas; mal podia esperar que o carro chegasse para que eu pudesse fugir para um universo alternativo onde não tinha de me preocupar com sangramentos no lençol ou manchas nas toalhas que mamãe usava para cobrir os móveis a fim de que eu não sujasse a madeira ou o estofamento.

Os motoristas não se importavam com o que eu fazia. Escolhidos ao acaso entre mulheres e homens, eles todos eram empregados da seguradora e usavam os próprios carros, e muitos davam a impressão de ser incapazes de sair da garagem, quanto mais de chegar a Dallas. Eles não pareciam se preocupar com o fato de eu estar com dor ou deprimida, ou de manchar seus bancos de trás. Eles apenas dirigiam, e eu simplesmente os acompanhava, aproveitando a conversa fiada deles, suas loucuras ou suas ligações particulares ao celular.

Alguns eram verdadeiros personagens. Fiquei muito tempo achando que um deles era homem, quando na verdade era uma mulher. Ela tinha 40 ou 50 anos, mãos calosas, unhas roídas e cabelos curtos com *mullets*. Ela usava roupas de motociclista e sempre a mesma gravata western, de couro trançado, presa na frente por uma estrela prateada e dourada. O carro dela fedia a cigarro e álcool. Ela virava as curvas daquelas estradas como se fosse um piloto de corrida. Eu fechava meus olhos e esperava que nada de ruim acontecesse, mas era melhor do que ficar em casa pensando na minha situação ou então me sentindo afogada na culpa por ter sobrevivido ao acidente.

Depois de um tempo comecei a pedir uma motorista chamada Teresa. Eu a adorava. Era uma afro-americana gorda com um rosto expressivo e um sorriso branco radiante, e sempre me contava histórias sobre seus filhos e netos. Ela não tinha tido uma vida fácil, mas sempre era gentil e agradável. Para me recompensar por cada sessão de fisioterapia, ela me levava ao McDonald's num gueto ao norte de Dallas e eu comprava biscoitos de aveia com passas, que só são vendidos por lá. Teresa estacionava o carro, pegava dois cigarros, um para ela e outro para mim, e nós ficávamos lá sentadas, fumando e comendo.

– Não diga para a sua mãe o que estamos fazendo – falava ela, como se conspirasse.

– De jeito nenhum – eu retrucava, batendo meu cigarro para fora da janela e enfiando o último biscoito na boca.

Depois voltávamos à estrada, ou seja, à realidade.

33
Um Deus que não é o do meu pai

> Sem asas e nua, a dor rende sua coroa a um trono chamado graça.
>
> — ABERJHANI, *The River of Winged Dreams*

– Tenho que voltar – eu disse ao meu pai. – Só terei alguma chance de melhorar se eu for para o Kansas, até o local do acidente, e você precisa me deixar ir.

Seis meses tinham se passado desde que perdera meus amigos. Minha pele estava se restabelecendo, mas meu coração ainda estava em pedaços, e eu vinha tomando muitos remédios para lidar com a perda e a culpa. Meus pais tentavam entender, mas dava para ver que eles se sentiam frustrados. Mamãe começou a dizer que estava cuidando da "Hannah bêbada". Eu não a culpava. Em boa parte do tempo, nem eu conseguia entender minhas palavras arrastadas.

Papai e mamãe queriam me acompanhar ao Kansas, mas me recusei a deixá-los irem comigo, dizendo que aquilo era algo que eu precisava fazer sozinha. Em algum lugar dentro de mim, eu sabia que não conseguiria fazer as pazes comigo mesma e nunca seria capaz de seguir adiante se não voltasse para o último lugar em que estivera com meus amigos. Caso eu não fosse lá de novo, seria para sempre o que era então, uma alma conturbada e desnorteada, marcada pela raiva e pela culpa e em busca de um objetivo, uma razão para viver.

Não se passava um dia sem que eu deixasse de me perguntar por que estava viva quando aqueles meninos, que eram mais sinceros e inabaláveis em sua fé, não tinham sobrevivido. Estava arrasada por não ter conseguido ir aos funerais deles e, por jamais ter conseguido dizer adeus, eu lhes devia ao menos essa visita. Mais do que tudo, porém, eu precisava melhorar para ser capaz de compartilhar as histórias de heroísmo e coragem deles e dar continuidade à sua busca por um mundo melhor. Eles sempre quiseram que eu reencontrasse minha fé, e eu tinha de saber se isso era possível. Nos quatro meses em que fiquei em casa após voltar do hospital, comecei a pensar mais na minha fé e aos poucos fui percebendo que, apesar de estar com raiva de Deus e de até mesmo tê-Lo abandonado, eu não queria viver sem fé. Isso não significava que eu não tinha dúvidas ou que não estava mais enfrentando dificuldades em relação às minhas crenças, porque eu estava. Mas queria tentar superar isso.

Viajei para o Kansas na semana anterior ao Dia de Ação de Graças. No caminho, parei para comprar uma vela, que eu levaria ao milharal. Eu estava indo dizer adeus aos meus amigos, e aquilo me parecia sagrado mas também assustador, porque eu não sabia se tudo correria bem como eu esperava. Eu precisava descobrir.

    Minha primeira parada foi em Neodesha, uma cidadezinha cerca de 16 quilômetros ao sul do local do acidente. Combinei de me encontrar com o bombeiro-chefe Duane Banzet na sede do corpo de bombeiros local. Duane foi um dos primeiros a chegar ao local do acidente e cuidou muito bem de mim na ambulância.

Depois disso, até arranjou tempo para ir a Kansas City e me visitar no hospital. Ele era gentil e agradável, e eu tinha um milhão de perguntas para fazer sobre coisas que eu não lembrava ou que queria esclarecer a respeito daquele dia.

Cheguei lá por volta da hora do almoço. Duane me recebeu com um sorriso e um abraço caloroso.

– Você é um colírio para meus olhos, Hannah – disse ele, me convidando para entrar na sua sala.

Conversamos muito, por horas, na verdade, até o fim da tarde. Como ele ficou sabendo do acidente?, perguntei. Quanto tempo levou para ele chegar até lá? Qual foi a primeira coisa que ele viu no local? Ele se lembrava de como eu estava ou de algo a respeito de Austin? Ele sabia que meu amigo morreria? Ele achava que eu sobreviveria? Quanto tempo o helicóptero médico levou para chegar? Ele conversou com as duas mulheres que nos encontraram? Duane respondeu a todas as perguntas com paciência e compaixão. Ele até mesmo desenhou um esquema com o avião e o local onde cada um dos corpos dos meus amigos foram encontrados. Ele era direto e ao mesmo tempo solidário, e dava para ver que tinha ficado muito afetado pelo que vira naquele dia.

Enquanto conversávamos, olhei em volta do escritório dele. Era confortável, convidativo e tranquilo, exceto pelas vozes que soavam pelo rádio, com aquele barulho de estática. Fotografias de uma família feliz estavam em porta-retratos pela mesa e pelas prateleiras. Supus que aquelas pessoas eram a esposa e os filhos dele. Uma mostrava uma menina que parecia ter a minha idade.

– Minha filha – disse ele, lendo meus pensamentos.

Pelas fotografias, tive a impressão de que Duane tinha uma vida boa, mas não pude deixar de perceber que o olhar dele parecia triste. Perguntei se ele tinha visto muitas coisas horríveis em seus anos de serviço, e ele disse que sim, mais do que merecia.

Duane contou que jamais se envolvia pessoalmente com as pessoas que conhecia enquanto fazia seu trabalho, mas comigo foi diferente. Ele percebeu algo especial nos meus olhos e nos de Austin no dia do acidente. Mesmo com medo e dor, transmitimos uma espécie de serenidade. Duane chamou aquilo de "paz do Senhor". Eu vira a mesma coisa nos olhos de Austin. O corpo do meu pobre amigo estava consumido pelo fogo, ele estava com dores horríveis e tenho certeza de que ele sabia que estava prestes a morrer, mas seu olhar era de serenidade e convicção. Será que testemunhei a paz do Senhor nele?

Duane me contou uma história de quando tinha 15 anos. Ele estava trabalhando para o avô e o tio na fazenda deles durante aquele verão. Haviam acabado de almoçar e o tio dele lhe disse que eles tinham um caminhão de grãos que precisavam descarregar para alimentar os porcos.

– Quando meu tio foi ver as vacas, subi na caçamba do caminhão. Meu tio não voltava de jeito nenhum, e, quando percebi, a caçamba estava levantando e eu estava sendo levado com os grãos. Seria enterrado vivo. Minha boca estava cheia de grãos e eu não conseguia respirar. Sabia que ia morrer, mas uma sensação de paz tomou conta de mim e não tive medo. Quando percebi, meu corpo estava flutuando em meio às estrelas. Eu estava indo para o Céu.

Mas ele foi salvo. Disse que ouviu os chamados do tio, que o tirou de baixo dos grãos. Anos mais tarde, depois de se tornar bombeiro e de lidar com tragédias o tempo todo, ele passou a pensar no acidente e se questionar por que fora poupado. Quando não conseguia salvar uma criança afogada ou um bebê que tinha morte súbita, ele perguntava a Deus: "Por que essa criancinha, e não eu?" Depois de cada perda, ele ficava deprimido por muito tempo.

– Sei que você está se perguntando a mesma coisa, Hannah – falou. – Deus, por que o Senhor salvou minha vida? Qual o motivo de ter me dado outra chance? Por que eu e não Austin, Luke, Stephen ou Garrett? Sei que você não se sente digna de ser a única sobrevivente. Mas o que aconteceu não foi culpa sua.

– Por que você continua fazendo este trabalho que lhe causa tanto tormento? – perguntei.

Duane hesitou por um minuto.

– É o que Deus quer que eu faça – respondeu. – Não é fácil para nós entendermos por quê, mas coisas ruins acontecem a pessoas boas todos os dias. Deus tem um plano para você e você tem de perguntar a Ele qual é esse plano. – Como se soubesse de minhas dificuldades para ouvir a voz de Deus, ele acrescentou: – Não espere que os Céus se abram e que você O ouça falando. Não é assim que acontece. Uma espécie de paz se apodera de você quando está no caminho certo.

– Você já questionou Deus?

– Ainda faço isso. Depois de cada criança que perco, pergunto "Por quê?". Nunca recebi uma resposta, mas sei que o Senhor me quer aqui para ajudar o próximo, para dar a alguém a segunda chance que eu tive, sem questionar por que alguém foi levado desse mundo.

– Quero continuar vivendo, mas não sei como.

Duane exibiu um sorriso cheio de lamento e disse:

– Hannah, sua vida mudou, não tenho dúvida, mas isso não tem de ser ruim. Você precisa sentir a perda dos meninos, conversar com eles, dizer "adeus", mas em algum momento será necessário relaxar e encontrar coragem para seguir com a vida. É assim que você vai manter a memória deles viva.

– Você me acompanharia até o local do acidente, Duane? – pedi.

Chegamos com o sol se pondo no horizonte. Duane entendeu que, apesar de eu estar feliz pela companhia dele, precisava cumprir sozinha esta última parte da minha jornada. Ele apontou para onde eu deveria seguir, me aguardou à beira da estradinha de terra, e rumei para o milharal. O único som que escutava era o dos talos secos de milho sendo esmagados pelos meus pés. Tudo estava silencioso e lutei contra lembranças do avião se arrastando pela plantação e indo em direção ao carvalho, e de toda a carnificina que se seguiu.

Estou lutando contra a vontade de não ir até lá quando, de repente, sinto como se alguém tocasse minhas costas. Viro-me rapidamente, esperando encontrar Duane. Ele deve estar preocupado por eu caminhar pelo milharal sozinha. Mas não vejo ninguém. Alguma coisa, parece que um vento fraco nas minhas costas, cuidadosamente me empurra. Não estou indo contra a vontade, mas ao mesmo tempo parece que a decisão de seguir em frente não foi minha. Não estou mais assustada e, estranhamente, minha tristeza desapareceu e estou ansiosa para ver o que vai acontecer. Perdi toda a noção de tempo e espaço. Então, na escuridão da noite, vejo pedacinhos brilhantes de metal que restaram do avião. De um jeito estranho, parece que estou em casa. Estendo um cobertor diante do carvalho, seu tronco ainda marcado pelo fogo.

Ali perto, ouço os uivos de uma matilha de coiotes e começo a cantar com eles, mas a minha música é aquela que minha irmã, Charity, escreveu depois do acidente.

E vamos caminhar sobre solo sagrado
Vestindo um som celestial
E quando a dor se abater
Vou chorar lágrimas de alegria

Acendo minha vela e instantaneamente sinto Garrett e Austin. A presença espiritual deles é tão forte que me envolve como um cobertor, então não consigo deixar de percebê-la. É como se eles estivessem se jogando sobre mim para provar à Hannah em dúvida que realmente estão aqui. Sinto uma alegria completa e profunda. *Eu sabia que vocês estariam aqui. Vocês sempre estiveram presentes quando precisei, e nunca precisei tanto de vocês como agora.*
Converso com eles durante algum tempo, dizendo-lhes tudo que, antes, eu só escrevia no meu diário. Digo que os amo, que me pergunto o que eles pensariam da minha vida agora e que não posso prometer que vou seguir adiante sem eles, não do jeito que eles gostariam que acontecesse. Pergunto se eles me perdoam e

sei qual a resposta. Não preciso ver o rosto nem ouvir a voz deles. Simplesmente sei. Simplesmente acredito.

Estamos muito felizes, Hannah, e onde queríamos estar. Sabemos que a encorajamos, lhe demos apoio e enriquecemos sua vida. Mas algumas coisas você precisa descobrir sozinha. Pode ficar de luto, e nós gostamos disso, mas isso não pode durar para sempre. Você tem que dançar.

Penso na letra da canção da minha irmã:

*... Vou dançar
Ah, vou dançar.*

Prometo aos dois que vou tentar.

Depois de um tempo, dobro o cobertor, pego a vela e começo a longa caminhada de volta para a estradinha onde Duane me espera. Os pedaços do avião que peguei para mim chacoalham no meu bolso e eu sorrio. Os meninos estão bem e vou ficar bem também. Sei disso agora.

Pela primeira vez na vida, aceito que, às vezes, tenho que acreditar naquilo que não posso ouvir nem ver. O luar ilumina meu rosto e sou tomada por uma sensação de tranquilidade, como eu nunca sentira antes. E percebo que o que sinto é o conforto e a tranquilidade oferecidos pela fé.

34
Estou de volta

> E um passo para trás, depois de seguir o rumo errado, é um passo na direção certa.
>
> — KURT VONNEGUT, *Player piano*

Cameron tinha algo em mente. Eu conhecia meu irmão melhor do que ninguém, ele nunca conseguia esconder quando estava incomodado, e percebi isso assim que ele entrou no meu quarto, menos de uma semana depois da minha visita ao local do acidente.

– O que houve, Cammy? – perguntei.

Ele hesitou, resmungou algo incompreensível e ficou batendo o pé no chão. Eu sabia que ele queria dizer alguma coisa, mas estava com dificuldade para verbalizar, por isso insisti. Relutantemente, ele pegou o telefone e deu play numa gravação que tinha feito. Percebi que a voz era minha, e meu sorriso desapareceu e se transformou em vergonha quando notei que eu estava falando arrastado. Eu parecia bêbada e balbuciava algo sem sentido, que nem eu entendia. Meu irmão queria que eu me ouvisse.

– É assim que está a sua voz agora, Hannah – disse ele.

Ele me fitou como se estivesse olhando dentro da minha alma. Fiquei boquiaberta, Cameron balançou a cabeça negativamente e saiu do meu quarto. Para mim, os passos firmes dele foram como uma afirmação: "Desisto, cansei de esperar que você melhore. Isso dói demais. Não quero mais vê-la, pelo menos não essa Hannah."

Nem eu, disse para mim mesma assim que ele se foi.

Mesmo depois da paz que senti no milharal, ainda estava me entorpecendo com comprimidos e álcool que escondia no meu quarto. Na volta do Kansas, até comprei mais bebidas numa loja de conveniências perto do meu hotel, para aumentar meu estoque. Antes da visita de Cameron, eu me enganava acreditando que, quando fosse a hora, conseguiria me livrar dos remédios e do álcool, mas esse momento nunca chegava.

Ver meu irmão tão desiludido e decepcionado realmente me abalou. Acho que vi desprezo nos olhos dele. Percebi que, se finalmente não enfrentasse a mim mesma e quem me tornara, perderia o respeito do meu irmão e, provavelmente, ele próprio. Passei os dias seguintes pensando sobre o que Cameron dissera. Amava meu irmão mais do que qualquer coisa no mundo, mas eu ainda estava sofrendo demais.

Lembrei que, quando voltei para casa, eu não suportava a ideia de me olhar no espelho com medo do que eu veria. Depois de um tempo, mamãe colocou minha caixa de maquiagem e meus produtos para cabelo na prateleira do banheiro, acho que esperando que eu me inspirasse a usá-los. Sempre amei batons chamativos e tinha de todas as cores possíveis. Certo dia, sem pensar, peguei batons rosa, vermelhos e marrons, e comecei a escrever no espelho do banheiro. Naquele momento, ainda não conseguia usar a mão direita porque estava muito ferida, então, com a esquerda, desenhei trepadeiras e árvores, e escrevi mensagens para mim mesma como "Hannah, você não está sozinha. O Universo ouve seu choro à noite" ou "Hannah, você vai conseguir ver alguma beleza na sua tragédia, então erga a cabeça, menina". Mas eu não estava nem perto de acreditar nessas mensagens.

Eu ficava enojada ao ver minha pele e continuava a sentir o vazio no coração pela perda dos meus amigos. Não sabia ao certo se estava preparada para enfrentar o mundo. Então pensei: "Caí num poço tão profundo de cobras... O que pode ser pior do que isso?" Tomei uma decisão. Queria melhorar, mas não conseguiria fazer isso sozinha. Precisava de ajuda. Alguns dias se passaram e abordei meus pais certa noite, depois do jantar:

– Não posso nem quero mais viver assim. Preciso de ajuda, e vou aonde for em busca disso.

Passou-se um momento e uma quase palpável onda de alívio inundou o ambiente. Contei meu segredo, ainda que não fosse nenhuma novidade. Meus pais disseram que estavam preocupados comigo, mas que não sabiam como me abordar. Pedi ao meu pai que encontrasse um lugar onde eu pudesse obter a ajuda de que precisava para continuar a curar meu corpo e minha alma.

Em uma semana, peguei um avião rumo a um centro de cura holística no estado de Washington. Fiquei lá sem telefone, laptop e meus pertences pessoais, e comecei um programa de recuperação de quatro semanas. Eu tinha seis horas de aulas obrigatórias por dia. A princípio me ressenti por estar ali e discutia com os psicólogos por causa de tudo, desde não poder usar meu telefone até o toque de recolher. Escrevi para meus pais e reclamei das pessoas e do programa. Mas continuei lá.

Comecei a baixar a guarda com a equipe e os demais pacientes. Durante a terapia de grupo, falei dos garotos e da culpa que sentia pela morte deles. As pessoas pareciam mesmo compreender a gravidade do meu problema, talvez porque muitas delas estivessem se tratando de traumas. Tentei retribuir tudo o que estava recebendo. Em vez de focar em mim e na minha perda, me aproximei de uma garota que fora abusada sexualmente e que estava sofrendo de um distúrbio alimentar, e de outra com depressão crônica que tentara cometer suicídio várias vezes. Ajudá-las me ajudou. Com o auxílio de suplementos naturais recomendados pelos médicos, comecei a me livrar das drogas que tomava – para tudo, desde dor e ansiedade até insônia e depressão. Comecei a ter esperanças.

Estava lá havia cerca de duas semanas, quando, no fim de uma tarde, depois das aulas, enquanto caminhava rumo ao mar, fui explorando aquela cidadezinha doce e sedutora. O sol brilhava e, enquanto eu visitava belas lojas e galerias, de repente percebi que minha mente e meu corpo pareciam saudáveis e livres. Não sentia nenhuma dor física e, pela primeira vez em nove meses, minha cabeça estava tranquila e meu coração parecia leve. Olhei para minha pele e, em vez de lesões e cicatrizes, vi a beleza de estar viva. Um surto de energia percorreu meu corpo e quis gritar: "Quero viver! Viver de verdade!" Quando contei essa história na sessão de terapia de grupo seguinte, todos me saudaram. Depois disso, passei a caminhar até o mar todos os fins de tarde para me sentar na areia e admirar o pôr do sol. Ficava hipnotizada com a beleza das cores exóticas que tomavam o céu. Nunca vira nada parecido antes. Não queria que aquelas tardes terminassem, mas sabia que isso era necessário.

Voltei para casa na véspera de Natal. Charity e Cameron já estavam lá. Todos estavam empolgados para me ver. Fomos juntos a um culto à luz de velas e depois voltamos para casa para o ritual de véspera de Natal, quando nos reunimos ao redor do meu pai enquanto ele lê uma história natalina e nós abrimos um único presente, que geralmente acaba sendo três ou quatro.

Quando chegamos à sala de estar, esperando pela leitura do meu pai, tirei minhas meias e me sentei no chão com as pernas expostas esticadas à minha frente. Olhei em volta, para cada um dos membros da minha família.

– Quero que vocês toquem minha pele – pedi.

Meus pais, Charity e Cameron se ajoelharam ao meu redor e colocaram as mãos na minha perna queimada. Comecei a chorar, mas minhas lágrimas não foram de tristeza ou raiva; foram de gratidão. Então continuei:

– Sei que fui um problema para vocês nos últimos meses. Mas quero que saibam que amo muito todos vocês. Cada um foi meu mundo enquanto eu passava por tudo isso, e estou feliz por estar em casa. Estou melhorando e me sinto muito bem. Minha pele está se restabelecendo e minha mente está menos confusa. Este foi o período mais difícil da minha vida e todos foram presentes para mim. Quero lhes dizer que voltei.

Todos se aproximaram de mim, chorando.

– Amo vocês – eu disse.

– Nós amamos você, Hannah, e muito.

Me senti abençoada demais por fazer parte dessa família.

Foi uma época importante para mim. Comecei a me perdoar pela morte dos meus amigos e me comprometi a transformar minha raiva pela perda deles em determinação para fazer algo que os deixassem orgulhosos de mim. Pela primeira vez desde o acidente, a felicidade pareceu quase completa. Depois da reabilitação, minha pele ganhou voz própria, e ela era boa com as palavras. Quando me sentia cansada e fraca, ela me lembrava da coragem e da força necessárias para que eu chegasse até aqui. Quando ficava abalada pela minha dor, ela me lembrava que todos sentem dor e me encorajava a ver que senti-la era uma prova de que meu corpo e minha alma estavam se recuperando a cada dia. Então, certa noite, num sonho, eu a vi começar a se transformar e desaparecer. *Por favor, pare! Aonde você está indo? Estou apenas começando a conseguir tocá-la, aceitá-la, amá-la!*

Percebi que na verdade estava gostando da minha nova pele. Acordei imaginando que minhas cicatrizes tivessem desaparecido, mas elas ainda estavam todas lá, radiantes e lisas, e suspirei de alívio.

Foi nesse momento que percebi que eu estava livre.

Epílogo

Aprendi muitas lições durante minha recuperação. Lições sobre beleza e sobre o que realmente importa; sobre família, amigos e amor. Certa noite, enquanto mamãe preparava uma sopa de legumes e esperávamos que papai chegasse para jantar, me sentei à beira do lago atrás da nossa casa, pensando em como tinha sorte por ter pais que cuidavam de mim e também me encorajavam para que eu tivesse vida própria. É realmente extraordinário que, demonstrando amor e apoio incondicionais, eles tenham me dado confiança e iniciativa de sair do mundo deles, fazer perguntas e buscar minhas respostas quanto à fé e a Deus.

Durante meses depois do acidente, não conseguia nem mesmo segurar um livro com minhas mãos queimadas. Mas recentemente peguei da minha estante um que uma amiga me deu no hospital, *Na margem do rio Piedra eu sentei e chorei*. Abri em uma página em que estava escrito o seguinte:

Raramente nos damos conta de que estamos cercados pelo Extraordinário. Os milagres acontecem à nossa volta, os sinais de Deus nos mostram o caminho, os anjos pedem que sejam ouvidos – mas, como aprendemos que existem fórmulas e regras para chegar até

Deus, não damos atenção a nada disto. Não entendemos que Ele está onde O deixam entrar.

Fechei o livro e sorri. Ao ler as palavras de Paulo Coelho, percebi que o tempo todo procurei por Deus nos lugares errados. E não é que eu *não* O houvesse encontrado. Eu apenas não O tinha deixado entrar. Estava tão ocupada procurando por uma "prova" que não prestei atenção ao que estava bem diante dos meus olhos. Então lá estava ela. A resposta pela qual procurara durante a maior parte da minha vida. Me ensinaram que Deus só podia ser percebido de certas formas, mas, depois do acidente e de tudo o que se seguiu, cheguei à conclusão de que o Deus que eu buscava estava bem ali o tempo todo. Só faltava que eu me permitisse ver os sinais, e eles estavam por todos os lugares. Na beleza da natureza, na maravilha do amor, nas circunstâncias que convergiram para me poupar de uma morte precoce. No coração dos meus amigos nos últimos minutos de sua vida. No legado de Austin e Garrett. Na esperança que sinto em relação ao meu futuro.

Vivenciei milagres. Ouvi os anjos. Vi Deus. Agora eu O vejo em todos lugares. Na magnitude das belas noites de verão que quase não consegui ver, nos gestos gentis de amigos e na generosidade de estranhos. Nas palavras tranquilizadoras da minha mãe e nos olhos amorosos do meu pai quando segura minha mão e se senta ao lado da minha cama nos dias em que não quero dormir por medo de retornar ao 11 de maio de 2012, àquele avião, olhando para o rosto das pessoas que amo enquanto nos preparamos para morrer.

Agora sempre carrego no bolso um resquício do meu passado, pedacinhos de metal que peguei do local do acidente. A maioria das pessoas os vê apenas como uns mínimos destroços enferrujados, mas é a coisa mais preciosa que possuo. Quando entro num avião, seguro-os perto do coração e cantarolo uma música ou faço uma oração. À noite, os coloco na mesinha ao lado da minha cama, ao lado do rosário que minha irmã me trouxe da Espanha. Para mim é um lembrete do que foi e do que pode ser.

Apesar do que passei, minha história é sobre esperança e fé. Esperança por ter provado que, mesmo após uma grande adversidade, podemos ter uma vida boa e com propósito. Fé por saber que é possível ver o divino, basta abrirmos os olhos. Também trata de perseverança e de encontrar a luz nos momentos mais sombrios da vida. Acima de tudo, é uma história de amor a respeito de três amigos cuja união não foi rompida pela morte.

Paulo Coelho escreveu: "Amar é comungar com o outro, e descobrir nele a centelha de Deus." Eu amava Austin e Garrett. Eles morreram, mas seus sonhos vivem comigo. Em homenagem a eles, vou encontrar uma maneira de tornar o mundo um lugar melhor, de uma forma que os deixaria orgulhosos. Vi a centelha de Deus neles, e isso me deu a coragem e o desejo de seguir em frente.

Posfácio

Eu estava no hospital quando sugeriram que eu escrevesse um livro, ainda muito sedada por causa dos analgésicos para a dor insuportável que as minhas queimaduras causavam. Não imaginava o que contaria nele porque eu não estava completamente consciente. Mas certa noite tive uma lembrança clara de uma conversa com Austin antes do acidente. Ele me disse que tivera uma ideia para mudar a vida de mulheres vítimas de violência. Ele queria fazer uma organização chamada Mirror Tree, que redefiniria o significado de ser uma mulher bela. Não importa a idade, a raça, a etnia ou a classe socioeconômica, todas as mulheres merecem uma chance de contribuir com o mundo de forma significativa, e essa jornada começa de dentro para fora. Assim que ele me contou aquela ideia, quis ajudar a fazer essa organização se tornar uma realidade, e vínhamos falando sobre isso muito antes de o avião cair.

No meu primeiro semestre na Universidade Oklahoma State, me inscrevi em uma disciplina de estudos culturais que se tornou minha preferida. Eu era jovem e ingênua, estava começando a faculdade. A aula explorava aspectos psicológicos de povos e etnia, e, como parte do programa, estudamos o sofrimento de refugiados por motivos de genocídio, guerras civis e outros acontecimentos do tipo. Aprendi que diferentes fatores ambientais, políticos e socioeconômicos impõem desafios a muitas vidas inocentes.

Alguma coisa mudou em mim desde aquele acidente de avião no qual meus quatro amigos morreram e eu fiquei com queimaduras graves. Depois do que passei, percebi que o que foi apenas um dia horrível da minha vida é o cotidiano para muitas mulheres refugiadas ao redor do mundo. Por isso, e para homenagear Austin e sua ideia, todos os lucros obtidos com este livro irão diretamente para a Mirror Tree, organização sem fins lucrativos que eu criei. Meu objetivo é gerar esperança num mundo sombrio. Mulheres refugiadas são vítimas que não têm ninguém para defender sua honra, ninguém para protegê-las nem para resgatá-las de crimes horríveis. Nós na Mirror Tree queremos pesquisar e criar oportunidades para que as pessoas nos Estados Unidos sigam um método que ajude a reabilitar e reintegrar mulheres refugiadas e outras que sofram por conta de estupros, genocídios e perda de identidade. A Mirror Tree está comprometida em fazer todo o possível para dar esperança a essas vítimas. Comprando e lendo este livro, você ajudará a honrar a memória de Austin e a dar continuidade à boa obra que ele começou, e por isso agradeço do fundo do meu coração.

Hannah Luce, agosto de 2013

Agradecimentos

Agradeço a Brandi Bowles e Peter McGuigan da Foundry Literary and Media por ver a beleza e as possibilidades do que aconteceu comigo e pela parceria para escrevermos esta história juntos. A Judith Curr, da Atria, pois ter sua confiança significou tudo. A Sarah Durand, da Atria, e a Beth Adams, da Howard, grandes editoras: as ideias e o talento delas só são comparáveis à sua sensibilidade e sua gentileza. Agradecer-lhes não é suficiente (e seja bem-vinda ao mundo, Lucy!). Para o bombeiro-chefe Duane Banzet, obrigada pela disposição de compartilhar suas lembranças daquele dia doloroso e também por fazer a obra de Deus com gentileza e compaixão. Obrigada a Heather e Linda por reconstruírem partes da história que só vocês podiam contar, e principalmente por sua solidariedade num momento de crise.

Finalmente, obrigada às famílias e aos entes queridos de Austin Anderson, Garrett Coble, Luke Sheets e Stephen Luth. O objetivo deste livro é homenagear esses adorados jovens mostrando como eram corajosos, fiéis e extraordinários. Austin adorava citar uma frase do filme *Coração valente* – "Todos os homens morrem, mas nem todos os homens realmente *vivem*". Ele realmente viveu. Que o brilho da alma deles nos ajude a iluminar nosso caminho.

CONHEÇA OUTROS TÍTULOS DA EDITORA SEXTANTE

Uma casa no meio do caminho
Barry White com Philip Lerman

Foi na primavera de 2006 que tudo começou. Quando o superintendente de construções aceitou participar do projeto de um novo shopping center na cidade de Seattle, não imaginava que sua vida estaria prestes a tomar rumos surpreendentes.

Logo no primeiro dia de trabalho, Barry foi se apresentar aos moradores das redondezas. Entre eles, havia uma senhora que não tinha aceitado vender sua propriedade, obrigando a construtora a erguer o empreendimento em volta de apenas uma casinha. Seu nome era Edith Wilson Macefield.

O superintendente foi até ela preparado para levar um fora, porque sabia da fama que a velhinha tinha de ser irredutível. Mas a reação dela o surpreendeu, e assim Barry aprenderia por experiência própria que as pessoas nem sempre são o que aparentam ser.

Não demorou muito para que os dois iniciassem uma bonita e genuína amizade, e a vida de Barry fosse ficando cada vez mais ligada à de Edith: ele passou a levá-la ao cabeleireiro e ao médico, fazer suas compras, preparar as refeições. Em suas conversas, ela volta e meia dava pistas de que tinha um passado encantador, suscitando a curiosidade do amigo e fazendo-o repensar a relação com os pais já idosos.

Narrado pelo próprio Barry Martin, *Uma casa no meio do caminho* comove e faz sorrir ao mesmo tempo. É um livro cativante que mostra que até a mais inusitada das amizades tem um poder transformador.

Antes de dizer adeus
Susan Spencer-Wendel com Bret Witter

Em junho de 2011, Susan Spencer-Wendel teve o diagnóstico de esclerose lateral amiotrófica (ELA). Também conhecida como doença de Lou Gehrig, essa condição degenerativa é progressiva e destrói sistematicamente todos os nervos que estimulam os músculos do corpo. Ela tinha 43 anos, um marido dedicado, três filhos – e apenas um ano de vida saudável pela frente.

Determinada a viver esse último ano com alegria, Susan deixou seu emprego como jornalista e decidiu passar o tempo que lhe restava ao lado da família. Ela construiu um espaço de convivência para receber os amigos no quintal de casa e planejou sete viagens com as pessoas mais importantes de sua vida.

Apesar de não ter controle sobre o rápido declínio de seu estado de saúde, Susan se recusa a desistir. Com sua força extraordinária e seu espírito indomável, ela está determinada a transformar cada um de seus dias numa experiência significativa, cada momento numa celebração da vida, da amizade e do amor.

Antes de dizer adeus é o relato emocionante de um ano vivido em sua plenitude, uma história de alegria, companheirismo, otimismo e aceitação.

Embora seu corpo esteja se enfraquecendo, Susan Spencer compartilha conosco o processo de fortalecimento de sua mente – uma lição de serenidade e bom humor frente aos percalços da vida, um ensinamento comovente que nos leva a refletir sobre o que realmente importa, um reconhecimento do milagre que é estar vivo.

Em busca de Francisco
Ian Morgan Cron

Filho de um rico comerciante de tecidos da Itália medieval, Francisco de Assis sonhava em conquistar a glória como soldado. Mas foi justamente às vésperas de uma batalha que o Senhor se revelou a ele e mudou o seu destino.

São Francisco criou o hábito da pregação itinerante, seguindo à risca o Evangelho, imitando a vida de Jesus e desenvolvendo uma profunda identificação com os problemas de seus semelhantes.

É essa "luz que brilhou sobre o mundo" mais de oito séculos antes que ilumina o caminho de Chase Falson, um pastor evangélico que tenta superar a crise de fé que o está consumindo.

O descontentamento espiritual de Chase espelha o sentimento de muitos cristãos que saem da igreja se perguntando: "Será que isso é tudo?" Eles estão cansados de sacerdotes que agem como celebridades, dogmas sem sentido e cultos em que a aparência e a encenação importam mais que qualquer ensinamento, ao passo que as questões mais profundas da vida são deixadas sem resposta.

De maneira cativante, Ian Morgan Cron entrelaça o carisma atemporal de São Francisco a questões que desafiam a Igreja contemporânea, apresentando a trajetória do santo que inspirou uma nova vida para os cristãos desiludidos e para uma instituição religiosa à beira do colapso.

Em busca de Francisco é uma história de perda e descoberta, além de um relato esperançoso e comovente, com implicações profundas para aqueles que anseiam por um relacionamento mais intenso com Deus e com o mundo à sua volta.

Por que você não quer mais ir à igreja?
Wayne Jacobsen e Dave Coleman

Depois de toda uma vida dedicando-se à Igreja e ao caminho que sempre lhe pareceu o certo, Jake Colsen está diante de uma dolorosa dúvida: como é possível ser cristão há tanto tempo e, ainda assim, se sentir tão vazio?

Mas o amor divino está sempre a postos para transformar vidas. Observando uma multidão numa praça, Jake depara com João, um homem que fala de Jesus como se o tivesse conhecido e que percebe a realidade de uma forma que desafia a visão tradicional de religião.

Com a ajuda do novo amigo, Jake irá reavaliar os conceitos e crenças que norteavam seu caminho. Levar uma vida cristã significa ter os comportamentos aprovados pelo grupo religioso a que pertencemos?

A cada nova palavra de João, assistiremos ao renascimento de Jake em busca da verdadeira alegria e da liberdade que Cristo veio ao mundo oferecer. Na reconstrução da sua vida, perceberemos a ação do Deus de perdão e amor.

Se você busca pela fé mesmo onde a religião não alcança e sente que ser cristão é muito mais do que seguir regras e rituais, a trajetória de Jake servirá de inspiração para encontrar a verdadeira liberdade e alegria.

INFORMAÇÕES SOBRE A SEXTANTE

Para saber mais sobre os títulos e autores
da EDITORA SEXTANTE,
visite o site www.sextante.com.br
e curta as nossas redes sociais.
Além de informações sobre os próximos lançamentos,
você terá acesso a conteúdos exclusivos
e poderá participar de promoções e sorteios.

🏠 www.sextante.com.br

f facebook.com/esextante

🐦 twitter.com/sextante

📷 instagram.com/editorasextante

🦉 skoob.com.br/sextante

Se quiser receber informações por e-mail,
basta se cadastrar diretamente no nosso site
ou enviar uma mensagem para
atendimento@esextante.com.br

Editora Sextante
Rua Voluntários da Pátria, 45 / 1.404 – Botafogo
Rio de Janeiro – RJ – 22270-000 – Brasil
Telefone: (21) 2538-4100 – Fax: (21) 2286-9244
E-mail: atendimento@esextante.com.br